Heike Eva Schmidt

Tausend Mal gedenk ich dein

Titel in der Regel auch als E-Book erhältlich

Heike Eva Schmidt

Tausend Mal gedenk ich dein

Boje

MIX
Papier aus verantwortungsvollen Quellen
FSC® C014496
FSC www.fsc.org

Dieser Titel ist auch als E-Book erschienen

Originalausgabe

Umschlaggestaltung: FAVORITBUERO, München
Einbandmotiv: © Amy Weiss/Trevillion Images
Satz: Greiner & Reichel, Köln
Gesetzt aus der Bembo Std
Druck und Einband: GGP Media GmbH, Pößneck

Printed in Germany
ISBN 978-3-414-82405-9

5 4 3 2 1

Sie finden uns im Internet unter: www.boje-verlag.de

In Erinnerung an P. M. und G.

PROLOG

Wenn du dich umgebracht haben wirst …

… Dann werden sie traurig sein. Vielleicht erkennen sie danach, was sie dir angetan haben. Mit ihren Blicken, ihrem Flüstern, das immer erst verstummte, wenn du in ihre Nähe kamst. Ihr falsches Lächeln, das sie dann aufsetzten, weil sie glaubten, du würdest es nicht merken.

Manchmal gibt es Tage, die sind hell und leicht wie ein Sommermorgen. Du wachst auf, die Sonne malt zartgelbe Kringel auf die Tapete, und du weißt, das wird ein guter Tag. Aber dann, ganz plötzlich, verwandelt er sich in etwas Graues, Zähes, das an dir zieht wie ein schweres Gewicht und dich mit sich in die Tiefe reißt. Dann dröhnt das Ticken der Uhr in deinen Ohren und du fällst und fällst, bevor du im Spalt zwischen zwei schwarzen Stunden verschwindest. Da unten in der Dunkelheit, wohin Worte nicht reichen, ist dein Gefängnis. Und du kauerst dort und weißt, dass dich niemand liebt, nicht einmal du selbst.

Dann musst du den Schmerz betäuben, ehe er dich von innen auffrisst und du dich in einem Säurebad von Wut und Hass auflöst. Wenigstens hast du alles, was du brauchst: den Brieföffner. Die Schere. Die Nagelfeile. Oder das Teppichmesser, das seitdem in eurem Werkzeugkasten fehlt.

Du siehst, wie Metall weiche Haut durchschneidet, aber du spürst nichts. In diesem Augenblick bist du nur Beobachter, da ist es nicht deine Haut, in die eine silberne Klinge drückt. Erst wenn sich eine hellrote Linie bildet, sich der Schnitt langsam mit Blut füllt, bis es überläuft und du mit der Zunge die zähflüssigen Tropfen auffängst, erst dann fühlst du etwas: Erleichterung.

Du lässt deinen Hass zur Ader, bringst ein Blutopfer. Alles, damit es dir nur wieder besser geht. Damit der körperliche Schmerz den in deinem Kopf überdeckt. Der Eisengeschmack in deinem Mund holt dich aus der Schwärze zurück, und du bist in Sicherheit. Bis zum nächsten Mal, wenn du wieder diese Blicke spürst und das Echo ihres Kicherns, das noch in der Luft hängt, auch wenn sie sich schon abgewandt und eine gleichgültige Miene aufgesetzt haben. Aber du kannst es noch hören und ihre spöttisch nach oben gezogenen Mundwinkel sehen, auch wenn sie nur hinter vorgehaltener Hand über dich lachen.

Es wird ihnen noch leidtun, irgendwann, wenn du dich getötet haben wirst. »Warum?«, werden sie mit geheuchelter Trauer fragen und gespielt ratlos den Kopf schütteln.

Und auf einmal fragst du dich das auch. Warum solltest du so etwas tun? Wieso sollst du für ihre Vergehen büßen? Und dir kommt ein ganz neuer Gedanke: Vielleicht tötest du ja gar nicht dich – sondern einen von ihnen?

KAPITEL 1

NELLY

»Der Grill brennt!« Der Schrei stieg in den Frühsommernachthimmel wie ein Feuerwerkskörper und übertönte sogar die laute Musik. Ich drehte mich um und sah Chris, Erik und Flo losrennen, während Alex, der heute Abend den Grillmeister markierte, mit hektischen Wedelbewegungen versuchte, den Qualm zu vertreiben, der nun langsam über die Wiese zog. Es fing an, beißend nach verbrannten Würstchen zu riechen, und Alex glich mit seinen wild rudernden Armen einer Windmühle im Sturm.

Leonie, Bille, meine Banknachbarin Ina und Siska sahen rüber zu dem hektischen Treiben. »Ach Mensch«, motzte Bille, »dabei hatte ich solchen Hunger!«

Neben mir begann Pina zu kichern. »Das nennt man Fettverbrennung«, kommentierte sie. »Fragt sich nur, wer hier die armen Würstchen sind – die *auf* oder die *neben* dem Grill.«

Ich musste nun auch lachen und wir schauten zu, wie Alex kurzerhand eine volle Flasche Wasser, die im Gras stand, über das rauchende Inferno goss, um die Glut zu löschen.

»Welcher Vollidiot hat mit der Grillkohle herumgezündelt?«, rief er erbost in die allgemeinen Buhrufe und das Klatschen hinein und kickte mit dem Fuß gegen die milchige Plastikflasche mit der blauen Kappe, auf der ein gelber Aufkleber mit schwarzen Flammen und der Aufschrift »Spiritus – brennbar!« klebte. Aber natürlich war es mal wieder keiner gewesen. Wie immer, wenn in unserer Klasse was schieflief.

Ich amüsierte mich noch über Pinas Spruch, als Alex vorbeilief und sauer »Jetzt können wir mit der Grillerei von vorne anfangen« murmelte, während Flo und Chris die patschnasse Grillkohle auskippten und frische in das Kohlebecken schütteten. Erik hatte sich schon vorher verzogen.

»Was grinst du so?«, fuhr Alex mich gereizt an, als er meinen Gesichtsausdruck sah. »Hast *du* am Grill rumgefummelt, oder was?«

Es war nichts Neues, Alex ging immer gleich hoch, wenn ihm etwas nicht passte, aber heute Abend verdarb mir sein fieser Ton schlagartig die Laune.

»Mann, mach dich mal locker! Geh zu deinen Kumpels und arbeite mit ihnen ein bisschen am Weltfrieden!«, schaltete sich Pina ein und wies mit einer Kopfbewegung auf ein paar Jungs, die sich in diesem Moment mit Bierflaschen aus dem nächsten Sixpack zuprosteten.

Alex verschlug es ausnahmsweise die Sprache. Er schien etwas sagen zu wollen, aber Pina sah ihn nur mit vorgerecktem Kinn von oben herab an. Schließlich wandte er sich kopfschüttelnd ab, wobei er noch etwas murmelte wie »Nix als schwache Sprüche auf Lager«, ehe er zum Lagerfeuer stapfte und zischend eine neue Flasche öffnete.

»Tja, so sind wir Mädchen eben«, sagte Pina, aber die Antwort war nicht an Alex, sondern an mich gerichtet. Sie legte mir den Arm um die Schulter und drückte mich kurz an sich.

Sofort ging es mir besser. Trotzdem blickte ich jammervoll zu Pina auf. »Jetzt müssen wir trockenes Brot essen. Oder verhungern«, stellte ich mit dumpfer Stimme fest.

»Oooh, armer schwarzer Kater!« Pinas Stimme triefte vor Mitleid, aber ich sah ihr breites Grinsen. Sie kramte in ihrer schicken Tasche aus dunkelviolettem Schlangenlederimitat und zauberte schließlich mit einem triumphierenden »Yep!« einen etwas zerknautschten Müsliriegel hervor. »Damit du nicht vor Hunger umfällst«, sagte sie und streckte mir den Riegel hin. Ich riss die Verpackung auf und brach ihn in zwei Hälften, um Pina auch was abzugeben. Doch sie schüttelte nur den Kopf, und ich verschlang mit zwei Happen den gesamten Riegel.

»Danke«, mümmelte ich mit vollem Mund. Ich ließ gerne zu, dass sie mich manchmal etwas bemutterte, immerhin ging sie in die Klasse über mir und war ein Jahr älter. Trotzdem hatte sie sofort gespürt, wie mich Alex' unfreundlicher Spruch getroffen hatte. Nun war ich doppelt froh, dass Pina mitgekommen war, auch wenn die Einladung zur Grillfete eigentlich nur für unsere Klasse gegolten hatte. Genau das sagte ich ihr auch.

»Hey, wozu hat man eine beste Freundin?«, gab Pina zurück und zog mich ans Seeufer, wo ein paar meiner Mitschülerinnen ausgelassen zu dem Song »36 Grad« tanzten, der aus den aufgestellten Lautsprechern dröhnte. Unerbittlich zerrte sie mich auf die improvisierte Tanzfläche, und nach ein paar Takten machte es mir plötzlich richtig Spaß, mich zur Musik zu bewegen. Trotzdem steckte ein winziger Splitter in meinem Herzen. Warum konnte ich nicht so locker und schlagfertig sein wie Pina?, dachte ich, während die kubanischen Rhythmen und die Stimme von Inga Humpe über den See wehten. Ich sah an mir herunter, und mein Blick blieb an meinen heißgeliebten, aber schon ziemlich ausgelatschten grauen Chucks hängen. Dann schielte ich zu meiner Freundin herüber, die ein Stück entfernt stand und nur leicht mit einem Fuß zur Musik wippte. Sie trug dunkelblaue Leinenschuhe mit Keilabsatz, die ihre Beine noch länger erscheinen ließen, als sie sowieso schon waren. Plötzlich fühlte ich mich wie eine Ente, die versehentlich neben einer Ballerina gelandet war. Die Lust am Tanzen war mir vergangen, also hockte ich mich ins Gras und zupfte an einem losen Faden, der vom Saum eines meiner Hosenbeine hing.

Im Gegensatz zu mir schien Pina immer zu wissen, was sie anziehen sollte. Während ich fast jeden Morgen vor meinem Kleiderschrank stand und mich nicht zwischen Jeans und Sneakers oder

Rock und Flip-Flops entscheiden konnte, griff sie mit schlafwandlerischer Sicherheit die Sachen heraus, in denen sie einfach cool aussah. Ihr Schrank beinhaltete mindestens doppelt so viele Klamotten wie meiner, denn Pinas Mutter war immer für eine Shoppingtour zu haben und zeigte sich jedes Mal großzügig. Und seit Pinas Vater vor einem Jahr seine Familie verlassen hatte, versorgte er seine Tochter zudem mit reichlich Taschengeld – wahrscheinlich aus schlechtem Gewissen.

Aber es lag nicht nur an der Menge der Anziehsachen, die sie besaß. Mit ihren großen, dunklen Augen, ihrer zarten Haut, auf der sich nicht mal der kleinste Pickel verirrte, und den halblangen Haaren, deren Spitzen sich immer ein wenig nach außen bogen, fiel Pina einfach auf. Vielleicht lag es auch an ihrem Mund, bei dem die geschwungene, aber schmale Oberlippe einen auffälligen Gegensatz zur vollen Unterlippe darstellte und es daher immer so wirkte, als würde sie ein wenig schmollen. Nicht trotzig oder schlecht gelaunt, sondern eher herausfordernd. Die meisten Jungs fanden Pina wahrscheinlich toll, aber keiner traute sich, sie anzusprechen.

Wenn Pina morgens mit geradeaus gerichtetem Blick und langen Schritten über den Schulhof ging, wirkte sie immer so, als würde sie niemanden brauchen. Nie sagte sie »Hallo«, und dennoch folgten ihr alle Blicke. Mir war sie natürlich auch schon auf dem Schulhof aufgefallen, aber wahrscheinlich wären wir aneinander vorbeigelaufen, bis Pina Abitur gemacht hätte, wenn nicht eines Nachmittags ihre Fahrradkette herausgesprungen wäre und damit ihre Heimfahrt sabotiert hätte. Ich war dazugekommen, als Pina fluchend und mit ölverschmierten Händen an ihrem Fahrrad herumfummelte. Nach einer halben Stunde sahen meine Hände genauso schwarz aus, meine Locken waren zerzaust und standen wahrscheinlich wie Korkenzieher von meinem Kopf ab, und meine Jeans zierte ein dicker, glänzender Schmierfleck. Dafür hatten Pina und ich aber festgestellt, dass sie mit Nachnamen »Sommer« und ich »Winter« hieß, worüber wir lachen mussten. Außerdem mochten wir beide Milchkaffee mit einer Menge Schaum und Krimis mit viel schwarzem Humor. Nur unser Musikgeschmack ging beträchtlich auseinander.

Prompt verzog Pina auch jetzt das Gesicht, weil gerade ein Song von Pink lief.

»Leider steht in unserer Klasse keiner auf Elvis oder Buddy Holly«, zog ich sie auf. Ich musste grinsen, als ich mir vorstellte, ich würde Daniel, der heute den DJ spielte, eine CD mit den Hits der frühen 60er-Jahre in die Hand drücken, mit der Bitte, diese für meine Freundin zu spielen. Was würde der wohl allein bei den Texten für ein Gesicht ziehen! Echte Kerle, die sich in ein Mädchen verlieben und alles für sie tun würden, versammelten sich in Titeln wie *Devil in Disguise, That'll be the day*, *Runaround Sue* und wie die Dinger alle hießen. Ich fand die Songs ganz gut – allerdings nur für eine 60er-Jahre-Mottoparty. Aber Pina fuhr voll darauf ab. Sie hörte praktisch nichts anderes und konnte jede Zeile auswendig mitsingen. »Ich bin zu spät geboren. Eigentlich hätte ich in den Zeiten von Petticoat und Rock 'n' Roll leben sollen«, sagte sie immer, wenn ich sie deswegen aufzog.

Ehe wir uns aber erneut kabbeln konnten, ertönte auf einmal Geknatter, und gelbe Scheinwerferkreise von drei Motorrollern durchschnitten die aufziehende Dämmerung. Beim Näherkommen sah ich, dass eines der Fahrzeuge eine alte Vespa aus den 70er-Jahren war. Mein Vater schwärmte noch heute von seinem ersten Motorroller, den er mit sechzehn endlich fahren durfte. »Eine Piaggio, Baujahr '73 in Blaugrau. Da gab es extra Zapfsäulen an der Tanke, aber so was kennt ihr Kids ja heutzutage gar nicht mehr«, war sein Standardsatz, wenn er in seine nostalgischen Erinnerungen abtauchte. Meine Mutter hatte seinen verträumten Blick »Papas Plüschaugen« getauft, aber als ich jetzt die alte Vespa sah, konnte ich plötzlich verstehen, warum sie ihm so gefallen hatte.

Schweigend beobachteten Pina und ich, wie die Fahrer die Motoren abstellten. Es konnte niemand aus unserer Klasse sein, denn keiner meiner Mitschüler fuhr so ein Ding. Die meisten waren noch keine sechzehn und durften somit höchstens ein Mofa fahren. Und auch an unserer Schule hatte ich die Vespa noch nie gesehen.

Einer der Fahrer, ein schlanker, hochgewachsener Typ in Jeans und einer abgeschabten schwarzen Lederjacke, schwang sich mit einer fließenden Bewegung von seinem Roller und nahm den Helm ab. Einen dunklen Wuschelkopf, weiße Zähne, die bei einem Lächeln aufblitzten, und eine gerade Nase, mehr konnte ich nicht erkennen. Aber etwas an seiner Haltung faszinierte mich. Wie er so dastand, wirkte er gleichzeitig lässig und elegant. Ich reckte neugierig den Hals, doch die hereinbrechende Nacht breitete sich wie schwarze Tinte aus und ich konnte keine Einzelheiten erkennen. Die drei Musketiere, schoss es mir durch den Kopf. Mit Pferdestärken statt Pferden, dachte ich und musste kurz über meine eigene Albernheit grinsen. Plötzlich drehte der Wuschelhaarige den Kopf und sah sekundenlang zu uns herüber. Undeutlich nahm ich das Aufblitzen von hellen Augen wahr, die uns anstarrten. Beziehungsweise Pina. War ja klar, dachte ich verzagt. In diesem Augenblick traten Alex und Erik zu den dreien. Ich hörte nur dumpfes Gemurmel, konnte jedoch nicht verstehen, was sie sagten. Aber gleich darauf nickte der Wuschelhaarige und die zwei anderen Fahrer zuckten die Schultern. Alex und Erik gingen wieder zu den anderen aus der Schule.

Als der Dunkelhaarige etwas zu seinen Freunden sagte, wehten nur undeutliche Wortfetzen zu uns hinüber. Bestimmt kam er gleich rüber, um Pina mit einem Spruch zu beeindrucken. Stattdessen stülpte er sich jedoch seinen Helm wieder auf, und kurz darauf sprangen die Vespas knatternd an. In geschlossener Formation kurvten die Fahrer davon. Pina folgte dem Trio mit den Blicken, bis die Maschinen in der Ferne verschwunden waren.

»Hat dir einer von den Typen gefallen?«, fragte sie und sah mich prüfend an. Ich spürte, dass ich rot wurde, daher zuckte ich nur die Schultern. »Nö, wieso?«

»Na ja, ich dachte nur ...« Sie zog eine Augenbraue hoch.

»Ich glaube, ich hab jetzt doch Bock auf Würstchen«, entschied ich und schüttelte meine Beine aus, die vom Sitzen etwas kribbelten.

»Ich auch«, sagte Pina und sah zum Grill. »Gehst du?«

»Hey, gerade wolltest du mir noch was mitbringen, vergessen?«

Pina grinste mit funkelnden Augen und ich ahnte, was jetzt kam. Prompt streckte sie mir ihre rechte, aufgestellte Faust hin und ich tat es ihr gleich.

»Schnick, schnack, schnuck«, sagten wir unisono und öffneten die Hände. Pina hielt den kleinen Finger ausgestreckt nach oben, während mein Zeigefinger gekrümmt war. »Ha! Du hast verloren: Stock erschlägt Schlange!«, rief Pina triumphierend.

»Mist!«, grummelte ich. »Noch mal!«

Beim zweiten Mal machte Pina das Zeichen für »Schlange«, während ich diesmal Zeigefinger und kleinen Finger gestreckt hielt, während die zwei mittleren Finger abgeknickt waren und auf dem Daumen auflagen, sodass es wie ein Hundekopf aussah. »Schlange beißt Hund«, stellte Pina trocken fest, »du hast zwei Mal hintereinander abgelost und musst Essen holen!«

»Immer ich«, murrte ich, aber in Wahrheit machte es mir nichts aus. Ich verlor regelmäßig gegen Pina bei unserem Schniekern mit selbsterfundenen Begriffen und Zeichen. »*Schere, Stein, Papier* kann jeder«, hatte Pina herablassend gesagt, als wir das erste Mal etwas ausknobeln wollten. Unter viel Gekicher und Diskussionen hatten wir uns schließlich auf *Stock, Schlange, Hund* geeinigt. »Es ist ganz einfach! Stock erschlägt Schlange. Schlange beißt Hund. Hund apportiert Stock«, hatte ich einmal in der Küche versucht, meiner Mutter unser System zu erklären. »Hauptsache, ihr zwei versteht es, mein Schatz«, hatte sie etwas zerstreut gelächelt und sich dann abgewandt. Aber ich war stolz gewesen, dass Pina sich ausgerechnet mich als Freundin ausgesucht hatte.

Daher trabte ich jetzt auch ohne Widerrede los. Bille, Leonie, Ina und die anderen lümmelten immer noch im Gras und Satzfetzen drangen zu mir herüber: »... finde ihn in dem Film einfach Wahnsinn. Hast du seine neue Frisur gesehen? Damit sieht er noch besser aus.«

»Ja, aber die Story ist scheiße. Und diese Dings, wie heißt die Schauspielerin noch mal, die mitspielt? Also die sieht inzwischen ja wohl voll fertig aus!«

»Angelina Jolie?«

»Nee! Mann, Bille, die hat doch dunkle Haare! Ich meine die Blonde ...«

»Carey Mulligan?«, schlug ich im Näherkommen vor, weil gerade ein aktueller Film mit ihr im Kino lief.

Sechs erstaunte Augenpaare wandten sich mir zu. Schlagartig kam ich mir vor wie ein Eisbär in der Sahara – total fehl am Platz. Mir fiel nichts anderes ein, als noch hinzuzufügen: »Ich glaube, die zweite Runde am Grill ist fertig.«

Bille, die nach eigener Aussage vorhin kurz vorm Hungertod gestanden hatte, ließ nur kurz ein uninteressiertes »Hmm« ab und drehte sich weg. Ina ließ sich immerhin zu einem kurzen Lächeln in meine Richtung hinreißen, ehe Leonie ihr Gespräch nahtlos fortsetzte. »Also, ich will den Film auf alle Fälle bald sehen ...«

Ich machte, dass ich zum Grill kam, auf dem Würstchen und Putenschnitzel brutzelten. Daneben stand ein Korb mit mehreren Baguettestangen. Jeder aus der Klasse hatte ein paar Euro in eine Sammelbüchse geworfen und dafür durften wir jetzt zugreifen. Diesmal war nichts verbrannt, aber Alex konnte sich einen blöden Spruch mal wieder nicht verkneifen. »Na, machst du eine Zucht für Hüftgold auf?«, fragte er und deutete auf den zweiten Teller, den ich für Pina in der Hand hielt. Flo und ein paar Jungs, die das mitbekamen, prusteten los. Ich beschloss, sie zu ignorieren, obwohl Alex' Stichelei bei mir sehr wohl einen Nerv traf. Ich war nicht immer glücklich mit meiner Figur und beneidete Pina um ihre schlanke Taille und die langen Beine. Aber Alex haute nicht nur immer wieder fiese Sprüche raus, er war auch einer der besten Sportler an der Schule und außerdem unser Klassensprecher. Ich traute mich einfach nicht, ihm mal richtig die Meinung zu sagen. Damit stand ich allerdings nicht alleine, sogar die drei fremden Motorrollerfahrer waren ja vorhin ohne Widerrede abgehauen.

»Vergiss doch den Typen, der hat eine große Klappe, aber keinen Arsch in der Hose«, sagte Pina, als wir kurz darauf zusammen im Gras saßen und ich ihr von Alex' dummem Spruch erzählte. Trotzdem hinterließen seine Worte einen bitteren Nachgeschmack. Ich umschlang meine Knie mit beiden Armen und starrte auf die schwarze, glatte Fläche des Sees. Unter meinen nackten Fußsohlen spürte ich kühl die kitzelnden Grashalme. »Hey, du lässt dir doch von so einem Idioten nicht die Laune verhageln, oder?«, fragte Pina und sah mich prüfend an. Ich schüttelte den Kopf und bemühte mich um ein Grinsen. »Ach was, sollen sie doch alle in der Hölle schmoren.«

Ich konnte ja nicht ahnen, auf welch schreckliche Weise meine Worte noch am gleichen Abend wahr werden sollten.

★★★

Als ich am nächsten Morgen das Klassenzimmer betrat, standen Bille, Leonie, Ina und noch ein paar andere dicht gedrängt um Erik. Leonie wischte sich über die Augen. Heulte sie etwa? Auch die Mienen der anderen verrieten, dass es um ein ernstes Thema ging. Ich überlegte eben, ob ich mich dazustellen sollte, als Siska reinkam und sich ohne Umstände zu den anderen gesellte. »Was ist denn los? Schreiben wir eine Ex oder warum guckt ihr so trübetümpelig?«, fragte sie munter.

Schweigen breitete sich aus wie verlaufende, schwarze Tinte. Blicke wurden gewechselt, Füße scharrten über den Boden. »Hast du das mit Flo noch nicht gehört?«, fragte Ina schließlich dumpf.

»Was denn?«

»Gestern waren Alex, Flo und ich als Letzte am See und wollten noch ein bisschen aufräumen«, erzählte Erik. »Flo hat gesagt, er löscht den Grill. Wir hatten extra eine Flasche Wasser danebengestellt, aber in der Dunkelheit hat er wohl nicht richtig hingesehen …« Erik schluckte.

Mir war klar, dass etwas passiert sein musste, denn seine Stimme ließ etwas Dunkles, Schreckliches erahnen, das sich zäh und klebrig zwischen uns ausbreitete.

»Was ist passiert?«, fragte Siska beinahe flüsternd.

»Flo hat die Flasche mit dem Spiritus erwischt und das Zeug in die Glut geschüttet. Es … gab eine Stichflamme und … oh fuck!« Mit weit aufgerissenen Augen starrte Erik uns an. Bei der Erinnerung an das Bild konnte er nicht weitersprechen.

»Er hat im Reflex die Arme vors Gesicht gerissen«, ergänzte Leonie mit monotoner Stimme. »Das war sein Glück, aber seinen rechten Unterarm hat es wohl ziemlich übel erwischt.«

»Wir haben sofort den Notarzt gerufen, und die sind gleich mitsamt Polizei angerückt«, berichtete Chris.

»Wieso das denn?«, platzte ich heraus.

»Das ist bei Unfällen wohl Routine«, murmelte Alex. »Blöderweise haben die unseren Joint gefunden, und jetzt heißt es natürlich, der Unfall wäre aus Leichtsinn passiert.«

»Na ja, vielleicht war Flo tatsächlich bekifft und wollte einen Witz machen«, wagte ich einzuwerfen.

»Pfff, so ein Quatsch!«, fuhr Alex mich unfreundlich an. »Jeder von uns hat mal dran gezogen, aber Flo war doch nicht so weggetreten, dass er aus Jux Spiritus statt Wasser genommen und sich selber angezündet hat!«

»Es war einfach zu dunkel«, sagte Chris bestimmt. »Das hätte jedem von uns passieren können!«

Alle nickten, und dann gab es nichts weiter zu sagen. Ich dachte an Flo, der mit dick verbundenem Arm im Krankenhaus lag. Ob er wohl mit Medikamenten ruhiggestellt wurde, sodass er in einer Welt ohne Schmerzen, aber auch zeitlos ohne Tag und Nacht dahindämmerte, bis die Verbrennung einigermaßen verheilt war?

Stumm und bedrückt schlichen wir auf unsere Plätze und ich schlug mein Mathebuch auf. »Kausalzusammenhänge« las ich zerstreut. Unvermittelt musste ich an meinen Satz denken, Alex und die anderen sollten in der Hölle schmoren. Nun hatte es Florian erwischt. Wäre ich abergläubisch gewesen, dann hätte ich vielleicht geglaubt, mit meinen Worten wäre etwas Böses heraufbeschworen worden. Etwas, das sich auf Flo gestürzt hatte und schuld war an der tragischen Verwechslung von Wasser mit Spiritus, für die er nun mit einer Verbrennung zweiten Grades büßen musste. Aber vielleicht hätte ich doch eher dem Satz Glauben geschenkt, dass ein Unglück selten alleine kommt.

JULE

Der Gong ertönte und Jule sah auf die Uhr: drei Minuten vor acht. Lachend und plaudernd strömten die Schüler grüppchenweise an ihr vorbei. Jule schluckte. Hier kennen sich alle, dachte sie und schauderte. Warum mussten ihre Eltern auch mitten im Schuljahr umziehen? Ihr graute vor dem ersten Schritt in das neue Klassenzimmer. Lauter fremde Augenpaare, die sie mustern würden. Taxierende Blicke, Getuschel und wenn es ganz schlimm kam, vielleicht auch Gekicher. Verstohlen blickte Jule über ihre Schulter. Fünf Meter entfernt war das Schultor, dahinter begann die Straße. Ein kurzer Sprint und ich wäre weg, dachte sie, und eine Sekunde lang erschien ihr die Flucht nach draußen, wo die weißgelbe Sonne bereits am Morgen vom blauen Maihimmel knallte, als verlockende Möglichkeit. Dann aber siegte die Vernunft. Hier konnte sie noch einmal neu anfangen. Mit zusammengebissenen Zähnen erklomm sie die letzten Stufen und stieß die gläserne Eingangstür auf. Durch die Halle mit dem Steinboden, ein paar Stufen zum ersten Stock hoch, den Flur mit graugrünem Linoleumboden entlang. Dann stand Jule vor der gelbgestrichenen Klassentür. Ihr Magen fühlte sich an wie eine Waschmaschine kurz vor dem Schleudergang, und ihre Finger waren kalt und gefühllos, als sie nach der Klinke griff und sie herunterdrückte. Fünfundzwanzig Gesichter wandten sich ihr zu, helle und dunkle Flecken, denn vor lauter Aufregung verschwamm alles vor Jules Augen. Ein größerer, bunter Fleck bewegte sich auf sie zu und wurde zu einem roten Lippenstiftmund, der zu einer Frau Mitte dreißig gehörte, die Jeans und einen roten Pulli trug.

»Du musst Juliane sein. Ich bin Silke Ulbrich, die Klassenlehrerin«, sagte sie und klatschte kurz in die Hände.

»Hört mal alle her! Das ist Juliane Willmann, unser Neuzugang!«

Aufmunternd sah Frau Ulbrich sie an. »Vielleicht möchtest du selbst ein paar Worte sagen?«

Nein, möchte ich nicht!, hätte Jule am liebsten geschrien, aber sie wusste, es gab kein Entkommen.

»Ja, also, ich heiße Jule. Ich bin gerade mit meinen Eltern wieder nach Deutschland gezogen. Mein Vater hat drei Jahre in London gearbeitet und … ähm, ach ja, ich bin fünfzehn.«

Noch während sie sprach, sah Jule im Geiste ihr Spiegelbild, das sie ansah und kopfschüttelnd die Augen verdrehte. Jule wusste selbst, dass sie eine miserable Performance hingelegt hatte, aber sie konnte nicht anders. Alles, was sie sich vorher zurechtgelegt hatte, schien sich in dem Moment zu verflüchtigen, da sie den Mund öffnete. Kicherten da ein paar Mädchen in der hinteren Reihe? In Jules Ohren rauschte es.

»Gut, dann setzt du dich am besten zu … lass mal überlegen. Florian ist zurzeit im Krankenhaus, aber das ist hoffentlich kein Dauerzustand. Nein, wir machen es anders. Ina, kannst du vielleicht den Platz tauschen und dich nach vorne zu Bille setzen?«, fragte die Ulbrich. Zwei Mädchen, eine etwas Pummlige mit kurzen Haaren und eine Zierliche mit rotblonden Locken, die in eigenwilligen Kringeln um ihr Gesicht tanzten, nickten. Die Kurzhaarige stand auf und schleppte ihren Rucksack in die vordere Bankreihe. »Neben Nelly bist du gut aufgehoben, sie kann dir helfen, wenn du mit dem Schulstoff am Anfang Schwierigkeiten haben solltest«, sagte die Lehrerin zu Jule gewandt. Mit unsicheren Schritten setzte die sich in Bewegung und ließ sich neben dem kringelhaarigen Mädchen auf den Stuhl fallen.

»Hi. Ich bin Nelly«, sagte sie.

»Hi«, brachte Jule heraus und schielte vorsichtig nach links. Ob diese Nelly jetzt sauer war, weil sie ihretwegen eine andere Banknachbarin bekam? Doch das Mädchen lächelte ihr freundlich zu, und Jule atmete auf.

Da ertönte die energische Stimme von Frau Ulbrich. »So, liebe Leute. Mathebücher raus, wir haben nicht den ganzen Tag Zeit.«

»Och, kann die Neue nicht noch ein bisschen was von England erzählen?«, fragte ein schlaksiger Blonder, der schräg vor Jule saß und beim Grinsen eine Zahnspange zeigte. Jule erschrak, doch die Lehrerin entgegnete zuckersüß: »Ich schlage vor, DU erzählst uns was, Daniel. Und zwar über ein gleichschenkliges Dreieck mit einem Winkel von 36 Grad ...«

Alle Aufmerksamkeit der Schüler richtete sich auf die Tafel und Jule spürte, wie ihr Körper, der eben noch so angespannt gewesen war, als wolle er zu einem 100-Meter-Sprint ansetzen, sich entkrampfte. Da spürte sie einen leichten Knuff an ihrem Ellenbogen. Jule wandte den Kopf, und Nelly zog eine bezeichnende Grimasse Richtung Daniel. »Mach dir nichts draus, die meisten in der Klasse sind wie Blauwale: große Klappe, aber harmlos«, flüsterte sie. Jule nickte nur vorsichtig, aber das erste Mal, seit sie aus dem Umzugswagen gestiegen war, hatte sie das Gefühl, die neue Schule könnte vielleicht doch ganz okay sein. Wenn nur niemand erfahren würde, was der wahre Grund für ihren Umzug gewesen war.

NELLY

Der Pausengong erlöste uns von den elend langweiligen Ausführungen über weltpolitische Veränderungen als Auswirkung des Kalten Krieges. Müller, unser Geschichtslehrer, dessen Name genauso banal war wie sein Unterricht, packte noch seine Tasche, da waren wir schon an ihm vorbei zur Klassentür raus. »Soll ich dir zeigen, wo unsere Schulkantine ist?«, bot ich der Neuen an, die schon etwas weniger verängstigt als heute Morgen aussah. Mit ihren glatten hellbraunen Haaren und der runden Brille, hinter deren Gläsern jedoch überraschend blaue Augen blitzten, hatte Jule anfangs wie ein scheues Erdmännchen gewirkt, das zum ersten Mal den Kopf aus dem Bau steckt. Vielleicht hatte sie sich deswegen mit dunkelblauen Röhrenjeans, Turnschuhen und einem weiten, grauen Hoodie besonders unauffällig angezogen? Ich konnte sie verstehen. Irgendwo hinzukommen und niemanden zu kennen, das war für mich auch der Horror. Zum Glück passierte mir das nicht mehr, seit ich Pina kennengelernt hatte. Wir hingen oft nach der Schule den ganzen Tag zusammen und ich genoss es, mit ihr befreundet zu sein.

»Ähm, wolltest du mir nicht die Mensa zeigen?«, riss mich Jules Stimme aus meinen Gedanken. »Ach so, ja klar«, sagte ich und lief los.

In der Kantine war wie immer die Hölle los. Nur Pina aß nie dort. Sie konnte den Massenauflauf nicht leiden, wie sie sagte. Tatsächlich taten alle immer so, als hätten wir nur zwei Minuten Pause und danach stünde eine Hungersnot bevor. Deswegen dauerte es eine halbe Ewigkeit, bis Jule und ich unsere Tabletts durch die Schlange an der Kasse manövriert hatten und uns an einem Tisch niederlassen konnten. »Die Schule ist ganz schön verwinkelt! Alleine finde ich nie wieder in die Klasse zurück«, seufzte Jule.

»Hast du den Flurplan nicht bekommen?«, fragte ich und da sie den Kopf schüttelte, bot ich an, ihr die Skizze per Mail zu schicken. Gerade diktierte sie mir die letzten Buchstaben ihrer Mailadresse ins Handy, da steuerten Ina, Bille, Erik, Daniel und Leonie mit ihren Essenstabletts auf unseren Tisch zu und setzten sich dazu.

»Mensch, erzähl doch mal, wie ist England denn so? Habt ihr direkt in London gewohnt?«, fragte Leonie und verschüttete fast ihren Tee, weil sie sich neugierig zu Jule herüberbeugte.

»Du sprichst sicher super. Schütz, unser Englischlehrer, wird dich ins Herz schließen«, prophezeite Siska etwas verkniffen.

Fürchtete sie etwa, ihre Vormachtstellung als Klassenbeste zu verlieren?, dachte ich. Während Jule mit leiser Stimme die Fragen meiner Mitschüler beantwortete, die nur so auf sie einprasselten, blieb ich stumm. Keiner beachtete mich, alle scharten sich um die Neue. Umso mehr freute ich mich darauf, mit Pina später nach Hause zu radeln. Doch als ich zum Fahrradunterstand schlenderte, um auf sie zu warten, fehlte ihr weißes Rad mit den roten Blitzen an der Seite. Pina war ohne mich nach Hause gefahren.

PINA

»Hallo, Schätzchen!«, hörte Pina ihre Mutter Maren aus dem Wohnzimmer rufen, kaum dass sie die Wohnungstür geöffnet hatte. »Wie war's in der Schule?«

Pina verdrehte die Augen. Musste ihre Mutter sie gleich wieder mit Fragen überfallen? Sie hätte sich am liebsten in ihr Zimmer geschlichen, um erst mal ein paar Minuten Ruhe zu haben. Doch schon wehte Maren in einem ihrer langen, bunten Kleider in den Flur und umarmte sie stürmisch, sodass ihre vielen Ketten klapperten und die Holzperlen beinahe schmerzhaft an Pinas Schlüsselbein drückten.

»Schön, dass du da bist, mein Schatz. Hast du Hunger? Bestimmt aber Durst, es ist ja heute wieder irre heiß draußen!« Ohne Pinas Antwort abzuwarten, bugsierte sie ihre Tochter in die Küche. Unentwegt redend goss sie Pina ungefragt ein Glas Eistee ein und machte sich danach am Herd zu schaffen.

»Mama, echt nicht, ich hab keinen Hunger«, wehrte Pina ab, doch ihre Mutter pustete sich nur ungeduldig eine Strähne ihrer langen, schwarzen Haare aus der Stirn. Außer Pina wusste niemand, dass sie die inzwischen färbte, um die vielen grauen Strähnen zu überdecken, die seit der Trennung von Pinas Vater immer mehr zu werden schienen.

»Ach was, du warst den ganzen Tag in der Schule, und ich weiß doch, was eure Kantine für einen Fraß verkauft«, sagte Maren, ohne sich zu Pina umzudrehen, und angelte eine Packung Spaghetti oben aus dem Regal.

»Außerdem bist du noch am Wachsen. Und ich hoffe doch nicht, du fängst in deinem Alter schon mit diesem *Low-Carb*-Mist an oder machst sonst eine Diät. Bist eh so dünn …«

Plötzlich hatte Pina das Gefühl, das Geplapper ihrer Mutter keine Sekunde länger ertragen zu können. Sie ging zum Herd und nahm ihr fast grob die Nudelpackung aus der Hand.

»Mama, ich hab heute ausnahmsweise schon den ›Fraß‹ aus der Mensa gehabt, weil ich mir dort ein Sandwich geholt habe! Außerdem ist es zu heiß für Spaghetti! Kannst du das nicht einfach mal akzeptieren?« Pinas Stimme klang schärfer als beabsichtigt. Prompt sah sie das Blaugrau in den Augen ihrer Mutter verschwimmen.

»Schon gut«, sagte Maren erstickt und sah auf einmal viel älter aus als ihre knapp neununddreißig Jahre. »Verstehe. Ich bin einfach zu nichts mehr nütze. Kein Wunder, dass Kai weg ist …«

Pina machte schnell zwei Schritte auf ihre Mutter zu und nahm sie in den Arm. »Mama, so hab ich das doch nicht gemeint. Ich find's toll, dass du dich so um mich kümmerst. Aber … ich hab gerade echt keinen Kohldampf. Lass uns doch später zusammen einen Salat essen, okay?«

Marens Miene hellte sich auf. Impulsiv drückte sie ihre Tochter an sich. »Wenn ich dich nicht hätte, Herzchen«, sagte sie strahlend. »Und nun geh mal schön deine Hausaufgaben machen. Je schneller du fertig wirst, desto mehr Zeit haben wir beide danach zum Quatschen, ja?«

Sie warf Pina noch eine Kusshand zu, ehe sie mit flatterndem Kleid im Wohnzimmer verschwand.

Pina blieb noch einen Moment mit angehaltenem Atem stehen und lauschte. Sie hörte Maren vor sich hinsummen, wobei ihre nackten Fußsohlen leise auf den Laminatboden klatschten. Pina linste vorsichtig durch den Spalt der angelehnten Tür und sah ihre Mutter selbstvergessen zu der Melodie tanzen, die sie sich selbst vorsummte. Lautlos wich Pina zurück und wandte sich zum Gehen, da drang das leise Klicken, mit dem die Tür des Sideboards aufging, an ihr Ohr. Wenige Sekunden später hörte sie das vertraute Klirren eines Flaschenhalses, der an ein Glas stieß.

Pina grub die Zähne so fest in die Unterlippe, dass es schmerzte. Sie verharrte noch eine Sekunde an der gleichen Stelle, als hätte sie eine Hexe aus dem Märchen mit einem bösen Zauber belegt, der sie für immer und ewig an einer Stelle festbannte. Dann aber wirbelte sie herum und floh in ihr Zimmer.

KAPITEL 2

NELLY

Fünf Minuten nach halb acht am nächsten Morgen radelte ich über die große Kreuzung, an der ich fast jeden Morgen nach links abbog, um Pina abzuholen, ehe wir zusammen an ein paar Feldern entlang zur Schule fuhren. Es war ein kleiner Umweg, aber schöner, als die Hauptstraße zu nehmen. Gerade überlegte ich, ob ich die Ampel an der Kreuzung noch bei Grün schaffen könnte, da hörte ich Fahrradreifen auf Asphalt quietschen und einen erschrockenen Ausruf. Ohne nachzudenken, schloss ich beide Hände um die Bremsen und kam schlitternd zum Stehen. Ich keuchte vor Schreck und sah überrascht – in Jules blasses Gesicht. »Nelly! Oh Mann, sorry, ich hätte dich fast umgefahren!«, rief meine neue Sitznachbarin und sprang vom Rad. »Ist alles okay?« Vor lauter Hektik rutschte Jule ihre Schultasche vom Gepäckträger. Hefte, Bücher und ein paar Stifte verteilten sich quer über den Radweg. »Oh nein!«, rief sie und bückte sich hastig, um ihre Sachen aufzusammeln. Rasch lehnte ich mein Bike an den Ampelmast und half ihr. Jule schaute zu mir hoch. »Tut mir leid, ehrlich! Aber ich dachte, ich hätte mich verfahren und würde zu spät zur Schule kommen. Ich finde mich hier einfach noch nicht zurecht«, erklärte sie und wirkte, als würde sie gleich in Tränen ausbrechen. Ich sah, dass ihre Brillengläser vor Aufregung beschlugen.

»Ach, ist doch nicht so schlimm«, beruhigte ich sie, obwohl auch mir der Schrecken des Beinahe-Zusammenstoßes noch in den Knochen steckte. Aber die aufgelöste Jule tat mir leid, und daher konnte ich ihr nicht böse sein. Ich zog ein frisches Taschentuch aus meinem

Rucksack. »Hier, dein Mathebuch ist dreckig geworden«, meinte ich und hielt es ihr hin.

»Danke«, erwiderte Jule leise. Nachdem sie alle Bücher sauber und ordentlich wieder in ihrer Tasche verstaut hatte, hoben wir unsere Räder auf.

»Zum Glück kannst du mir jetzt zeigen, wie ich zur Schule komme«, sagte sie mit einem schiefen Lächeln. »Das minimiert die Wahrscheinlichkeit, dass ich in der Walachei lande und erst zur zweiten Stunde in der Klasse einlaufe.«

Ich wollte ihr sagen, dass ich noch meine Freundin abholen würde, da schlug die Kirchturmuhr dreimal. Viertel vor acht, erkannte ich erschrocken. Wenn ich jetzt noch zu Pina fuhr, kamen wir garantiert zu spät. Ganz abgesehen davon, dass sie sicher längst alleine losgefahren war. Kurz merkte ich, wie ich auf Jule wütend wurde, die nicht aufgepasst hatte und wegen der ich nun Pina versetzen musste. »Ich habe dir doch den Schulplan und die Anfahrtskizze gestern per Mail geschickt«, sagte ich und hörte selbst, wie gereizt ich klang. Doch als ich Jules hilflose Miene sah, hatte ich mich schnell wieder im Griff. Sie hatte mich ja nicht mit Absicht aufgehalten, und Pina würde ich spätestens in der Pause treffen. Dann konnte ich ihr alles erklären.

Trotzdem wurde ich das Gefühl nicht los, meine Freundin im Stich gelassen zu haben.

Als endlich der Pausengong ertönte, war ich als Erste zur Tür hinaus und flitzte auf den Pausenhof, um dort auf Pina zu warten. Quälende Minuten vergingen, und ich überlegte mir schon, ob sie heute überhaupt zur Schule gekommen war, da sah ich, wie sie durch die gläserne Tür schlenderte. Erleichtert lief ich auf sie zu. »Ich wollte dich heute Morgen abholen, aber dann hat mich Jule mit dem Rad fast umgefahren. Ich hab ihr noch geholfen, ihre Bücher einzusammeln, und danach war ich zu spät dran«, sprudelte es aus mir heraus. Pina schien mich jetzt erst wahrzunehmen, und ihre fein gezeichneten Augenbrauen schossen in die Höhe. »Jule?«, echote sie.

»Ja, die Neue in meiner Klasse, du weißt schon. Ich wollte dir nur sagen, dass es mir leidtut. Ich hoffe, du hast nicht auf mich gewartet«, schob ich hastig hinterher.

Pina sah mich mit milder Verwunderung an, als wolle sie fragen, wieso ich hier so einen Aufstand veranstaltete. Ich spürte, wie meine Wangen heiß wurden.

»Ich bin heute sowieso früher los. Musste noch Latein abschreiben«, erklärte sie.

»Ach so, dann ist ja gut«, sagte ich etwas lahm, aber das mulmige Gefühl, dass sie irgendwie enttäuscht von mir war, blieb. Sagte sie das nur, weil sie nicht zugeben wollte, dass sie auf mich gewartet hatte?

Ich beschloss, sie zu versöhnen – egal, ob sie tatsächlich sauer war oder ich mir das nur einbildete. »Übrigens ist heute im *Cine Palazzo* Kinotag. Hast du Lust? Ich lade dich ein«, sagte ich.

Eine Sekunde lang dachte ich, sie würde den Kopf schütteln und mich stehen lassen. Aber dann machte sich auf ihrem Gesicht das typische Pina-Grinsen breit. »Aber wehe, es ist keine ordentliche Schnulze! Ich erwarte Tränen zum Happy End, klar?« Dann drehte sie sich um, winkte mir kurz mit Zeige- und Mittelfinger über die Schulter zu und verschwand im Schulgebäude. Ich atmete auf. Es war doch alles in Ordnung. Beschwingt lief ich nun ebenfalls zum Eingang, denn gleich war die Pause um und unser Chemielehrer verstand keinen Spaß, wenn man zu spät kam. Pünktlich schlüpfte ich auf meinen Platz. »Du grinst ja wie ein Honigkuchenpony«, sagte meine neue Banknachbarin Jule. »Hast du ein Date?«

Unwillkürlich schoss mir das Bild des hochgewachsenen Jungen vom See durch den Kopf und ich wurde rot. »Quatsch«, wehrte ich ab. Aus den Augenwinkeln bemerkte ich aber, dass Jule mich weiterhin verstohlen musterte. »Ich freue mich einfach aufs Kino heute Nachmittag«, sagte ich schnell. Sie nickte nur und blickte dann schnell weg. In diesem Moment sah sie so verloren aus, dass ich plötzlich Mitleid bekam. Sicher war es ein blödes Gefühl, einen einsamen Nachmittag in einer fremden Stadt vor sich zu haben, weil man niemanden kannte. Keiner würde anrufen und fragen, ob sie mit in den Park gehen wollte – oder in einen Film.

»Im *Cine Palazzo* läuft diese neue romantische Komödie. Hast du Lust mitzukommen?«, hörte ich mich fragen. Jule sah mich erst erstaunt an, dann aber breitete sich ein Lächeln auf ihrem Gesicht aus, und ihre Augen hinter der Brille funkelten.

»Gerne! Das wäre … echt toll!«, sagte sie.

»Ach, schon in Ordnung. Sagen wir, um vier vor dem Kino? Das ist mitten im Einkaufszentrum und daher nicht zu verfehlen!«

Jule nickte nur stumm, weil inzwischen unser Chemielehrer hereingekommen war, und ich dachte nicht weiter über meine spontane Einladung nach.

»Da bist du ja. Bereit für die ganz große Romanze auf der Leinwand?«, fragte Pina, die im Foyer bereits auf mich gewartet hatte.

»Jule kommt auch. Na ja, sie tat mir leid, weil sie neu in der Klasse ist. Sie hat vorher in London gelebt und ich dachte, ich zeige ihr mal unser super Multiplex-Kino«, sagte ich und versuchte, locker zu klingen. Pina nickte. Ihre Miene verriet nicht, was sie über meinen spontanen Entschluss dachte, doch mich beschlichen auf einmal Zweifel, ob es wirklich eine gute Idee gewesen war, einfach ein fremdes Mädchen zu der Verabredung mit meiner Freundin mitzuschleppen. Schweigend kaufte ich zwei Karten für Pina und mich. »Popcorn?«, fragte ich, aber Pina schüttelte stumm den Kopf.

In diesem Moment wehte Jule herein, mit roten Wangen und außer Atem. »Sorry, ich hab mich schon wieder verfahren«, keuchte sie und stürmte nach einem kurzen »Hallo übrigens« zur Kasse, um noch eine Karte für sich zu ergattern. Schweigend ging Pina in den

Kinosaal, doch als Jule sich immer noch leicht schnaufend neben sie in den samtbezogenen Klappstuhl fallen ließ, lächelte Pina und wandte sich ihr zu.

»Du hast also in London gewohnt? Mann, ich beneide dich! Da will ich auch mal hin. Zum Shoppen! Und natürlich zum Buckingham Palace, zum Tower und so«, begeisterte sie sich, und Jule nickte zu jedem Wort. Ich hätte gerne mitgeredet, aber ich traute mich nicht, Pinas Wortschwall über englische Schuhdesigner zu unterbrechen. Jule hing stumm an Pinas Lippen, ja sie himmelte meine Freundin förmlich an, und ich dachte etwas ärgerlich, dass die beiden ja ziemlich schnell auf einer Wellenlänge waren. Ein leichtes Gefühl der Eifersucht stieg in mir auf wie bittere Galle, denn Pina redete ausschließlich mit Jule und verwickelte sie in ein Gespräch über den Flohmarkt in Notting Hill. Ich saß stumm daneben wie eine lebensgroße Pappfigur. Es war, als sei ich gar nicht da. Zum Glück fing nach wenigen Minuten die Werbung an; ich lehnte mich in die weichen Kinosesselpolster zurück und tauchte in die überschaubare Welt des Films ein, in der ein Happy End vorprogrammiert war.

»Ich wusste, sie kriegen sich zum Schluss«, seufzte Jule zufrieden, nachdem die Lichter im Saal wieder angegangen waren.

»Das ist in Filmen immer so. Sonst würde keiner ins Kino gehen, und die Stars würden sich in Hollywood nicht dumm und dämlich verdienen«, belehrte ich sie.

»Tja, im Gegensatz zum wahren Leben, was?«, sagte Pina. Es sollte witzig klingen, aber ich hörte den traurigen Unterton heraus. Dachte sie an ihre Eltern?

Schweigend schlenderten wir aus dem Saal und ins Foyer.

Insgeheim wünschte ich mir, Jule würde nach Hause gehen. Ich hätte gerne noch ein bisschen mit Pina gequatscht – alleine. Obwohl ich es mir nicht eingestehen wollte, fühlte ich mich tatsächlich etwas ausgeschlossen, aber das sagte ich natürlich nicht. Vielleicht spürte Pina es, denn sie hakte sich bei mir ein, als wir durch die verspiegelte Glastür ins Freie traten.

»Wie wäre es noch mit einem Blaubeer-Smoothie aus dem Coffeeshop?«, wollte Pina wissen. Jule nickte begeistert.

»Ich sag schnell zu Hause Bescheid«, meinte sie und zog ihr Handy aus der Tasche. Ich schluckte und dachte an meine leere Geldbörse. Die Kinoeinladung hatte mich mein letztes Taschengeld für diesen Monat gekostet. Dass ich Pina gegenüber behauptet hatte, noch etwas übrig zu haben, war falsch gewesen, sozusagen eine Notlüge. Ich hatte einfach den Nachmittag mit ihr verbringen wollen. »Das Zeug ist mir zu süß. Wollen wir nicht einfach noch ein bisschen rumlaufen, Schaufenster gucken oder so?«, versuchte ich abzulenken.

Pina musterte mich mit zusammengekniffenen Augen. »Das sagt ausgerechnet die Inkarnation des Krümelmonsters? Dir kann es doch sonst nicht süß genug sein!«

Unbehaglich zuckte ich die Schultern. »Ich … äh … ich glaube, dafür reicht die Kohle nicht mehr«, gab ich zu.

Pina runzelte die Stirn, dann aber kapierte sie offenbar, denn ihr Gesicht wurde weich. »Der Smoothie geht auf mich. Ich hab diesen Monat noch was übrig!«, benutzte sie meine Worte von heute Morgen, aber es klang liebevoll. Ich musste lachen. Wir beide verstanden uns eben ohne viele Erklärungen. Als Jule wieder zu uns stieß, lächelte ich sie an und dachte, wie albern es von mir gewesen war, auf sie eifersüchtig zu sein.

Den Beweis, dass Pina meine Gedanken lesen konnte, bekam ich wenig später, als ich so abrupt vor dem Schaufenster eines Schuhgeschäftes stehen blieb, dass ich fast den Rest meines Smoothies verschüttete. Auch Pina und Jule, die ihre Räder vor mir herschoben, stoppten und drehten sich um.

»Die roten Booties?«, fragte Pina nach einem kritischen Blick in die Auslage.

»Volltreffer«, seufzte ich. »Aber guck dir mal den Preis an. Die kauft mir meine Mutter nicht mal, wenn Weihnachten und Ostern zusammenfallen! Dabei würde ich alles darum geben, nur ein einziges Mal damit herumzulaufen!«

»Die sind wirklich toll«, sagte Jule bewundernd und beugte sich vor, um das Preisschild im Fenster zu entziffern. »Autsch!«

»Sag ich doch«, murmelte ich, aber insgeheim hoffte ich trotzdem, es würde ein Wunder geschehen und ich könnte meine Mutter überzeugen, dass ich nie wieder andere Schuhe tragen wollte, wenn ich nur dieses eine Paar bekäme. Die Booties hatten einen halbhohen Absatz und endeten knapp unter dem Knöchel. Ihr rotes Leder schien durch die Fensterscheibe direkt in mein Herz zu leuchten. Auf einmal wusste ich ganz genau: Wenn ich diese Schuhe trüge, dann wäre es vorbei mit der farblosen, schüchternen Nelly. Mein Gang würde sich verwandeln, mich zum Leuchten bringen, und endlich einmal würden alle mich ansehen, anstatt immer nur …

»Vergiss es. Wir sind hier nicht bei Aschenbrödel und du hast auch keine drei verzauberten Haselnüsse«, holte mich Pinas Stimme aus dem Traumland zurück, in dem ich als elegante Tänzerin mit Endlosbeinen herumstolzierte. Ganz schnell wurde ich wieder zu Nelly mit meinen widerspenstigen Locken und den ausgetretenen Chucks. Plötzlich hatte ich keine Lust mehr auf Bummeln. »Ich glaube, ich fahre nach Hause«, murmelte ich.

»Ja, ich muss auch langsam mal los. Danke, dass ich ins Kino mitkommen konnte«, sagte Jule.

Ich warf Pina einen schnellen Blick zu. »Kein Problem!«

»Bis morgen in der Schule!«, rief Jule und schwang sich auf ihr Fahrrad. Ich zwang mich, meinen Blick von den roten Schuhen im Schaufenster zu lösen. Zum Trost nahm ich den letzten Schluck von dem klebrig-süßen Fruchtzeug, das Pina mir spendiert hatte.

»Sag mal … was machst du morgen Abend?«, fragte sie unvermittelt. Ich hatte den Mund voll dickflüssigen Blaubeermix und konnte daher nur wortlos den Kopf schütteln, was so viel heißen sollte wie »nichts«.

»Der *Citybeach* hat seit einer Woche offen und ich dachte, wir könnten da mal vorbeischauen«, meinte Pina. »Diesmal aber nur wir beide, okay?« Ich verschluckte mich beinahe, weil ich mich beeilte, zu nicken.

Die Stadtverwaltung hatte nach vielen Diskussionen, die auch in unserer Tageszeitung breitgetreten worden waren, endlich erlaubt, dass in diesem Sommer ein Stück vom Flussufer mit Sand aufgeschüttet und als Beachvolleyballplatz mit Strandbar betrieben werden durfte. Seitdem tummelten sich dort nicht nur Schüler und Studenten, sondern auch ein paar Berufstätige, die nach Dienstschluss schnell noch mit Kollegen eine Caipirinha oder ein Bier kippten, ehe sie zu ihren Familien nach Hause mussten. Es war ein buntes Gemisch aus Hippieröcken, Flip-Flops, Leinenanzügen und Bermudashorts, das sich auf dem schmalen Sandstrand und in den Liegestühlen tummelte. Jeden zweiten Abend legte ein DJ auf und beschallte den Fluss mit entspannter Loungemusik. Ibiza-Gefühl in Deutschland. Und das wollte Pina nun mit mir erleben.

»Um sieben an der Strandbar«, sagte sie.

Brief an mich

Dein Tag wird überschattet von einem elendigen Kreislauf aus Niedergeschlagenheit, Wut und Leere. Du hast versucht, die Leere zu füllen. Lesen, Fernsehen, Computerspiele. Es langweilt dich. Alles langweilt dich. Aber diese Leere muss doch irgendwie zu füllen sein! Aber was du auch versuchst, es endet mit dem Gefühl, dass da nichts ist als graue Ödnis.

NELLY

Natürlich war ich am nächsten Abend zu früh. Das war mein verflixtes Pünktlichkeits-Syndrom, wie meine Mutter lachend zu sagen pflegte. Völlig teenageruntypisch, wie sie gerne noch hinzufügte. Aber vor lauter Angst, zu spät zu kommen, war ich immer und überall mindestens eine Viertelstunde vor der Zeit da und stand mir dann die Hacken in den Bauch. Egal, ob es an der Bushaltestelle war oder, wie jetzt, am *Citybeach*. Denn Pina nahm es natürlich mit der Zeit wie immer nicht so genau. Und ich hatte unseren armen Hund Schröder beim Gassigehen vorhin so gehetzt, dass er beim Beinheben an seinem Lieblingsbaum fast umgefallen wäre, weil ich bereits ungeduldig an der Leine gezerrt hatte und er losrennen musste, ehe er seine Pfoten sortiert hatte.

Ärgerlich auf mich selbst schloss ich mein Rad an den Fahrradständer gegenüber vom Strand und holte mir erst einmal eine Cola. Ich verzog mich mit meinem Getränk an die Seite der Bar. Von dort aus konnte ich die vielen Leute beobachten, die den künstlich angelegten Strand bevölkerten. Heute war einer dieser richtig warmen Frühsommerabende und die meisten hatten ihre Schuhe ausgezogen und saßen oder lagen in dem feinen Sand, der tonnenweise herangekarrt worden war, um die Illusion von Ferien und Karibik perfekt zu machen. Die weiblichen Gäste waren alle sorgfältig gestylt und von Minirock bis Maxikleid war alles vertreten. Jungs im Studentenalter spielten mit nacktem Oberkörper Beachvolleyball und stellten ihre Bauchmuskeln zur Schau, kritisch beäugt von ein paar Yuppies Ende zwanzig in einheitlich hellgrauen oder beigen Businessanzügen. Einzig ihre Krawatten hatten sie abgenommen, die nun wie ein paar erschöpfte, bunte Schlangen über den Armlehnen ihrer Liegestühle hingen. Was Pina und ich wohl nach dem Abi einmal machen würden? Mein Wunsch war, Tiermedizin zu studieren, aber ich war mir nicht sicher, ob mein Notendurchschnitt gut genug dafür sein würde. Mathe und Physik waren meine kritischen Fächer. Beim Gedanken an die nächste Klausur bei Frau Ulbrich seufzte ich und starrte trübe in mein Glas.

»Nelly?« Das war nicht Pinas Stimme, also drehte ich den Kopf und sah zu meiner Verblüffung Jule vor mir stehen, die mich mit schief gelegtem Kopf musterte. »Was machst *du* denn hier?«, platzte ich nicht besonders höflich raus. Aber ich befürchtete, Pina könnte uns zusammen sehen und denken, ich hätte Jule schon wieder im Schlepptau – obwohl sie sich ausdrücklich nur mit mir hatte treffen wollen. Jules Lächeln schien bei meinem Tonfall etwas zu verrutschen, dann aber wies sie mit dem Daumen über die Schulter. »Leonie hat mich gefragt, ob ich mitkommen will. Na ja … und hier bin ich«, endete sie etwas lahm und sah mich fast entschuldigend an. Dabei war ich diejenige, die sich im Ton vergriffen hatte.

Ich holte tief Luft. »Cool hier, oder?«, fragte ich und lächelte sie an.

Jule grinste zurück. »Finde ich auch«, sagte sie. »Kommst du mit zu Leonie, Bille und Erik? Daniel und ein Kumpel von ihm wollten vielleicht auch noch vorbeischauen.« Ich wunderte mich, wie selbstverständlich Jule schon mit den Namen unserer Mitschüler um sich warf. Offenbar fühlte sie sich schon voll zur Klasse zugehörig. Ein winziger Stich der Eifersucht durchfuhr mich, weil Leonie Jule gefragt hatte, mich aber nicht. Dabei hatte ich Jule gestern noch helfen wollen, sich nicht so einsam zu fühlen. Und heute stand sie am angesagtesten Treffpunkt der Stadt und war offenbar bereits mit der halben Schulklasse befreundet. Klar hing auch ich manchmal mit Bille, Ina und den anderen in der Pause herum, aber erst als Pina in meinem Leben aufgetaucht war, hatte ich das Gefühl, endlich eine echte Freundin gefunden zu haben. Deswegen bohrte jetzt ein kleiner Neidteufel seinen Dreizack in meine Eingeweide, weil es Jule so schnell gelungen war, Anschluss zu finden, und meine Antwort fiel etwas spitzer aus als beabsichtigt. »Nö danke, ich bin verabredet. Man sieht sich.« Damit wandte ich mich ab und nahm den letzten Schluck aus meinem Glas, in dem die Cola inzwischen warm geworden war.

Als ich mich umdrehte, um das leere Glas an der Bar abzugeben, war Jule weg. Genau wie mein Anflug von Ärger über Pina, die seit einer Viertelstunde überfällig war, denn in dem Moment sah ich eine hochgewachsene Gestalt am Eingang auftauchen, die mir vage bekannt vorkam. Es war der Junge, den ich vor zwei Tagen am See gesehen hatte. Ich stellte mich auf Zehenspitzen und blickte über die vielen Köpfe, aber ich sah nur ein kurzes Wippen dunkler Locken, dann war der Vespafahrer vom See – wenn er es überhaupt war – in der Menschenmenge untergetaucht. So sehr ich auch nach ihm Ausschau hielt, er blieb verschwunden. Seufzend ließ ich meinen Blick zu der Uhr über der Bar wandern. Fünf vor halb acht. Und von Pina immer noch keine Spur.

ELIAS

Er sah sie schon von Weitem und erkannte sie sofort wieder. Das Mädchen hatte er vor ein paar Tagen am See gesehen, als er mit zwei Freunden auf die spontane Idee gekommen war, nachts noch schwimmen zu gehen. Als sie aber mit ihren Rollern ankamen, hatten sie erkannt, dass am Ufer eine Party im Gang war, und waren schnell wieder umgedreht. Trotzdem hatte der kurze Moment gereicht, um auf das Mädchen aufmerksam zu werden. Es war ihr Lächeln gewesen und ihre unbekümmerte Art, sich zu bewegen, die seinen Blick angezogen hatten. Er wäre damals gerne unauffällig in ihre Nähe gegangen und hätte sie etwas länger beobachtet, sie vielleicht sogar angesprochen, aber seine Kumpels hatten zum Aufbruch gedrängt.

Und jetzt war sie hier. Heute war er auch alleine unterwegs. Eigentlich hatte er geplant, nach dem Training schnurstracks nach Hause zu radeln. Aber weil die Luft warm war und die Klänge einer *Café-del-Mar*-CD mit sich trug, hatte er plötzlich Lust gehabt, bei einem kühlen Bier die Zehen im warmen Sand zu vergraben. Daher war er spontan zum *Citybeach* abgebogen. Und da war sie. Das war die Gelegenheit. Elias strich sich eine widerspenstige Locke aus der Stirn und steuerte auf sie zu, wobei er hoffte, dass sie ihr Lächeln heute Abend noch einmal aufsetzen würde – am besten exklusiv für ihn …

KAPITEL 3

NELLY

Ich hockte im Sand und fühlte mich klebrig vor Hitze und Traurigkeit. Pina hatte mich versetzt. Oder hatte sie mich am Ende doch mit Jule gesehen und war postwendend umgedreht? An ihrem Handy ging nur die Mailbox dran, also beschloss ich, nach Hause zu radeln. Doch beim Aufstehen wurde mir schwindlig, und ich geriet ins Taumeln. Schwarze Punkte tanzten vor meinen Augen. Da spürte ich einen festen Griff um meine Hand, und jemand zog mich schwungvoll auf die Beine. Ich blinzelte ins Gegenlicht, fest damit rechnend, endlich meine Freundin vor mir stehen zu sehen, doch die Gestalt, die sich scherenschnittartig von der pfirsichgelben Sonnenscheibe am Himmel abhob, war zu groß für Pina und hatte außerdem zu wuschelige Haare. Gleich darauf erkannte ich, wer da vor mir stand. Der Vespafahrer!, schoss es mir durch den Kopf. Also hatte ich vorhin doch richtig gesehen. Ich starrte ihn wohl an wie eine Geistererscheinung, denn er senkte den Kopf etwas und jetzt sah ich seine graublauen Augen, die mich besorgt musterten. »Bist du okay?«, wollte er wissen. Schöne Stimme, gab mein innerer Bordcomputer zu Protokoll. Nicht zu hoch, nicht zu tief. Definitiv angenehm.

Er schien auf etwas zu warten, denn er taxierte mich immer noch mit diesem intensiven Blick. Erst nach zwei Sekunden fiel mir ein, dass er mich ja etwas gefragt hatte.

»Ähm, ja. Ich war nur etwas … Es ist nur … ziemlich warm«, stotterte ich.

»Na ja, wir haben endlich Sommer«, grinste der Junge und ich wurde rot, weil ich mir schlagartig ziemlich doof vorkam. Pina hätte bestimmt eine witzige Antwort parat gehabt und wäre prompt zu einem Drink eingeladen worden. Bei mir zog der Wuschelhaarige wahrscheinlich eher in Erwägung, mich kurz mit dem Kopf voran in den kalten Fluss zu tauchen, damit ich nicht mehr wirkte wie eine Stubenfliege, die mehrmals gegen eine Scheibe geflogen war.

»Möchtest du was trinken, ich wollte sowieso zur Bar«, vernahm ich da seine Stimme, und vor Verblüffung konnte ich nur nicken und »Cola bitte« krächzen. Er verschwand, und ich dachte allen Ernstes, ich hätte eine hitzebedingte Fata Morgana gehabt, doch kurz darauf wurde mir ein Glas vor die Nase gehalten, an dessen Rand ein Zitronenschnitz steckte und in dem kalte Flüssigkeit perlte. Wir setzten uns in den sonnenwarmen, feinen Sand.

»Ich bin übrigens Elias«, stellte sich der Junge vor.

»Hi. Nelly«, sagte ich, und er prostete mir zu, indem er mit seiner Bierflasche leicht gegen mein Glas stieß. Ich kam mir schrecklich unbeholfen vor, und weil ich nicht wusste, was ich sagen sollte, trank ich aus Verlegenheit einen großen Schluck. Elias dagegen schien völlig locker zu sein. »Bist du öfter hier?«, fragte er und ich schüttelte den Kopf. »Eine Freundin hat mich gefragt, ob ich mitkommen will.«

»Ich bin auch spontan hergekommen. Ich fand die Musik gut und dachte, vielleicht sehe ich jemanden, den ich kenne.«

»Und?«, fragte ich und hörte, dass meine Stimme vor Nervosität etwas hoch klang. »Hast du wen entdeckt?«

Er grinste. »Dich. Du warst doch vorgestern Abend am See, stimmt's?«

Ich starrte ihn verblüfft an. Er erinnerte sich an *mich*? Wahrscheinlich nur, weil ich mit Pina da gewesen war, dachte ich gleich darauf verzagt. Trotzdem nickte ich automatisch. Bestimmt würde er mich als Nächstes nach ihr fragen.

Stattdessen hörte ich ihn sagen: »In welche Schule gehst du?«

»Erich-Kästner-Gymnasium«, antwortete ich.

»Ah. Ich bin in der Waldorfschule«, sagte Elias.

Ich musste mir ein Grinsen verkneifen. Pina hatte immer gewitzelt, sie würde niemals zur Waldorf gehen, weil die Schüler dort ihren Namen tanzend darstellen mussten. »Und wie ›Pina‹ aussehen würde, kannst du dir ja vorstellen«, spottete sie dann und verrenkte ihren Körper in der Parodie eines Baumes im Sturm.

»Lass mich raten! Du denkst, ich würde jeden Morgen meinen Namen tanzen«, sagte Elias und musterte mich mit hochgezogenen Augenbrauen. Mir klappte der Mund auf. War er Hellseher? »Das ist der älteste Waldorf-Witz der Welt«, beantwortete er meine unausgesprochene Frage. »Aber wenn du willst, zeige ich dir hier und jetzt die Bewegungen für ›Nelly‹!«

Einen Augenblick dachte ich tatsächlich, er meinte es ernst, dann aber sah ich, wie er sich ein Lachen verbiss. Nun musste ich auch kichern. Plötzlich fühlte ich mich leicht und unbeschwert. Offenbar flirtete Elias mit mir und ich beschloss, meine Schüchternheit über Bord zu werfen. Lasziv, wie Pina es sicher machen würde, wollte ich mich auf meine Ellenbogen zurücklehnen und stieß dabei prompt meine Cola um. Die Flüssigkeit spritzte über meine Jeans und hinterließ ein paar dunkle Flecken. Ganz zu schweigen von meiner rechten Hand, die schlagartig nass und klebrig wurde. Wenn ich jetzt in den Sand griff, würde sie aussehen wie ein paniertes Schnitzel. So viel also zur Nummer der *Femme fatale*, dachte ich und sprang auf die Füße.

»Ich hole mir mal eine Serviette von der Bar«, sagte ich. Elias kam ganz selbstverständlich mit und scherzte mit dem Barkeeper, während ich an meinem Hosenbein herumtupfte. Auf einmal sah ich Jule mit drei leeren Gläsern auf die Bar zusteuern. Weil ich nicht scharf auf ihre Fragen war, sagte ich sofort »Halb so wild«, noch ehe sie eine Bemerkung über meine feuchte Hose machen konnte. Als ich aufsah, merkte ich, dass Jule Elias neugierig musterte, während sie die Gläser auf die Theke stellte. Vielleicht dachte sie, er wäre meine Verabredung, von der ich vorhin geredet hatte. Elias erwiderte ihren Blick mit einem fröhlichen »Hi«.

Jule murmelte ein »Hallo« und wurde rot. Anscheinend war es ihr peinlich, weil sie ihn angestarrt hatte.

»Das ist Jule, wir gehen zusammen in eine Klasse«, fühlte ich mich bemüßigt zu erklären. Insgeheim ärgerte ich mich, dass sie dazwischengeplatzt war. Sie schien das zu spüren, denn sie nahm schnell das Pfandgeld für die Gläser in Empfang und verzog sich mit einem hastigen »Ciao«.

Ich merkte, dass meine Jeans durch das Herumreiben mit dem weißen Fusseltuch auch nicht besser wurde, und beschloss, mir erst einmal meine klebrigen Cola-Finger zu säubern. Zum Glück gab es ein Stück weiter einen kleinen Park mit einem fest installierten Toilettenhäuschen. »Ich bin gleich wieder da«, sagte ich zu Elias und fühlte sein Lächeln noch im Rücken, als ich zwischen die Bäume eintauchte, wo der Strand endete und das Gras begann.

Als ich durch die Tür wieder nach draußen trat, klingelte mein Handy. »Pina« stand auf dem Display. Schnell drückte ich auf »Gespräch annehmen« und platzte heraus: »Mensch, wo warst du denn, ich habe die ganze Zeit auf dich gewartet?«

»Ich hab mir den Fuß verstaucht«, tönte es kläglich zurück, und schlagartig bekam ich Mitleid.

»Ach du Schande, wie ist das denn passiert?«

»Ich bin auf der Treppe ausgerutscht und umgeknickt. Es tut höllisch weh«, flüsterte Pina erstickt.

»Du musst die Stelle kühlen! Deine Mutter hat doch sicher Eis oder diese Coolpacks zu Hause?«, fragte ich.

»Meine Mutter ist nicht da. Und ich weiß nicht, ob wir Eis im Gefrierschrank haben«, sagte Pina.

Ich überlegte, ob ich zu ihr radeln sollte, dann aber fiel mir Elias ein, der an der Strandbar auf mich wartete. Hin und her gerissen biss ich mir auf die Unterlippe. Zum Glück fiel mir ein, wie wir erst neulich bei Pina geeisten Minztee getrunken hatten. Ihre Mutter hatte uns die Gläser mit zerstoßenem Eis in die Hand gedrückt. »Davon habe ich immer einen Vorrat in der Gefriertruhe«, hatte sie gesagt. Erleichtert wiederholte ich ihre Worte am Telefon für Pina. »Du musst das kalte Zeug also nur in einen Plastikbeutel geben und ein Handtuch darumwickeln. Dann legst du den Fuß hoch und ruhst dich aus«, belehrte ich sie.

Ein paar Sekunden herrschte Schweigen am anderen Ende der Leitung. »Okay. Wir sehen uns«, sagte Pina dann, und ehe ich ihr noch gute Besserung wünschen konnte, war die Verbindung unterbrochen. Erst als ich das Handy wegsteckte, kam mir der Gedanke, dass Pina vielleicht ganz selbstverständlich davon ausgegangen war, dass ich zu ihr kam, und nun enttäuscht war? Aber wie hätte ich ihr schon helfen können? Ich würde später noch einmal bei ihr anrufen, beruhigte ich mich selbst und beeilte mich, zur Beachbar zurückzukommen.

Hoffentlich hatte Elias nicht inzwischen die Geduld verloren und war gegangen.

Doch als ich ihn entdeckte, wünschte ich mir, ich wäre gar nicht erst umgekehrt, sondern tatsächlich zu meiner besten Freundin gefahren. Dann hätte ich nicht seinen Wuschelkopf gesehen, der sich über das Smartphone beugte. Seine Finger, die eine Nummer eintippten. Und Jules Blick, mit dem sie Elias beobachtete, während sie den Kopf kokett schief legte und ein winziges, triumphierendes Lächeln um ihren Mund spielte. Elias hatte keine Zeit verloren und sich gleich an das nächstbeste Mädchen herangemacht. Wenigstens waren sie so miteinander beschäftigt, dass sie mich nicht sahen. Ich drehte mich auf dem Absatz um und flüchtete.

***

Am nächsten Morgen wachte ich mit einem dicken Kopf auf, als hätte ich einen Kater. Aber ich hatte nur schlecht geschlafen und noch schlechter geträumt. An meine Träume konnte ich mich nicht mehr erinnern, wohl aber an den gestrigen Abend, und meine Wut erwachte fast zeitgleich mit mir. Elias sollte meinetwegen in seiner dämlichen Waldorfschule versauern und künftig Jules Namen tanzen. Aber der Gedanke, neben dieser falschen Schlange die Schulbank zu drücken, die nur auf die Gelegenheit gelauert hatte, sich an den Jungen, der mir gefiel, heranzumachen, erschien mir unerträglich. Gestern war ich so sauer gewesen, dass ich nicht einmal mehr bei Pina vorbeifahren wollte, sondern ihr nur eine SMS geschickt hatte. Auf die hatte ich allerdings keine Antwort bekommen, weswegen sich bei mir die Wut auf Jule und Elias und ein schlechtes Gewissen wegen Pina die Waage hielten.

Heute war Freitag, und am liebsten hätte ich jetzt schon das Wochenende eingeläutet und krankgefeiert. Leider war Schröder der Einzige, der mich bedauerte. Seine braunen Hundeaugen waren voller Mitgefühl, und er legte seinen struppigen Kopf verständnisvoll schief, als ich am Frühstückstisch erklärte, ich könne heute unmöglich zum Unterricht. Im Gegensatz zu meinem Hund durchschaute mich meine Muter jedoch sofort und deutete meinen leidenden Gesichtsausdruck als das, was es war: »Theater vom Feinsten, mein Fräulein! Aber bis du für den Oscar nominiert wirst, musst du noch viel üben«, deckelte sie mich munter und schob mich zur Wohnungstür raus.

Vor der Garage fiel mir auf, dass ich zu allem Überfluss den Schlüssel für mein Fahrradschloss verlegt hatte. Zum Suchen war keine Zeit, also verfiel ich fluchend in Trab, um nicht auch noch einen Anpfiff von meiner Lehrerin wegen Zuspätkommens zu kassieren. Ich traf mit dem letzten Ton des Schulgongs in der Schule ein. Das hatte immerhin den Vorteil, dass ich mir nicht überlegen musste, ob ich Jule grüßen oder ignorieren wollte. Die Ulbrich war schon dabei, die erste Matheaufgabe an die Tafel zu schreiben, und so schlüpfte ich nur stumm auf meinen Platz, ohne meine Banknachbarin eines Blickes zu würdigen. Während der Stunde bemerkte ich aus dem Augenwinkel, dass sie immer wieder zu mir herüberschielte, und zweimal machte sie auch den Ansatz, mich anzusprechen. Doch ich wich jedes Mal aus und tat, als würde ich Ulbrichs öden Ausführungen zur Sinuskurve konzentriert folgen. Doch Jule ließ sich nicht so leicht abschütteln. Während die Klasse über der gestellten Matheaufgabe brütete, flüsterte sie auf einmal: »Nelly, hör mal. Ich habe gestern …«

Am liebsten hätte ich mir die Hände auf die Ohren gepresst. Wollte sie sich jetzt für die Flirterei mit Elias etwa rechtfertigen? Ich biss mir auf die Lippen, um sie nicht anzuschreien.

»Das Wörtchen ›Stillarbeit‹ gilt auch für dich, Jule«, vernahm ich da die mahnende Stimme unserer Lehrerin. In diesem Augenblick mochte ich die Ulbrich ausnahmsweise mal richtig gern. Jule wurde knallrot und hielt die restliche Stunde den Mund.

Nach Mathe folgte nahtlos Geschichte, und sobald es zur Pause geläutet hatte, schlängelte ich mich wortlos an meiner Banknachbarin vorbei und stürmte nach draußen.

Ich suchte den ganzen Schulhof ab und sah sogar in der Schultoilette nach, doch von Pina keine Spur. Wahrscheinlich konnte sie vor Schmerzen nicht laufen. Jetzt ging es mir richtig beschissen. Ich hatte meine beste Freundin für einen Jungen im Stich gelassen, der sich nicht einmal für mich interessierte – sondern Jule vorzog. Schlagartig konnte ich die Vorstellung, meine Mitschülerin nach der Pause noch eine einzige Sekunde zu sehen, nicht mehr ertragen. Obwohl es verboten war, sich während der Pause im Klassenzimmer aufzuhalten, schlich ich noch vor Beginn der nächsten Unterrichtsstunde zu meinem Platz, schnappte mir meine Büchertasche und haute ab. Und zwar durch das offene Fenster, denn unser Klassenraum lag im Hochparterre und ging direkt zu der Seite, wo sich der Fahrradunterstand befand. Bestimmt würde irgendwann rauskommen, dass ich geschwänzt hatte, und dann drohte Ärger, aber in diesem Moment war mir alles egal.

Die nächsten drei Stunden verbrachte ich im Park. Ich hatte ein paar Mal versucht, Pina zu erreichen, aber ihr Handy war ausgeschaltet. War sie vielleicht trotz ihres verstauchten Knöchels zur Schule gegangen? Bei ihr zu Hause vorbeizufahren, traute ich mich nicht. Was, wenn ihre Mutter die Tür öffnete und sich wunderte, warum ich nicht im Unterricht war?

An den Stamm einer riesigen alten Eiche gelehnt, hockte ich im Gras und blätterte achtlos in einer Klatschzeitschrift, die ich mir noch schnell an einem Kiosk besorgt hatte. Aber ich nahm weder die bunten Fotos wahr, noch verstand ich eine Zeile von den Skandalen um die Promis und solche, die es gerne wären. Mein Blick wanderte immer wieder über die Grünflächen und zu der Stelle, wo der Strand begann. Die Erinnerung an die Begegnung mit Elias war wie ein juckender Mückenstich – schmerzhaft, aber gerade deshalb ständig spürbar. Ich grübelte, warum mich die Sache so mitnahm. Klar, er hatte mir gefallen, aber wir hatten uns viel zu kurz gesehen, als dass ich ernsthaft darüber hätte nachdenken können, ob mehr daraus werden konnte. Trotzdem tauchte das Bild von ihm und Jule, wie sie vertraulich die Köpfe zusammensteckten, in regelmäßigen Abständen in meinem Kopf auf, und die Worte »Du bist austauschbar« klopften als hämisches Metronom den Takt.

Irgendwann schlug die nahegelegene Kirchturmuhr endlich eins und ich rappelte mich auf, um nach Hause zu fahren und so zu tun, als wäre ich eine pflichtbewusste Schülerin gewesen. Weil ich nur die ersten drei Unterrichtsstunden mitgemacht hatte, hielten sich auch die Hausaufgaben in Grenzen, und der Nachmittag zog sich wie Kaugummi. Ich saß gerade auf unserem winzigen Balkon und starrte blicklos in mein Biologiebuch, als unser Telefon im Flur klingelte.

Ich erschrak. Das konnte nur die Schule sein, dachte ich. Bestimmt hatten sie bereits gemerkt, dass ich mich nicht abgemeldet, sondern geschwänzt hatte. Zum Glück war meine Mutter nicht da, sonst wäre ich nur noch eine Minute von einer saftigen Standpauke entfernt gewesen, wenn herauskam, dass ich heute einfach aus dem Klassenzimmer getürmt war.

Entsprechend piepsig klang meine Stimme, als ich mich mit »Nelly Winter« meldete.

»Sag mal, was ist denn mit dir los?«, drang zu meiner Verblüffung Pinas muntere Stimme an mein Ohr. »Erst gehst du nicht ans Handy und dann meldest du dich wie die Vorzimmerdame im Kanzleramt!« Sie kicherte aufgedreht. Mit einem Blick auf mein Handy stellte ich fest, dass tatsächlich der Akku leer war. Also war Pina mir nicht böse! Mir fiel ein Zentnergewicht vom Herzen, und ich konnte erst einmal nicht antworten. Doch sie redete sowieso schon weiter. »Hör mal, meine Mutter ist ab morgen auf so einem komischen Esoterik-Workshop. Zwei Tage *meditatives Tanzen* oder so. Völliger Quatsch, aber ich hab sturmfreie Bude. Wie wäre es mit einem Wochenende unter dem Motto ›girls only‹?«

»Nichts lieber als das«, seufzte ich, »aber …«

»Nix aber!«, unterbrach mich Pina. »Du verklickerst deinen Erziehungsberechtigten einfach, dass ich mich nachts alleine fürchte, und du wirst sehen: Ruckzuck hast du die Erlaubnis, mir Gesellschaft zu leisten, holde Nelly!«

»Super Idee«, sagte ich, gleichzeitig fiel mir ein, dass meine Mutter ihr Okay sofort zurückziehen würde, wenn sie erfuhr, dass ich geschwänzt hatte. Ich schob den Gedanken energisch beiseite, denn ich musste Pina zuhören, die gerade sagte: »Aber die größte Überraschung kommt noch! Wir fahren in unsere Datscha!«

Ich war begeistert. Ihre Eltern hatten vor vier Jahren ein kleines Wochenendhäuschen – eher eine Hütte – am Stadtrand gekauft, um dort das eine oder andere Wochenende zu verbringen.

Diese Datscha, wie Pinas Mutter sie anfangs noch romantisch-verklärt nannte, verwandelte sich nach kurzer Zeit vom geplanten Familien-Hideaway zum Dauerstreitpunkt zwischen Pinas Eltern. »X-mal habe ich deinen Vater gebeten, endlich den Warmwasserboiler anzuschließen. Was ist passiert? Nichts! Noch weniger als nichts, denn wir haben auch noch keinen Strom für den Herd«, hatte Pina in einer perfekten Nachahmung ihrer zornigen Mutter gekeift, als wir einmal über die Hütte gesprochen hatten.

Die Wochenenden, die ihre Eltern in der Datscha verbringen wollten, waren immer seltener geworden, und schließlich war die Hütte nur noch das Relikt eines Traums von der heilen Familie, die schon längst zerbrochen war. Vor einem Jahr war Pinas Vater dann endgültig zu Hause ausgezogen, aber ausgerechnet Maren, die das Häuschen gehasst hatte, hielt nun hartnäckig daran fest und stemmte sich mit aller Kraft gegen einen Verkauf. Pinas Vater, bis zum Kragen voll mit Schuldgefühlen, die seine Frau in schöner Regelmäßigkeit anheizte, indem sie ihn mit Vorwürfen bombardierte, zahlte schweigend die anfallenden Kosten. Ansonsten kümmerte er sich nicht mehr um das Feriendomizil, und so stand die Hütte meistens leer. Und jetzt würden Pina und ich dort ein ganzes Wochenende wohnen, ohne Eltern, nur wir beide. Wilde Freude sprudelte in mir hoch wie geschüttelter Prosecco aus der Flasche. Pina, die mich mit ihrem Vorschlag aus dem trüben Gewässer von Selbstmitleid und Langeweile zog, war mein Rettungsring.

»Du bist die Beste«, sagte ich aus tiefstem Herzen und hörte am anderen Ende der Leitung Pinas Lachen. »Mal sehen, ob du das auch noch sagst, wenn du erst mal auf dem Kompostklo warst«, kicherte sie. Nachdem sie großzügig erlaubt hatte, dass ich Schröder mitbrachte, und wir uns für später verabredet hatten, legten wir auf.

»Na, freust du dich?«, fragte meine Mutter, nachdem sie nach Hause gekommen war und ich ihr die Erlaubnis abgebettelt hatte, mit Pina ein Wochenende verbringen zu dürfen. Vorsichtshalber hatte ich nichts davon erwähnt, dass wir alleine in einer abgelegenen Hütte sein würden. Ich nickte und machte den Küchenschrank auf, um noch etwas Knabberzeug abzustauben.

»Wann stellst du mir deine Pina eigentlich mal vor?«, fragte meine Mutter.

»Immer, wenn sie mich besucht hat, warst du doch arbeiten!«, gab ich zurück. Ich meinte es als Scherz, doch prompt huschte ein schuldbewusster Ausdruck über das Gesicht meiner Mutter, und ich bekam ein schlechtes Gewissen. Zum ersten Mal bemerkte ich die feinen Fältchen in ihren Augenwinkeln und auf der Stirn. Lachfalten, Sorgenfalten, Lebensspuren.

»So, nun pack deine Sachen, sonst überlege ich es mir noch anders«, sagte sie in diesem Augenblick, und ich beeilte mich, mir unseren Einkaufskorb zu schnappen. Hastig stopfte ich noch eine Packung Nudeln sowie die Chips hinein, und beladen wie Rotkäppchen zog ich ab. Nur dass Pina auf mich wartete und nicht der böse Wolf. Welche Überraschung noch auf uns lauern sollte, konnte ich ja nicht ahnen.

KAPITEL 4

NELLY

Schröder tobte glücklich durch den verwilderten Garten, dessen hohes Gras bis fast an die Haustür der Datscha wuchs. Die Hütte der Sommers war keine Luxusabsteige, aber sie hatte etwas Heimeliges, Verwunschenes. Zwar gab es keine richtige Toilette, sondern nur einen Bretterverschlag hinten im Garten mit einem Plumpsklo, in das man »danach« einen Eimer mit Erde schütten musste, dafür hatte das Häuschen aber inzwischen sehr wohl Strom und fließend Wasser in Küche und Bad. Beim Reinkommen roch es etwas muffig nach Staub und ungelüfteten Polstern, aber nachdem wir alle Fenster aufgerissen hatten, wehte die milde Mailuft den Duft des blühenden Jasminstrauchs durch die Räume, und die Sonnenstrahlen vertrieben die schattige Kühle, mit der uns die Hütte empfangen hatte. Die Möbel waren alles andere als neu, aber ich ging begeistert über die knarrenden Holzdielen und betrachtete entzückt die zwei schmalen, altmodischen Betten mit verschnörkelten Kopfteilen, den Bauernschrank, auf dessen grünen Türen zartrote Rosen gemalt waren, sowie den gusseisernen Ofen im Wohnzimmer.

»Eigentlich müssten wir hier weiße Leinenkleider mit Lochstickerei tragen und uns Zöpfe flechten. Dann würden wir perfekt zu der Einrichtung passen«, sagte ich zu Pina. Sie ging zum Schrank, wobei sie ihren verstauchten rechten Fuß schonte, und warf mir kariertes Bettzeug aus einem der Schränke zu. »Klar. Und abends kommt dann Jane Austen zu Besuch. Oder besser, Mister Darcy!«, blödelte sie und stopfte eins der Kopfkissen in den Bezug. Ich schluckte, weil mir bei dieser Erwähnung prompt wieder Elias durch den Kopf ging. Energisch verdrängte ich die Erinnerung an seine blaugrauen Augen mit den dichten Wimpern und an seine Stimme. Stattdessen konzentrierte ich mich darauf, das Laken ordentlich unter der Matratze festzustecken. In diesem Moment dröhnten die Cha-Cha-Cha-Rhythmen von *La Bamba* durch die Hütte, dass die Scheiben klirrten. »Gnade!«, brüllte ich, »nicht die Oldie-Folter!«

Aber weil Pina Luftgitarre spielend durch die Tür gerockt kam, musste ich lachen, und als die E-Gitarre den nächsten Song *Let's go* einläutete, schmiss ich das Kissen, das ich gerade beziehen wollte, zurück aufs Bett und tanzte etwas, das ich für Rock 'n' Roll hielt. Schröder flüchtete bellend nach draußen, während Pina lauthals den Text mitgrölte. Schließlich fielen wir atemlos auf die Betten, deren Uralt-Federn protestierend quietschten, und kicherten, bis wir keine Luft mehr bekamen. Erschöpft starrte ich an die holzgetäfelte Decke und dachte, wie lange ich schon keinen solchen Spaß mehr gehabt hatte. Mein Kummer und meine Wut auf Elias und Jule schienen in weite Ferne gerückt und ich fühlte mich auf einmal stark und unbesiegbar. Ich hatte Pina als Freundin, wer brauchte da schon einen Waldorftypen, der alles anbaggerte, was nicht bei drei auf dem Baum war? Und diese dämliche Jule fiel auf so eine Masche auch noch herein. Wahrscheinlich, weil sie keine echten Freunde hatte und ihr Selbstbewusstsein sich in der Größenordnung eines Reiskorns bewegte!

Plötzlich hatte ich das Bedürfnis, Pina etwas zu geben, um ihr eine Freude zu machen. Leider hatte ich nicht daran gedacht, etwas Schönes für sie einzupacken. Ein paar Chips und Erdnüsse waren kaum ein passendes Geschenk, um mich bei ihr zu bedanken und die Tage unserer Freundschaft festzuhalten … Da kam mir ein Geistesblitz. »Lass uns Fotos machen!«, rief ich und zückte mein Smartphone. Pina tauchte mit zerzausten Haaren unter der Bettdecke auf, die sie zum Schutz vor meiner Kissenattacke über den Kopf gezogen hatte. Klick – schon hatte ich mein erstes Bild.

»Was war das denn jetzt?«, fragte sie.

Aus mir sprudelte es nur so heraus. »Wir dokumentieren wichtige oder lustige Ereignisse aus unserem Leben«, rief ich. »Und dann stellen wir sie bei Facebook ein oder so.«

»Nee!«, sagte Pina bestimmt, und schlagartig drohte meine Euphorie zu verpuffen.

»Kein Internet! Ich bin keine Facebook-Tussi! Lass uns ein richtiges Freundschafts-Tagebuch machen. Ich hab zu Hause so eine hübsch gebundene Kladde, da kleben wir die Fotos rein und schreiben was dazu. So wie früher die Fotoalben«, fuhr sie fort, und sofort war meine Begeisterung wieder da. Wir beschlossen, uns gegenseitig mit unseren Smartphones zu fotografieren. Wieder zu Hause, würde ich die Fotos über Bluetooth auf meinen Computer übertragen und ausdrucken.

»Wir können uns das Buch teilen. Mal ist es eine Woche bei dir, mal bei mir«, schlug Pina vor.

Ich war mit allem einverstanden, so sehr freute ich mich, dass ihr meine Idee gefiel. »Du kannst gleich mal dokumentieren, wie toll ich Nudeln mit Fertigsoße auf unserem Steinzeitherd kochen kann«, scherzte Pina und strich sich ihre Haare glatt, ehe sie aus dem von der Kissenschlacht verwüsteten Bett stieg und den Raum verließ.

Kurz darauf hörte ich sie mit Töpfen klappern und beeilte mich, die Decken glattzuziehen und die Kissen ordentlich aufzuschütteln. Dabei summte ich *Let's go* vor mich hin.

Nachdem wir eine Riesenportion Pasta verdrückt hatten und Schröder mit Trockenfutter abgefüllt in der Ecke schnarchte, hockten Pina und ich draußen auf der Gartenbank, deren ehemals weiße Farbe nun vergilbt und an vielen Stellen abgesplittert war. Die nachtblaue Luft war warm und lag weich um meine Schultern wie der japanische Seidenkimono meiner Mutter, den ich manchmal tragen durfte. Wir hatten die Beine angezogen, und mein Blick fiel auf Pinas schlanke, bloße Füße mit den perfekt lackierten Nägeln. Unauffällig zog ich den ausgefransten Saum meines langen Rocks über meine knubbligen Zehen – unlackiert – und schlang die Arme um meine Knie.

»Hat das Eis geholfen? Dein Knöchel sieht jedenfalls gar nicht mehr dick aus«, sagte ich und überlegte, wie ich mich am besten für gestern entschuldigen sollte. Ich war Pina keine gute Freundin gewesen. Und alles nur wegen eines Typen, der es überhaupt nicht wert war.

»Hast du dich eigentlich noch mal mit dieser Jule verabredet?«, riss Pina mich aus meinen Gedanken. Allein bei der Erwähnung des Namens war es, als hätte sie unabsichtlich gegen einen blauen Fleck geboxt. Prompt kam der Schmerz über Elias' Verrat zurück, der nach der Sache gestern so sehr mit Jules Namen verbunden war. »Jule kann mir echt gestohlen bleiben! Die macht einen auf verlorenes Lämmchen und keiner merkt, dass das nur Show ist«, stieß ich hervor, heftiger als beabsichtigt.

»Aber du hast sie doch mit ins Kino gebracht«, stellte Pina fest. »Ehrlich gesagt fand ich sie da schon ziemlich aufdringlich.« Pinas hartes Urteil Jule gegenüber verschaffte mir ein Gefühl der Genugtuung. Ich dachte, dass meine Freundin vielleicht ein besseres Gespür besaß als ich und gleich gemerkt hatte, wie unsympathisch die Neue in Wirklichkeit war. Zuerst zögerte ich noch, ob ich die Ereignisse am *Citybeach* nicht lieber für mich behalten sollte, weil sie mich wie die totale Verliererin dastehen ließen. Aber Pina war meine Vertraute und ich randvoll mit Kummer, der nun überlief. Und so sprudelte die ganze Geschichte aus mir heraus.

Als ich fertig war, legte Pina schweigend den Kopf in den Nacken und sah zu den Ästen des Kirschbaums auf, die ihr frisch ausgetriebenes Blätterdach wie schützende Flügel über uns breiteten.

Nicht mehr lange, dann würden die Kügelchen, die jetzt noch winzig grün waren, zu dunkelrot saftigen Früchten heranreifen.

»Elias ist ein Arsch«, stellte Pina trocken fest. »Und Jule ein armseliges Hühnchen, die scheinbar alles tun würde, um Aufmerksamkeit zu kriegen. Die sind es beide nicht wert, dass du ihretwegen den Blues schiebst!«

Ich hätte Pina umarmen können. Weil sie aber überschäumende Zuneigungsbekundungen nicht schätzte, rutschte ich nur ein Stück an sie heran und lehnte meinen Kopf an ihre Schulter. In einer ungewohnten Gefühlsaufwallung legte sie mir den Arm um die Schultern. »Hey, du hast doch mich. Und unser Buch wird der Hammer!«

Ich konnte schon wieder lächeln. »Das muss gefeiert werden!«, rief ich und huschte ins Haus. Gefolgt von Schröder, der beim Klang meiner Schritte aufgewacht war, kam ich zurück in den Garten. Triumphierend schwenkte ich zwei leicht verstaubte Gläser aus der altmodischen Küchenvitrine und eine Sektflasche, die ich zu Hause noch schnell aus unserem Keller gemopst hatte, ehe ich losgeradelt war. Pina warf einen Blick auf meine Beute und fragte gedehnt: »Muss das sein?«

»Klar«, antwortete ich übermütig, »wir müssen schließlich auf ewige Freundschaft anstoßen!« Nicht sehr gekonnt fummelte ich an dem Drahtverschluss herum und hatte danach noch alle Mühe, den Korken aus dem Flaschenhals zu drehen. Doch plötzlich schoss er mit einem lauten »Plopp« heraus und ich zuckte so heftig zurück, dass ich beinahe die Flasche fallen ließ. Schröder, von Natur aus eher Hasenfuß als Hund, verkroch sich bei dem Knall aufjaulend unter der Bank. Feierlich goss ich die schäumende Flüssigkeit in die Gläser und hielt Pina eines hin. Zögernd griff sie danach.

»Auf uns«, sagte ich schlicht, und mit einem zarten Klirren stießen wir an. Pina nippte nur, doch ich stürzte das halbe Glas Sekt auf einmal herunter. Die Sommernacht war warm, ich hatte Durst und das kalte Prickeln breitete sich von meiner Kehle in meinen Bauch aus. Ich nahm gleich noch einen großen Schluck und fühlte mich allmählich ebenso leicht wie die Bläschen, die in der goldfarbenen Flüssigkeit aufstiegen. »Ich glaube, ich heirate mal einen Sektfabrikanten«, erklärte ich Pina. »Dann haben wir immer etwas zum Anstoßen.«

Pina schnaubte. »Ich schnappe mir lieber einen Chipsfabrikbesitzer«, erklärte sie. »Apropos – hast du nicht was von dem Zeug mitgebracht?«

Ich nickte. »Im Korb in der Küche.« Während Pina die Chips holen ging, schenkte ich mir nach. Trotzdem war auch das zweite Glas fast leer, als Pina wiederkam. Der Sekt vertrieb die schweren Gedanken und die lästigen Bilder in meinem Kopf und machte das Leben heiter und leicht. Auffordernd hob ich mein Glas und wartete, bis Pina es mir gleichtat. »Auf uns!«, rief ich.

»Langweilig! Das hast du vorhin schon gesagt«, meckerte Pina scherzhaft.

»Okay, dann auf … die Freundschaft. Und dass wir in achtzig Jahren noch zusammen auf einer Bank sitzen«, schlug ich vor. Pina grinste und stieß mit mir an. Ich trank.

»Und darauf, dass uns solche Zicken wie Jule egal sein können«, schlug sie vor.

»Hipp hipp hurra!«, jubelte ich und knallte mein Glas im Überschwang so heftig gegen ihres, dass ich Angst hatte, es würde zerbrechen. Aber es hielt, und ich kippte mir den Rest meines Getränks in den Mund. Auf einmal erschienen mir Elias und Jule nur noch lächerlich. Wie zwei Figuren aus dem Kasperletheater, in das mich meine Mutter als Fünfjährige geschleppt hatte. Sie hatte das für eine gute Idee gehalten, bis ich nach vorne sprang und das Kasperle verdrosch, weil ich das Krokodil toll fand und nicht zulassen wollte, dass der hässliche Kerl mit seiner albernen Mütze es attackierte.

»Lass uns noch mal anstoßen. Darauf, dass Jule auch mal eine ordentliche Klatsche kriegt«, sagte ich, wobei meine Zunge etwas

Mühe mit dem Wort »Klatsche« hatte. Darüber musste ich lachen und wollte uns nachschenken, doch Pina entriss mir abrupt die Flasche. Bevor ich noch kapierte, was das sollte, schüttete sie den gesamten Inhalt ins Gras. Mit einem leisen Zischen versickerte der Sekt zwischen den langen Halmen.

»Hey! Was soll das denn jetzt?«, protestierte ich, verstummte aber, als ich Pinas Blick sah. Ihre braunen Augen waren hart wie Glas. »Ich kann Besoffene nicht ausstehen«, sagte sie leise, aber der eisige Klang ihrer Stimme ließ mich frösteln. »Leute, die sich volllaufen lassen, sind total daneben!«

Mit diesen Worten stand sie auf, wobei sie der leeren Flasche noch einen Tritt versetzte. Ohne einen Blick für mich ging sie ins Haus. Ich blieb wie gelähmt sitzen. Als hätten Pinas Worte meinen Körper mit einer hauchdünnen Eisschicht überzogen und mich auf der Stelle festfrieren lassen. Erst als Schröder winselnd seine nasse Schnauze in meine Hand stupste, erwachte ich aus der Erstarrung. Langsam stand ich auf und ging rein. Drinnen war es dunkel und bis auf das leise Tapsen von Schröders Krallen, der sich auf seine Decke im Wohnzimmer verzog, völlig still. Leise schlich ich durch die Küche und stieß die angelehnte Tür zu dem Zimmer auf, in dem Pina und ich vorhin die Betten bezogen hatten. Im fahlen Mondlicht zeichnete sich unter einer der Decken eine Gestalt ab. Ich sah Pinas dunkle, glatte Haare auf dem Kopfkissen, aber sie hatte sich weggedreht und lag mit dem Rücken zur Tür.

»Pina?«, flüsterte ich, doch sie rührte sich nicht. Die Stille senkte sich wie eine schwere, dunkle Decke über mich. Bedrückt schlich ich ins Badezimmer, das mit scheußlich braunen Fliesen gekachelt war. Eine nackte Glühbirne spendete weißkaltes, fast schmerzhaft helles Licht. Ich musste eine lange Weile das Wasser laufen lassen, bis es nicht mehr rostbraun, sondern klar aus dem Hahn floss. Lustlos putzte ich mir die Zähne, ehe ich möglichst lautlos ins Zimmer und in mein Bett schlüpfte.

Ich fühlte mich mies, und das lag nicht am Sekt. Eigentlich hatte ich nur Pina mit meinem Übermut anstecken wollen, aber scheinbar hatte ich es übertrieben, und nun war sie sauer auf mich. Aber hatte Pina nicht auch etwas überreagiert?

Die Gedanken wirbelten wie Puzzlestücke im Sturmwind durch mein Hirn, und kein Teil wollte zum anderen passen. Eigentlich dachte ich, ich würde kein Auge zumachen, doch irgendwann driftete ich weg, und der Schlaf trug alle Fragen mit sich fort.

Helles Sonnenlicht stach durch meine geschlossenen Lider und weckte mich auf. Blinzelnd öffnete ich die Augen und brauchte ein paar Sekunden, ehe ich wusste, wo ich mich befand und warum alles so anders aussah als in meinem Zimmer zu Hause. Dann aber fiel mir die Datscha ein – und der gestrige Abend. Ich drehte den Kopf und sah zu dem Bett hinüber, in dem Pina geschlafen hatte. Es war leer, die Decke war ordentlich zusammengefaltet und das Kopfkissen aufgeschüttelt. Vor Schreck blieb ich regungslos liegen und kniff die Augen zu. War Pina abgehauen und hatte mich alleine zurückgelassen? Da hörte ich das Schnappen des Türriegels. Ich riss die Augen auf und sah Pina, die mit einem beladenen Tablett hereinbalancierte. »Hey, Pennsocke, aufwachen!«, rief sie munter. Ich setzte mich auf und staunte, was sie offenbar schon am frühen Morgen in der simplen Küche gezaubert hatte. In einem Körbchen lagen geröstete Toastscheiben, deren Duft die kleine Kammer erfüllte, und auf zwei Tellern hatte sie goldgelbes Rührei verteilt. Butter, ein Glas Honig und eins mit Nutella krönten das Ganze. Schröder tanzte auf den Hinterbeinen um Pina herum und in seinem struppigen Hundegesicht leuchtete die Hoffnung auf einen Happen Toast mit Ei. »Das ist nur für Nelly und mich, du verfressener Köter«, sagte Pina liebevoll. »Und wenn du nicht brav bist, kommst du als Nächstes in die Pfanne!« Schröder wedelte begeistert mit dem Schwanz, weil er natürlich kein Wort verstand, aber jeden liebte, der ihm ein wenig

Aufmerksamkeit schenkte. Ich musste lachen, und Pina stellte das Tablett vorsichtig auf meiner Decke ab, ehe sie sich auf den Bettrand setzte und mir mütterlich einen Teller in die Hand drückte. »Es ist schon zehn, und du hast sicher Kohldampf!« Gehorsam nahm ich eine Gabel. Pina grinste und nippte an einer Schale mit Milchkaffee, die sie auch noch auf dem Tablett untergebracht hatte. Ich grinste mit vollem Mund zurück und begann, einen Toast mit Butter zu bestreichen. Plötzlich hatte ich tatsächlich einen Bärenhunger. Dass Pina fröhlich war und tat, als wäre gestern Abend nichts vorgefallen, ließ auch meine Laune nach oben schnellen. Wir schmierten uns gegenseitig fingerdick Nutella auf unsere Toasts und hörten erst auf, als wir das Gefühl hatten, uns nur noch rollend fortbewegen zu können.

»Uff, ich brauche Bewegung«, ächzte ich und stellte das Tablett auf den Boden, ehe ich mich aus dem Bett quälte.

»Ich hab Schröder vorhin schon rausgelassen. Hier draußen kümmert es sowieso keinen, wo er hinmacht«, meinte Pina. »Hey, was hältst du davon, wenn wir uns ein bisschen im Haus umsehen? Meine Eltern haben damals teilweise die alten Möbel übernommen und vielleicht finden wir in den Schränken noch Kleider aus den Zwanzigerjahren oder so …«

»Oder alte Postkarten und Liebesbriefe!«, warf ich begeistert ein. Die benutzten Teller und Tassen ließen wir einfach neben dem Bett stehen und nahmen uns als Erstes das geschnitzte Buffet im Wohnzimmer vor. Die Schubladen waren schrecklich verzogen und klemmten, doch wir ruckelten und zerrten, bis sie mit einem protestierenden Quietschen nachgaben. Zu unserer Enttäuschung fanden wir aber nur einen vergilbten, leeren Notizblock in der einen und ein paar rostige Reißnägel samt eines seltsam geformten, schwarz verschmierten Gegenstands in einer anderen Schublade, den wir schließlich als Feder eines uralten Füllers identifizierten. »Der totale Reinfall«, stellte Pina fest. »Los, wir gucken in den zwei Schlafzimmern, ob wir wenigstens ein paar alte Klamotten finden. Die verkaufen wir dann bei eBay als *Vintage* und hauen das Geld auf den Kopf!«

Neugierig folgte ich ihr in das Zimmer, das neben unserem Schlafzimmer lag. Dort stand ein nostalgisches Doppelbett aus Messing mit verschnörkeltem Kopfteil. Es war abgezogen und die Matratze sah ziemlich neu aus. Die Sachen mussten Pinas Eltern bei ihrem Einzug in das Wochenendhäuschen gekauft haben. An der Seite stand ein wuchtiger Bauernschrank und daneben eine geschnitzte Truhe. Während Pina die Schranktüren öffnete, hob ich den schweren Deckel der Kiste, doch wir hatten beide kein Glück – Schrank und Truhe waren muffig und leer. Als ich den Deckel enttäuscht wieder zuklappte, sah ich hinter der Truhe etwas Buntes liegen. Ächzend rückte ich das schwere Holzteil ein Stück zur Seite und angelte nach dem farbigen Fundstück, das zwischen Kiste und Wand lag. Meine Finger berührten etwas Glattes, Weiches – ein Stück Satin oder Seide.

»Was hast du denn da?«, fragte Pina neugierig, als ich aus meiner kunstvollen Verrenkung wieder auftauchte. Ich schüttelte die Staubflocken von dem Stoff und wir sahen, dass es sich um ein bedrucktes Seidentuch handelte. Es hatte ein goldenes Rankenmuster auf rotem Grund und eine blaue Borte, wirkte jedoch keineswegs alt oder schäbig.

»Gehört das deiner Mutter?«, wollte ich wissen und hielt Pina das Tuch hin. Doch die trat einen Schritt zurück und ihre Augen verengten sich. »Das ist von Hermès und gehört garantiert *nicht* meiner Mutter – viel zu spießig. Außerdem setzt sie keinen Fuß mehr in diese Bude, seit mein Vater sie verlassen hat. Im Gegensatz zu ihm, wie es aussieht. Und scheinbar hat er die Wochenenden nicht alleine verbracht. Vor allem nicht die Nächte!«

Jetzt fiel auch bei mir der Groschen. »Ach du Scheiße! Du meinst …«, fing ich an und Pina nickte grimmig. »Während meine Mutter sich zu Hause die Augen ausheult, hat mein lieber Erzeuger schon längst Ersatz gefunden!«

Ich ließ das Tuch fallen, als hätte es sich in einen schleimigen Aal verwandelt. Pina war blass geworden und starrte zornig auf die staubigen Dielen, wo das Tuch wie eine seidige Wolke lag. Sie tat mir leid, und beim Gedanken an Pinas traurige Mutter machte sich ein heftiger Zorn auf ihren Vater in meinem Magen breit. Auf einmal hatte ich das Bedürfnis, etwas für Pina zu tun. Ihr einen Freundschaftsdienst zu erweisen, der sie trösten und ihr zeigen würde, dass ich auf ihrer Seite war.

»Weißt du was? Ihr blödes Hermès-Tuch sieht diese Schnepfe nie wieder. Wir werfen es einfach in den nächstbesten Altkleider-Container!«

»Nein«, sagte Pina langsam, »ich habe eine bessere Idee. Wir machen ein schönes Lagerfeuer – und rate mal, womit wir es zum Brennen bringen?«

Ich kapierte, und im gleichen Moment pikte mich auch schon ein Schuldgefühl. Es war gemein, etwas so Teures kaputt zu machen. Aber als ich aufblickte, sah ich, dass Pinas Augen funkelten und ihre Mundwinkel sich nach oben bogen. Es war schön, sie wieder fröhlicher zu sehen. Also hielt ich die Klappe und half ihr, Streichhölzer zu suchen.

»Dafür kommen wir in die Hölle«, flüsterte ich, als die blaugelben Flammen endlich züngelten und anfingen, die teure Seide in einen schwarz verkohlten Klumpen zu verwandeln. Wir hatten noch eine alte, gelbfleckige Zeitung zu Hilfe nehmen müssen, um Feuer zu machen, aber jetzt war die Zerstörung nicht mehr aufzuhalten. Pina starrte in die Glut, und die Flammen spiegelten sich in ihren dunklen Augen. »Das geschieht dieser neureichen Kuh recht«, sagte sie und drückte mich sekundenlang an sich. »Ich hoffe, sie ärgert sich schwarz, wenn sie ihr Angebertuch nicht mehr findet!« Mir war immer noch etwas unbehaglich zumute, daher versuchte ich mir Jules Gesicht vorzustellen, wenn irgendeine Klamotte von *ihr* im Feuer brennen würde, und musste unwillkürlich grinsen.

»Und was machen wir jetzt?«, fragte ich, nachdem nur noch ein Häufchen klebriger Asche übrig war. Die Sonne stand im Zenit und mir war nicht nur wegen des Feuers heiß. Ich hatte Lust auf baden gehen, am Wasser liegen und in den Himmel blinzeln.

Doch Pinas Gesicht verschloss sich. »Ich fahre nach Hause«, gab sie zurück. »Hier ist die Atmosphäre verpestet. Ich hab keine Lust mehr, auch nur eine Sekunde länger zu bleiben. Du kannst dich bei meinem Vater bedanken«, fügte sie zornig hinzu und stapfte ins Haus. Verwirrt und ratlos folgte ich ihr. Sie hatte schon begonnen, ihre wenigen Klamotten, die sie für das Wochenende mitgenommen hatte, zurück in ihren Seesack zu stopfen, und mir blieb nichts anderes übrig, als es ihr gleichzutun und ebenfalls zu packen.

Schweigend spülten wir anschließend das Frühstücksgeschirr, doch als ich schüchtern fragte, ob wir nicht auch das Bettzeug aufräumen sollten, winkte Pina nur verächtlich ab und warf ihren Seesack über die Schulter. »Das kann die Neue machen, die spielt hier ja scheinbar schon die emsige Hausfrau«, sagte sie verächtlich und knallte dann draußen die Haustür so heftig zu, dass Schröder, den ich an die Leine genommen hatte, einen erschrockenen Satz machte.

Schweigend fuhren wir mit den Rädern zurück in die Stadt. Die Stimmung war im Eimer und daher bog ich an der großen Kreuzung, an der Pina nach links und ich nach rechts musste, um jeweils nach Hause zu kommen, mit einem leisen »Tschüss« ab, ohne mich zu erkundigen, ob ich noch mit zu ihr kommen sollte. Pina hatte auch keine Anstalten gemacht, mich zu fragen, sondern auf dem gesamten Nachhauseweg stur geradeaus gestarrt. Sie tat mir leid, genauso wie ihre Mutter. Dank Elias wusste ich ja jetzt, wie man sich fühlte, wenn man abserviert wurde.

KAPITEL 5

NELLY

Ich kam in eine leere Wohnung. Wahrscheinlich waren meine Eltern shoppen, denn meine Mutter hatte vor ein paar Tagen unwirsch zu unserer alten Küchenlampe mit dem Sprung im Glas aufgesehen und irgendetwas von »Da muss eine neue her« gemurmelt. Ich nahm Schröder mit in mein Zimmer und legte mein Kinn auf seinen warmen, strubbeligen Kopf. Er schloss die Augen und hielt ganz still. Mich rührte seine einfache, unverstellte Zuneigung; wenn nur alle so berechenbar wären wie mein Hund. Ich seufzte und fuhr ihm noch einmal durch sein zotteliges Fell, dann setzte ich mich an meinen Schreibtisch. Wenn das Wochenende schon versaut war, konnte ich ebenso gut meine Mathehausaufgabe für Montag fertig machen. Aber ich hatte keine Lust. Stattdessen surfte ich ein bisschen im Internet, dann ging ich aus purer Langeweile auf meine Facebook-Seite. Weil alle aus meiner Klasse dort angemeldet waren, hatte ich es ihnen gleichgetan, aber da ich zu faul war, jede Kleinigkeit zu posten und auch auf Pinnwandeinträge oder Nachrichten erst Tage später antwortete, glich meine Seite der Wüste Gobi: öde und leer. Ob ich eins der Handyfotos veröffentlichen sollte, die Pina und ich geschossen hatten? Dann aber fiel mir ein, wie unser gemeinsamer Ausflug geendet hatte, und ich dachte, es wäre Pina bestimmt nicht recht, wenn ich ungefragt Bilder von ihr einstellte. Also loggte ich mich aus und checkte zum Schluss meine Mails bei GMX. Ich erwartete einen Haufen Spammails, und tatsächlich waren in den zwei Tagen, die ich nicht online gewesen war, vierzehn neue Nachrichten eingegangen. Ich wollte schon auf »Alle markieren« gehen, um anschließend »Alle löschen« anzuklicken, da blieb mein Blick an einem Absender hängen: »Elias97«. Meine Kehle wurde trocken, und ich schluckte krampfhaft. Ärgerlich stellte ich fest, dass mein Herz die Schlagzahl erhöht hatte. Aber es konnte nicht *der* Elias sein. Woher hätte er meine Mailadresse wissen sollen? Meine Finger schwebten einen Moment etwas zittrig über der Maus, dann öffnete ich mit einem hastigen Doppelklick die Mail. Die Betreffzeile lautete *Melancholie in der Südsee.*

Ich musste lachen. Den gleichnamigen 80er-Jahre-Hit kannte ich von meinen Eltern, die die Neue Deutsche Welle in ihrer Jugend miterlebt hatten und noch heute die Lieder von Nena, Extrabreit oder eben Ideal mitsingen konnten. Aber ich verschwendete weiter keinen Gedanken an diese Songs oder meine Eltern, meine volle Aufmerksamkeit galt dem kurzen Text, den Elias mir gemailt hatte.

Liebe Nelly,
erst mal hoffe ich, dass alles o.k. ist – du bist am Strand nicht mehr aufgetaucht, und ich habe mir etwas Sorgen gemacht?! Zum Glück habe ich noch mal Jule getroffen, die du mir ja als deine Banknachbarin vorgestellt hast. Ich habe sie nach deiner Handynummer gefragt, aber sie wusste nur deine Mailadresse. Na ja, besser als nichts. ☺ Melde dich doch mal, wir könnten ja unser Gespräch von heute Abend fortsetzen – vielleicht aber diesmal ohne verschüttete Cola …

C u (?) Elias

Ich hatte meine Hand immer noch auf der Maus liegen und starrte auf den Bildschirm. Ich las die Mail ein zweites und drittes Mal, bis zweifelsfrei feststand, dass ich nicht träumte. Elias hatte mir geschrieben! Er wollte mich wiedersehen! Und er hatte Jule nur angesprochen, weil er *meine* Nummer haben wollte! Eine große Seifenblase voller Glück zerplatzte in meinem Inneren, und mit einem unterdrückten Jubelschrei sprang ich so rasant von meinem Stuhl, dass Schröder den Kopf hob und mich verwundert ansah. Im Überschwang küsste ich ihn laut schmatzend auf den Kopf, was er nicht leiden konnte, und tanzte durchs Zimmer.

Dann setzte ich mich allerdings schnell wieder hin, um Elias zurückzuschreiben. Er hatte die Mail schon vor zwei Tagen geschickt und ich beeilte mich, ihm zu antworten. Ich erklärte, dass ich im Park meine Freundin getroffen hatte, die umgeknickt war, und ich sie nach Hause hatte bringen müssen. Das war zwar ein bisschen geschwindelt, aber ich hätte mich eher von Kopf bis Fuß blau angemalt, als Elias zu gestehen, dass ich ihn mit Jule gesehen und daraufhin die Flucht ergriffen hatte. Dann allerdings wurde es kompliziert. Was sollte ich auf seinen Vorschlag, dass wir uns wiedersehen könnten, erwidern? »Ja bitte, am besten gleich« entsprach zwar meiner Gefühlslage, aber ich wollte mich nicht an ihn ranschmeißen. Leider fiel mir keine passende, witzige oder charmante Antwort ein, und ich tippte und löschte eine Viertelstunde lang alle angefangenen Sätze. Schließlich entschloss ich mich für: *Deinen Vorschlag finde ich gut. Wann kann ich dir beweisen, dass ich ein Glas auch austrinken kann, statt es umzustoßen?*

Ich setzte noch ein ;) darunter und klickte entschlossen auf »Abschicken«.

Drei Sekunden später krümmte ich mich auf meinem Schreibtischstuhl zusammen. Hatte ich ihm tatsächlich ein *zwinker* geschickt? Ich fand mich unwitzig, peinlich und aufdringlich noch dazu. Was, wenn Elias das genauso sah? Würde er meine Mail löschen und sich nie wieder bei mir melden? Gerade als ich erwog, meinen Account zu löschen, ploppte das Fenster »Neue Nachricht« auf. Von Elias!

Hi Nelly!
Du lebst also. Das ist gut. Und willst was mit mir trinken gehen. Das ist noch besser. Morgen gegen 15 Uhr im Uni-Café?

Elias

Jetzt jauchzte ich laut, und Schröder kroch unter mein verschlissenes Sofa, wahrscheinlich, um weiteren Knutschattacken zu entgehen. Aber ich hatte andere Sorgen als meinen neurotischen Hund: Was sollte ich morgen bloß anziehen?

»... Und jetzt brauche ich deinen Rat in puncto Klamotten«, beendete ich meinen Monolog. Obwohl ich befürchten musste, dass Pina lieber alleine wäre, hatte ich es nicht ausgehalten und war zu ihr gefahren, nachdem ich Elias die Zusage für morgen gemailt hatte. Ihre Mutter war noch nicht von ihrem Workshop zurück, und ich war förmlich mit der Tür ins Haus der Sommers gefallen und hatte Pina in der Küche ohne Punkt und Komma von Elias' Mail berichtet. Natürlich erzählte ich ihr auch, dass ich mich in ihm getäuscht und Jule Unrecht getan hatte. Erst als ich etwas atemlos mit unserer Verabredung morgen endete, fiel mir ein, dass Pina vielleicht gerade keinen Nerv für meine Jungs-Geschichten aufbrachte, nachdem sie eben erst herausgefunden hatte, dass ihr Vater offenbar eine neue Liebe hatte. Mist, dachte ich, wie unsensibel von mir, sie mit meiner Schwärmerei über Elias vollzuquatschen.

Doch Pina hatte sich meinen verbalen Wasserfall schweigend angehört. »Komm mit«, sagte sie nun kurz angebunden und marschierte in ihr Zimmer. Ich folgte ihr etwas unsicher.

Mit Schwung riss sie die Türen ihres Kleiderschranks auf, ehe sie mich an beiden Schultern fasste und mich vor sich schob, sodass ich die ganze Pracht vor Augen hatte. »Such dir was aus«, befahl sie.

»Oh Mann, das ist ... Wahnsinn«, stammelte ich einigermaßen sprachlos. Eigentlich hatte ich gemeint, dass sie mir helfen sollte, zu Hause *meinen* Bestand zu durchforsten. Aber ihre Sachen waren viel schöner und die Auswahl deutlich größer als meine Garderobe. Ich wusste einfach nie, ob ein Teil an mir tatsächlich gut aussah, und griff daher meistens auf das zurück, was ich immer schon getragen hatte: Jeans und T-Shirt, höchstens noch ein langer Rock im Sommer. Einen wirklich eigenen Stil hatte ich noch nicht gefunden …

Als ich jetzt schüchtern vor der Riesenauswahl in Pinas Kleiderschrank stand und vor Überforderung laut überlegte, ob ich morgen nicht einfach Jeans und ein blaues T-Shirt anziehen sollte, schnaubte Pina nur und schüttelte den Kopf. »Mann, du gehst doch nicht für die Pfadfinder Spenden sammeln, sondern zu einem Date, du Eumel! Da sind blaue T-Shirts verboten!«

Mit sicherem Griff zog sie eine knallrote Tunika von einem Kleiderbügel. Am Halsausschnitt prangten dicke Glassteine. »Rot?«, schrie ich auf. »Never!«

Das Teil war für eine dunkelhaarige Schönheit wie Pina gemacht, aber nicht für jemanden wie mich – mit meiner blassen Haut und den rötlichblonden Haaren. Abwehrend fuchtelte ich vor der klatschmohnroten Bluse herum, als würde in ihr der Satan stecken. »In dem Teil sehe ich aus wie eine Schüssel Quark mit Erdbeersoße!«

»Blödsinn! Rot ist ein Wahnsinnskontrast zu deinem Teint«, sagte Pina fachmännisch. »Probier's aus!«

Widerwillig pellte ich mich aus meinem dunkelblauen Shirt mit Rundhalsausschnitt und schlüpfte in die Tunika. »Weißes Gesicht, rote Bluse – so kann ich ja sofort bei Mäckes als Mayo-Ketchup-Vertreterin anfangen«, murrte ich.

»Klappe«, kommandierte Pina und schraubte die Kappe einer Wimperntusche auf, die sie irgendwo hergezaubert hatte. »Nach oben gucken!« Ich tat brav, was sie verlangte, und mit gekonnten Strichen bürstete sie die Farbe auf meine Wimpern. »Augen zu!« Jetzt spürte ich etwas Feuchtes am Wimpernrand entlangfahren. »Lidstrich«, erklärte Pina. Zum Schluss tupfte sie mir noch etwas Gloss auf die Lippen, der einen schrecklich künstlichen Erdbeergeschmack hatte.

»Lippenstift steht mir nicht«, jammerte ich. Doch als Pina mich vor ihren großen Spiegel zerrte, verstummte ich verblüfft. Eine ganz andere Nelly blickte mir entgegen. Natürlich hatte ich selbst schon mit Wimperntusche und Lidschatten hantiert, war mir danach aber immer vorgekommen, als hätte ich wild mit einem Malkasten herumexperimentiert. Pina jedoch hatte es mit minimalen Kniffen geschafft, dass meine Augen größer und meine Lippen voller wirkten, ohne mich zuzukleistern. Erneut bewunderte ich ihren sicheren Blick in Sachen Aussehen und Mode.

Fasziniert musterte ich das aparte Mädchen im Spiegel. Die knallrote Bluse unterstrich das Grün meiner Pupillen und die feine Blässe meiner Haut. Die wuchtigen Steine am Halsausschnitt der Tunika wirkten elegant und flippig zugleich, und ich fühlte mich plötzlich kostbar und wertvoll. »Wow«, brachte ich nur heraus.

»Na, was sagt der Quark mit Soße?«, zog mich Pina auf. Wortlos schüttelte ich den Kopf.

»Also nimm sie und gehe hin in Frieden«, blödelte Pina, um den rührseligen Moment zu überspielen. »Wann triffst du ihn denn morgen?«

»Um drei. Ich kann also bis zum Nachmittag den perfekten Lidstrich üben.«

Pina nickte.

Etwas befangen stand ich in ihrem Zimmer herum und wusste nicht so recht, ob ich jetzt gehen oder noch bleiben sollte. »Also dann … tausend Dank«, sagte ich und hielt die Tüte mit der geliehenen Tunika hoch.

»Sag mal …«, fing Pina gedehnt an, »was hältst du von einer romantischen Komödie zur Einstimmung auf dein Date? Ich habe die DVD *Manche mögen's heiß* hier. Kannst dir gleich mal von Jack Lemmon abgucken, wie man auf hohen Schuhen läuft!«

Wir blickten uns an und prusteten los. Übermütig ließen wir uns auf ihr riesiges Bett mit den vielen Kissen fallen, und ich dachte, wie gut ich es doch hatte, Pina an meiner Seite und morgen eine Verabredung mit Elias zu haben.

Später habe ich oft an diesen Augenblick zurückgedacht und mich gefragt, ob dieser Tag der Anfang von all dem war, an dessen Ende meine Welt in Scherben lag.

Brief an mich

Du spürst, dass es nicht reicht, einfach zu vergessen. Keiner von ihnen soll ungeschoren davonkommen. Sie verdienen es, dass sie wenigstens einen Bruchteil deines Schmerzes heimgezahlt bekommen. Für diesen Preis bist du bereit, noch einmal zu sterben, bereit, alles zu opfern und zu zerstören, wenn es ihnen nur ein kleines bisschen wehtut. Egal, wie weh es DIR noch tun wird.

KAPITEL 6

NELLY

»Alle Wetter, wie siehst du denn aus?« Ich seufzte unhörbar. Eigentlich hatte ich gehofft, mich ungesehen davonschleichen zu können. Meine Mutter war im Keller mit der Wäsche beschäftigt und hatte mich nicht entdeckt. Dummerweise musste jedoch mein Vater ausgerechnet in dem Moment vor der Haustür auftauchen, als ich diese öffnete. Er sah angespannt aus, wie so oft in letzter Zeit. Wahrscheinlich arbeitete er zu viel und schlief zu wenig, doch sein müder Blick wurde aufmerksam, als er mich in meinem neuen Outfit musterte.

»Papa, kein Mensch sagt mehr *›alle Wetter‹* – das ist voll Mittelalter!«, gab ich zurück und hoffte, ihn damit abzulenken. Doch sein Blick sagte mir, dass er auf mein Manöver nicht hereinfallen würde, also seufzte ich. »Ich gehe ins Uni-Café, zufrieden?«

»Am Sonntag? Mit wem denn?«, tönte es prompt und ich verdrehte die Augen.

»Und überhaupt, hast du im Lotto gewonnen?«, fragte er mit Blick auf die rote Bluse.

»Nö, die ist von meiner Freundin Pina geliehen«, antwortete ich.

»Nobel, nobel. Bei deren Eltern spielt Geld wohl keine *Rolex*«, kommentierte mein Vater das mit einem weiteren seiner Achtzigerjahre-Sprüche, aber sein Gesichtsausdruck war eher missbilligend. Wahrscheinlich wegen meiner roten Fußnägel. Nach zwei misslungenen Versuchen hatte ich es endlich geschafft, sie einigermaßen akkurat zu lackieren, ohne die halben Zehen mitzubemalen.

Trotzdem konnte ich nicht begreifen, wie Pina es schaffte, den ganzen Sommer mit makellosem Lack herumzulaufen. Es musste sie Stunden kosten!

»Ist deine Mutter oben?«, riss mich mein Vater aus meinen Gedanken.

»Nein, im Keller. Ich muss jetzt los«, sagte ich, um seinem kritischen Pädagogen-Blick zu entkommen.

»Viel Spaß«, wünschte mein Vater etwas säuerlich. Zum Glück hatte ich ihm nicht verraten, mit wem ich mich traf. Ehe er auf die Idee kommen konnte, doch noch nachzubohren, schob ich mich an ihm vorbei nach draußen.

Wegen der völlig überflüssigen Diskussion mit meinem Vater war ich inzwischen später dran als geplant. Ausgerechnet das eine Mal, wenn es drauf ankam! Ich schob mein Fahrrad aus unserem Hinterhof und dachte, dass ich ein ordentliches Tempo vorlegen musste, wenn ich pünktlich im Uni-Café sein wollte. Da ließ mich ein merkwürdiges, flappendes Geräusch stutzen. Ich nahm mein Bike genauer in Augenschein und sah die Bescherung: Der Hinterreifen war völlig platt. »Scheiße«, rutschte es mir heraus. Das durfte doch nicht wahr sein! Ich kramte mein Handy heraus und wählte kurzerhand die Nummer meines Vaters. Seine Stimme hallte, als er sich meldete, offenbar befand er sich noch im Treppenhaus.

»Mein Rad hat einen Platten«, keuchte ich, »du musst mir bitte helfen!« Zwei Minuten später war er zur Stelle – samt des Flickzeugs aus unserem Flurschrank.

»Wie lange dauert es denn, das Ding wieder fahrtüchtig zu machen?«, wollte ich wissen, nachdem er den Reifen aus dem Rad montiert und den Mantel abgezogen hatte.

»Ich würde sagen, bis du dir einen neuen Reifen besorgt hast«, sagte mein Vater ernst und zeigte mir den Schlauch, der ohne Luft aussah wie eine zusammengeringelte schwarze Schlange. An einer Stelle jedoch klaffte ein deutlich sichtbares Loch. »Der Mantel ist auch hinüber, da brauchst du einen neuen«, stellte er fest. »Jemand muss mit einem Taschenmesser oder so was an das Rad rangegangen sein, Mantel und Schlauch sind regelrecht zerschnitten!« Ich schüttelte ungläubig den Kopf. Wer sollte mein Rad aufschlitzen – und warum? Oder hatte es jemand auf mich abgesehen? Bei diesem Gedanken zog sich mein Magen unbehaglich zusammen. Dann aber atmete ich tief durch: Das war doch hysterisch!

»Verdammter Vandalismus, jetzt machen sie sogar schon vor privaten Abstellplätzen nicht mehr Halt!«, schimpfte mein Vater. »Du musst künftig das Tor immer absperren.« Ich nickte, hatte aber im Moment ganz andere Sorgen. Noch fünf Minuten und Elias würde im Café auf mich warten. Und ich stand immer noch hier, ohne Fahrrad und mit einem Fußweg von mindestens einer halben Stunde.

»Wie komme ich denn jetzt zum Uni-Café?«, jammerte ich.

»Soll ich dich fahren?«, bot mein Vater an.

»Bloß nicht«, rutschte es mir raus. Das fehlte mir noch, dass er mich mit seinem schwarzen Geschäftswagen vor den Treffpunkt alternativer und politisch eher links stehender Studenten chauffierte! Und wie stand ich dann vor Elias da? Ganz zu schweigen davon, dass mein Vater ihn sicher erst mal ins Visier nehmen wollte. Beim Gedanken daran war ich drauf und dran, einen Sprint bis vor den Eingang zum Cafégarten hinzulegen.

»Bitte, wie du meinst«, sagte mein Vater etwas beleidigt. »Dann musst du eben zu Fuß gehen oder das Fahrrad deiner Mutter nehmen.« Damit wies er auf Mamas uralten Drahtesel, ein Dreigang-Modell in einem Senioren-Dunkelgrün.

»Aber bitte ohne das da«, jaulte ich und deutete auf den überaus praktischen, aber furchtbar spießigen Drahtkorb, der vorne am Lenker prangte.

»Um dieses Ding anzubringen, habe ich letzten Sommer eine Stunde und zwei zusätzliche Drähte gebraucht!«, donnerte mein Vater. »Der Korb bleibt dran, basta!«

Weil die Kirchturmuhr in dem Moment drei Uhr schlug und ich Angst hatte, Elias zu verpassen, gab ich nach. Hastig schwang ich mich in den Sattel und trat in die Pedale. An der ersten Kreuzung hätte ich fast einen Sturz gebaut, weil ich überhaupt nicht daran gewöhnt war, mit Rücktrittbremse zu fahren. Völlig entnervt und verschwitzt bog ich schließlich zwölf Minuten zu spät um die Ecke des Uni-Cafés und hätte beinahe einen der Gäste überfahren, der gerade aus der Eingangstür auf die Straße trat. »He!«, rief die Person empört, als ich mit quietschender Bremse – Rücktritt! – knapp vor seinen Füßen schlingernd zum Stehen kam.

»Oh Shit«, rutschte mir heraus, als ich erkannte, *wen* ich da mit dem panzergrünen Rad meiner Mutter beinahe umgemäht hatte.

»Ich find's auch cool, dich zu sehen, Nelly«, sagte Elias, und seine gereizte Miene verwandelte sich in ein breites Grinsen. Ich wurde garantiert genauso knallrot wie Pinas Tunika, die ich trug. Dass Elias mich auf diesem altbackenen Einkaufsgefährt meiner Mutter ertappt hatte, war mir unsäglich peinlich. Zudem keuchte ich vom schnellen Fahren im dritten Gang wie ein asthmakranker Esel, und im schlimmsten Fall hatte sich mein Lidstrich, für den ich mehrere Versuche und zwanzig Minuten gebraucht hatte, in einen schwarzen, verschmierten Balken verwandelt, was mir bestimmt eine fatale Ähnlichkeit mit Jack Lemmon aus *Manche mögen's heiß* verlieh – nachdem er als Frau verkleidet ins Wasser gefallen war. Cool bleiben, dachte ich. Ich würde mir meinen Zustand vor Elias einfach nicht anmerken lassen und auch nicht die Tatsache, dass bei seinem Anblick mein Herz nicht nur vom schnellen Radfahren heftig schlug. Ein lasziv gehauchtes »Hi, Elias« würde ihn davon ablenken, dass vor ihm ein zerrupftes Huhn stand. Ich öffnete den Mund: »Hoi, 'lias!«

O.k., sagte meine innere Stimme, *spring auf dein Rad und hau ab, so schnell es geht. Vielleicht bleibt dir dann der Anblick erspart, wie Elias sich gleich totlacht oder – noch schlimmer – so tut, als wärst du ihm versehentlich zugelaufen.*

»Ich wollte gerade gehen, weil ich dachte, du kommst nicht mehr. Und ich habe ja deine Handynummer nicht. Das sollten wir schleunigst ändern«, hörte ich ihn in diesem Moment sagen. Ich sah ihn an, aber sein Lächeln war weder belustigt noch hämisch, sondern einfach nur nett. Nachdem ich tief Luft geholt hatte, sagte ich den ersten vernünftigen Satz an diesem Tag: »Gerne. Was hältst du davon, wenn ich dir meine Nummer im Cafégarten diktiere – am besten bei einem großen Eiskaffee?«

»… und obwohl ich meinen Vater angefleht habe, wenigstens diesen grauenhaften Drahtkorb abzumontieren, hat er mich gnadenlos vor die Wahl gestellt, entweder mit dem Rad meiner Mutter zu fahren oder zu Fuß zu gehen. Dann wäre ich aber jetzt noch unterwegs«, schloss ich meinen Bericht über den platten Hinterreifen und meine Verspätung.

»Und ich dachte schon, du hast es dir anders überlegt«, erklärte Elias.

»Wieso *das* denn?«, platzte es aus mir heraus. Elias war nett, witzig, er sah gut aus, und er interessierte sich offenbar für mich. Warum sollte ich mir die Chance entgehen lassen, ihn näher kennenzulernen? Gleich darauf fragte ich mich, ob er mich nach meiner Frage jetzt wohl als bedürftiges Mauerblümchen sah, das nach einem Date giert. Vorsichtig schielte ich über den Sahneberg meines Eiskaffees zu ihm rüber. Elias' blaugraue Wolkenaugen sahen mich an und sein Blick fuhr mir direkt ins Herz. »Ich dachte … ach, ist ja auch nicht so wichtig. Jetzt bist du da und …«

»Darf es bei euch noch was sein?«, unterbrach uns in diesem Augenblick die Stimme der Bedienung, einer Studentin mit quietschgrünen Strähnen im schwarzen Haar und Lippenpiercing. Elias und ich schüttelten gleichzeitig den Kopf, und die Kellnerin ging, doch er führte seinen angefangenen Satz nicht zu Ende, sondern fragte mich stattdessen nach meinen Lieblingsfächern. Über die Schule kamen wir auf Ferien und dadurch auf die Länder, die wir gerne einmal bereisen würden. »Feuerland«, sagte Elias. »Das wäre mein Traum. Die Natur dort muss fantastisch sein. Und klingt nicht schon der Name nach einem Land wie aus dem Märchen?«

»Bestimmt hat es dort mal feuerspuckende Drachen gegeben und Nebelgeister, die eine Seele aus Eis haben und ruhelos zwischen den scharfkantigen Felsen umherschweben«, überlegte ich. Elias lächelte und sah mich an, sodass ich verlegen wurde. Hielt er mich jetzt für durchgeknallt? »Welches Land ich unbedingt mal sehen will, ist …«

»Stopp, lass mich raten«, unterbrach mich Elias und betrachtete mich ein paar Sekunden so intensiv, dass sich der Eiskaffe in meinem Magen in einen heißen Kloß verwandelte. »Irland«, sagte er auf einmal und ich musste ihn so verdutzt angestarrt haben, dass er zu lachen anfing. Wie damals an der Strandbar hatte ich das Gefühl, er könne meine Gedanken lesen. Wieso schien er mich so gut zu kennen, wir sahen uns doch heute erst zum zweiten Mal!

»Nachdem du von Drachen und Nebelgeistern gesprochen hast, dachte ich, Irland mit seinen Trollen und Feen wäre genau das richtige Reiseziel für dich«, erklärte er gelassen. »Außerdem passt du mit deinen rötlichen Haaren und den Sommersprossen richtig gut dorthin.«

»Ah, okay«, war alles, was ich herausbrachte, denn unter seinem Blick, mit dem er bis auf den Grund meiner Seele zu sehen schien, fühlte ich mich wie beim ersten Mal auf einer Slackline: wackelig und unsicher und mit einem Gefühl zwischen Nabel und Schlüsselbein, das sich nicht entscheiden konnte, ob es Panik oder Entzücken war. Genau diese Empfindung machte sich wenig später erneut in mir breit, als Elias sich anbot, mich nach Hause zu begleiten. Nachdem er der Bedienung das Geld für seinen Cappuccino und meinen Eiskaffee zugesteckt hatte, ehe ich noch meine Geldbörse zücken konnte, stand er auf und sah mich mit diesem unbekümmerten Lächeln an, das er heute schon öfter gezeigte hatte. »Nicht, dass du dir noch einen Platten fährst und dann alleine auf weiter Flur stehst.«

»Ähm, das ist nett von dir«, sagte ich zögernd, aber innerlich schwitzend bei dem Gedanken, meine Eltern könnten Elias entdecken, hochbitten und dann anfangen, ihn auszufragen. Doch ehe ich noch eine Ausrede erfinden konnte, hatte er sich schon auf sein Fahrrad geschwungen und wartete offenbar darauf, dass ich es ihm gleichtat. Wahrscheinlich gaben wir ein seltsames Bild ab, wie wir da nebeneinander herstrampelten: Elias auf einem Mountainbike, dessen Schlammspritzer am Rahmen verrieten, dass er es nicht nur für Stadtfahrten benutzte. Und daneben ich auf Mutters schwerfälligem Drahtesel, samt Korb. Doch Elias passte sein Tempo ganz selbstverständlich an und nach ein paar Minuten verging mein Unwohlsein.

Der warme Wind blies mir ins Gesicht, während wir am Fluss entlangfuhren, der in der Nachmittagssonne glitzerte, als hätte er sich für mein Date genauso herausgeputzt wie ich. Die Luft roch süß nach Klee und war wie ein Versprechen auf einen endlosen Sommer. Vielleicht sogar mit Elias. Schröder war im Vorgarten und schnüffelte dort nach Wühlmäusen, als wir ankamen. Sein Freudengeheul verwandelte sich jedoch beim Anblick des Fremden in alarmiertes Gekläff. Doch Elias lachte nur und schnalzte mit der Zunge. »Hey du Feuermelder im Fellkostüm, ich tu dir doch nichts!« Furchtlos ließ er Schröder an seiner flachen Hand schnuppern und kraulte ihn anschließend hinter den Ohren. Damit hatte er meinen Hund in der Tasche. Schröder schwor Elias sofort ewige Freundschaft, indem er an ihm hochsprang und ihm einmal mit seiner schlabberigen, hellrosa Zunge quer übers Gesicht fuhr.

»Schröder!«, schrie ich. »Das macht er sonst nie«, fügte ich an Elias gewandt hinzu. Das war der Standardspruch meiner Mutter, wenn unser Vierbeiner mal wieder heimlich ausgebüxt war und im

Supermarkt bei uns um die Ecke die Hundefutterabteilung aufmischte.

Doch Elias wischte sich nur mit dem Handrücken übers Gesicht, bevor er sich bückte und einen Stock aufhob, dem Schröder sofort begeistert nachjagte, sobald Elias ihn geworfen hatte.

»Also dann … mach's gut. Und pass auf das Fahrrad auf«, sagte er zu mir. Ich nickte stumm und überlegte, ob ich Elias nun die Hand geben sollte? Gleich darauf kam ich mir vor wie eine Familienpolitikerin – Händeschütteln war doch kein passender Abschluss für unsere Verabredung. Doch bevor ich noch weitergrübeln konnte, spürte ich, wie Elias kurz über meine Wange strich. »Da mich dein Hund bereits geküsst hat, verzichte ich bei dir darauf. Jedenfalls dieses Mal«, sagte er. Er warf mir noch ein strahlendes Lächeln zu, dann schwang er sich in den Sattel und war kurz darauf um die Ecke gebogen. Schröder, den nass gekauten Stock im Maul, sah ihm nach und ich bildete mir ein, dass sich meine Enttäuschung in seinen sanften Hundeaugen spiegelte.

»Schon gut, du Zotteltier, nun guck nicht so«, schalt ich ihn gutmütig und warf noch einmal den Stock. Dann schloss ich die Haustür auf und schlich in mein Zimmer. Ich wollte alleine sein und keine neugierigen Fragen beantworten. Die zwei Stunden mit Elias im Café kreisten in meinem Kopf, und ich ging unser Gespräch noch einmal Wort für Wort durch. »Feuerland«, murmelte ich träumerisch vor mich hin und sprang dann auf, um meinen Computer anzuschalten. Die Bilder, die unter dem Suchbegriff erschienen, waren atemberaubend. Zerklüftete Felsen, hinter denen an einem leuchtenden Himmel unter schwarz-orangenen Wolken die Sonne unterging, einsame Seen mit blau schimmernden Eisschollen und endlose Weiten. Ob Elias das tatsächlich einmal mit eigenen Augen sehen würde? Vielleicht sogar mit mir zusammen? An diesem Punkt drückte ich mental die Stopptaste. Ich kannte den Typen überhaupt nicht! Trotzdem schoben sich immer wieder Bilder vor mein geistiges Auge: Ich sah sein Lächeln und seine Art, beim Sprechen zu gestikulieren. In seiner Gegenwart hatte ich mich von Anfang an wohlgefühlt und überhaupt nicht so schüchtern wie sonst. Ob wir uns noch einmal treffen würden? Er hatte beim Abschied nicht gefragt, andererseits war sein Spruch, er würde »jedenfalls dieses Mal« auf einen Abschiedskuss verzichten, doch auch so etwas wie die Aussicht auf eine Fortsetzung, oder? Ratlos drehte ich mich auf meinem Schreibtischstuhl, bis mir schwindlig wurde. Da ertönte der Pfeifton, mit dem mein Handy eine eingehende SMS anzeigte. Vielleicht von Pina, die wissen wollte, wie der Nachmittag gelaufen war. Nur dass ich keine wirkliche Antwort für sie hatte. Seufzend öffnete ich die Nachricht. Sie kam von einer unbekannten Nummer. Doch dann las ich die ersten Zeilen und mein Herz begann zu flattern:

liebe nelly,
ich fand es echt schön, mit dir den nachmittag zu verbringen. würde gerne zum wiederholungstäter mutieren. was meinst du? Elias

Mein glückliches Grinsen reichte wahrscheinlich von hier bis ins Uni-Café, aber ich beschloss, Elias nicht sofort zu antworten. Jede Zeitschrift riet davon ab, weil Jungs dann angeblich das Interesse verlieren würden. Aber hier herumsitzen konnte ich auch nicht, sonst wären meine guten Vorsätze binnen drei Minuten dahin, und ich würde Elias zurückschreiben. Es war kurz vor sechs Uhr abends und ich beschloss, noch auf einen Sprung bei Pina vorbeizusehen. In meiner eisernen Reserve fand ich eine unangebrochene Tafel Mango-Schokolade. Die konnte ich ihr zum Dank für die Bluse mitbringen. Das Kleidungsstück wollte ich allerdings erst waschen und bügeln, ehe ich es Pina zurückgab. Also steckte ich die Schokolade ein, schwang mich zum zweiten Mal an diesem Tag auf das bundeswehrgrüne Fahrrad meiner Mutter und schlug den Weg zum Beethovenweg ein.

Doch so oft ich auch die Klingel des schmalen Reiheneckhauses drückte, in dem Pina mit ihrer Mutter lebte, nichts rührte sich. Ratlos blickte ich auf das schmale, weiße Papierband, das neben dem Klingelknopf befestigt war. *Maren und Pina Sommer* stand mit Filzstift darauf geschrieben. Früher hatte dort ein Emailleschild mit *Familie Sommer* gehangen. Bevor Pinas Vater ausgezogen war. Ich klingelte erneut, und der vertraute Dreiklang ertönte, aber im Inneren des schmalen Hauses mit der Klinkerfassade und den weißen Fensterrahmen blieb alles still. Mir blieb nichts anderes übrig, als zu gehen.

Als ich mich umdrehte, glaubte ich, hinter dem Vorhang von Pinas Zimmer eine Bewegung zu erhaschen. Doch es war wohl nur der Wind, der durch das gekippte Fenster strich und die Gardine blähte.

KAPITEL 7

NELLY

»Schickes Rad! Damit machst du jedem Bundeswehrpanzer Konkurrenz!« Beim Klang der Stimme drehte ich mich um. Jule ließ gerade ihr Zahlenschloss zuschnappen und lächelte mich freundlich an.

Ich grinste zurück und mir fiel auf, wie verändert Jule aussah. Sie hatte sich die Haare getönt und nun glänzten sie in einem leichten Rotbraun. Statt des unförmigen grauen Hoodie trug sie ein dunkelblaues Shirt mit einem knallroten Smiley vorne drauf. Nur die Brille war gleich geblieben. Aus der schüchternen, verängstigt dreinblickenden Neuen war eine fröhliche Schülerin geworden. Wahrscheinlich hatte sie sogar inzwischen mehr Freundschaften in der Klasse geschlossen als ich in all den Jahren. Sie wirkte sogar größer heute, als hätte eine neue Selbstsicherheit sie ein paar Zentimeter wachsen lassen. Unwillkürlich wanderte mein Blick zu ihren Füßen, und ich erstarrte: Jule trug neue Schuhe. Jedoch keine Chucks, mit denen sie bisher immer zu Schule gekommen war, sondern die roten Booties, meine Traumschuhe, die ich nach unserem Kinobesuch mit Pina im Schaufenster des Schuhladens bewundert hatte. Aber nicht ich hatte sie bekommen, sondern Jule. Sie bemerkte meinen Blick.

»Ich wollte mit meiner Mutter nur ein paar Sachen in der Stadt besorgen und als wir an dem Schuhladen vorbeikamen, habe ich ihr erzählt, wie toll wir die Booties fanden. Und stell dir vor, plötzlich standen wir in dem Laden, und meine Mutter hat sie mir einfach gekauft!«

Ich konnte nur nicken und musste an das Märchen von den roten Schuhen denken. Da hatte sich ein Mädchen auch sehnlich ein Paar leuchtend rote Schuhe gewünscht – und sich dann darin zu Tode getanzt, weil auf ihnen ein Fluch lag. Vielleicht würde auch Jule einmal den Preis dafür zahlen müssen, dass sie offensichtlich alles bekam, was sie haben wollte: Kontakt in der Klasse, Einladungen zur Strandbar ... Alles – außer Elias. Der hatte sich für mich entschieden.

Und plötzlich war es mir egal, dass sie nun meine Traumschuhe trug. Ich hatte etwas viel Wertvolleres, nämlich ein Date mit dem Jungen, der mein Herz zum Glühen brachte. Deswegen lächelte ich nur, ehe ich mich abwandte und die gläserne Eingangstür ansteuerte.

Der Gedanke, auf Jule zu warten, kam mir nicht. Ich dachte nur an Elias. Seit ich ihm gestern Abend auf seine Bitte, ob wir uns wiedersehen könnten, ein »Ja« zurückgesimst hatte, schwebte ich auf einer Art rosa Zuckerwattewolke. Heute nach der Schule würden wir uns treffen, und weil der Frühsommer gerade Pause machte und bereits gestern Abend schwere Gewitterwolken über den Häusern gehangen hatten, war ich gerne auf seinen Vorschlag eingegangen, zusammen ins Kino zu gehen. Und zwar in einen Actionfilm, der in der Zukunft spielte. Eigentlich bekam ich in solchen Filmen regelmäßig Schiss, weil meistens irgendwelche Aliens auftauchten, aber ich hatte mir vor Elias keine Blöße geben wollen und tröstete mich mit dem Gedanken, dass es diesmal vielleicht auch ein paar Robotermenschen tun würden und ich mit etwas Glück ohne Monster davonkommen würde. Hauptsache, Elias und ich würden uns treffen.

Wenn ich es mir recht überlegte, hatte ich das ja eigentlich Jule zu verdanken. Hätte sie nicht meine Mailadresse weitergegeben, hätten Elias und ich uns vielleicht irgendwann nur zufällig noch einmal getroffen – oder auch nicht. Und ich hatte gedacht, sie hätte sich an ihn herangeschmissen und mich vor Wut Pina gegenüber schlechtgemacht. Plötzlich pikte mich ein Schuldgefühl und ich beschloss, künftig nett zu ihr zu sein. Und damit konnte ich auch genauso gut gleich anfangen. »Sag mal, hast du *Im Schatten der Wölfe* gelesen?«, fragte ich, als sie sich auf ihren Platz setzte. »Spielt 1799 in London und ist so eine Art Mystery-Krimi?« Jule schüttelte den Kopf.

»Wenn du willst, bringe ich es dir morgen mit. Liest sich superspannend und vielleicht kennst du ja einige Straßen und Plätze, die im Buch beschrieben werden, schließlich hast du ja bis vor Kurzem in London gewohnt.«

Bei meinen letzten Worten schien ganz kurz ein Schatten über Jules Gesicht zu ziehen. Dann aber strahlte sie mich an. »Gerne. Echt nett von dir.«

»Na ja, du hast mir in gewisser Weise ja neulich auch einen Gefallen getan«, nuschelte ich etwas verlegen. Jule stutzte, ehe sie zu grinsen begann.

»Das hat nicht zufällig was mit deiner Mailadresse zu tun?«, fragte sie.

»Ähm, in gewisser Weise schon«, sagte ich und wurde wider Willen rot, weil der Gedanke an Elias einen kleinen Heizpilz in meinem Inneren anknipste.

»Hab ich doch gerne gemacht«, sagte sie großmütig, und in schweigender Eintracht schlugen wir unsere Englischbücher auf.

Später hockte ich ganz selbstverständlich mit Jule, Leonie, Chris und Erik bei Milchshakes und Kaffee in der Mensa und hörte ihnen beim Vergleichen ihrer Biohausaufgaben zu. »Ich glaub, der Maschke schreibt heute eine Ex«, prophezeite ich. »Der hat in der letzten Stunde so komische Andeutungen gemacht.«

»Was?«, kreischte Leonie so laut, dass sich einige Köpfe in ihre Richtung wandten. »Scheiße, ich hab nicht gelernt!«

»Ich auch nicht«, gab Erik zu und beide verzogen sich hastig, um sich die verbleibenden fünfzehn Minuten Pause dem Unterschied zwischen Genotyp und Phänotyp sowie den Mendel'schen Gesetzen zu widmen. Mit einem gemurmelten »Sollte auch noch mal drübersehen«, schloss Chris sich ihnen an.

Jule sah zu mir und zog die Brauen hoch. »Ob es was nützt, jetzt noch den Turbo anzuschmeißen?«, zweifelte sie. Ich antwortete nicht, denn ich hatte Pina entdeckt, die in diesem Moment die Cafeteria betrat. Und ich saß mit Jule hier, obwohl ich in der Datscha noch gesagt hatte, meine Banknachbarin könnte mir gestohlen bleiben. Ich hoffte, dass Pina keine Bemerkung darüber machen würde und verstanden hatte, dass ich inzwischen anders über Jule dachte. Aber Pina setzte sich ohne Umstände zu uns und lächelte Jule freundlich an. Ich wollte gerade etwas über die drohende Bioarbeit sagen, da verkündete mein Handy mit seinem typischen Pfeifton den Eingang einer Nachricht. Schnell zog ich es heraus und blickte aufs Display.

freu mich auf später, c u, lautete die Botschaft. Sie kam von Elias. Ich musste lächeln.

»Na, gute Neuigkeiten?«, fragte Pina, die mich beobachtet hatte. Weil wir nicht alleine am Tisch saßen und ich keine Lust hatte, ihr in Gegenwart von Jule detailliert von meinem Treffen gestern zu erzählen, zuckte ich nur die Schultern und grinste nichtssagend.

»Ich ahne, wer sich gemeldet hat«, schaltete sich da Jule ein und warf mir einen Blick zu. Ich sah, wie Pina flüchtig die Stirn runzelte und kurz von mir zu Jule sah. Zum Glück ertönte der Schulgong und verkündete das Ende der Pause. »Komm, wir beeilen uns besser«, wich ich hastig allen Erklärungen aus und zerrte meinen Rucksack unter der Bank hervor. Zu Pina gewandt sagte ich: »Ich rufe dich heute Abend an, okay?« Dabei warf ich ihr einen verschwörerischen Blick zu, der besagen sollte, dass ich ihr später alles haarklein erzählen würde, aber eben nicht jetzt, vor Jule. Pina nickte mit unbewegter Miene, und ich beeilte mich, mit meiner Banknachbarin im Schlepptau in unser Klassenzimmer zu kommen.

Tatsächlich verteilte unser Lehrer wenig später ein paar Fragen, auf deren Antworten es Noten geben würde, und ich war bis zum

Ende der Stunde mit Chromosomen, Genen und DNS beschäftigt. Sogar die kribbelnde Erwartung, Elias bald zu sehen, trat für ein paar Minuten in den Hintergrund.

»So, Herrschaften! Auch die Nachzügler kommen jetzt bitte zum Ende«, rief Maschke, während er schon begann, die beschriebenen Blätter einzusammeln. Mit einem stummen Aufatmen legte ich den Stift beiseite und sah, dass Jule zu Leonie hinsah. Die fing ihren Blick auf und schnitt eine zweifelnde Grimasse. »War wohl nichts mit Blitzlernen«, sagte ich zu Jule, als ich bemerkte, dass sie schwer atmend den Kopf in beide Hände stützte. »Bist du okay?«, fragte ich.

Jule blickte auf und schüttelte stumm den Kopf. Auf ihrer Oberlippe standen winzige Schweißperlen. »Mir ist auf einmal ziemlich schlecht«, murmelte sie erstickt.

»Vielleicht der Stress?«, mutmaßte ich. Sie zuckte mit den Schultern. »Oder was Falsches in der Mensa erwischt?«

»Ich … ich lasse mir mal kaltes Wasser über die Hände laufen, vielleicht geht's dann wieder«, murmelte sie und stand leicht schwankend auf.

Gerade da kam unsere Mathelehrerin herein. Nachdem sie erfahren hatte, dass Jule übel war, begleitete die Ulbrich sie raus und kam fünf Minuten später wieder – allein. »Ich habe Jule nach Hause geschickt. Ihr war nicht gut«, erklärte sie.

»Mir ist bei der Aussicht auf Mathe auch nicht gut, darf ich auch gehen?«, blödelte Chris, kassierte aber nur einen strengen Blick. Mir tat Jule zwar leid und ich hoffte, sie hatte sich keinen Virus eingefangen, aber den Rest des Schultages dachte ich beinahe ununterbrochen an Elias.

Die Minuten bis zu unserem Treffen schienen im Schneckentempo dahinzukriechen. Als endlich der Gong zum Schulschluss ertönte, war ich schon aufgesprungen, ehe der letzte Ton verhallte. Ich stürmte aus dem Klassenzimmer und riss schwungvoll meine neue olivgrüne Leinenjacke vom Haken, die so gut zu meiner Augenfarbe passte. Ich hatte sie heute morgen extra angezogen, denn ich wollte hübsch sein – für Elias. Nun müsste ich nur noch schnell in der Schultoilette meine Lippen mit etwas Gloss nachziehen und meine Wimperntusche überprüfen, ehe ich zum Kino radelte. Im Laufen schlüpfte ich in den rechten Jackenärmel und stutzte. Er fühlte sich irgendwie seltsam an, so weit. Ich warf einen Blick über die Schulter – und schrie erschrocken auf: Der Ärmel war vom Ellenbogen bis zur Schulter aufgerissen! Zuerst dachte ich, die Naht wäre geplatzt, aber als ich meine Jacke genauer untersuchte, sah ich, dass auch unter der linken Achsel ein hässliches Loch klaffte. Jemand musste mit einer Schere oder einem Messer drangegangen sein. Absichtlich. Dieser Gedanke war wie ein Schwall kaltes Wasser mitten ins Gesicht. Fassungslos stand ich mit der kaputten Jacke in der Hand da, unfähig mich zu rühren.

»He, Nelly, was ist denn mit dir los, ist dir etwa auch schlecht?«, ertönte Leonies Stimme hinter meinem Rücken. Ich konnte nicht antworten, denn der Verlust meiner neuen Lieblingsjacke trieb mir Tränen in die Augen. Stattdessen streckte ich ihr nur stumm das kaputte Kleidungsstück hin.

Leonie riss die Augen auf und auch Ina, die mit Bille, Alex und Chris aus dem Klassenzimmer geschlendert kam, war mit zwei Schritten bei mir und musterte das Werk der Zerstörung. »Krass! Wer macht denn so was?«, fragte sie, während Bille und Alex schnell die anderen Jeansjacken, Hoodies oder Strickjacken, die noch an den Haken hingen, in Augenschein nahmen.

»Alle anderen sind heil«, meldete Alex knapp.

»War die Jacke teuer?«, fragte Bille.

Ich nickte und schüttelte dann den Kopf. Ich war total durch den Wind. Wer hatte sich gezielt meine Jacke herausgefischt – und warum? Oder hatte es mich einfach zufällig erwischt? Dann aber dachte ich an mein plattes Fahrrad, und auf einmal schnürte mir ein

Anflug von Panik die Kehle zu. Hatte es ein Unbekannter tatsächlich auf mich abgesehen? Aber aus welchem Grund, ich hatte doch niemandem etwas getan?

»Willst du es der Ulbrich melden?«, wollte Ina wissen, doch ich schüttelte wieder den Kopf und stopfte die geschredderte Jacke in meinen Rucksack zu den Schulbüchern. Wenn ich jetzt nicht losfuhr, würde ich zu spät zum Kino kommen. Und Elias ein zweites Mal warten lassen wollte ich nicht. Es war wie verhext: Immer, wenn ich mich mit ihm treffen wollte, kam etwas dazwischen. Plötzlich kam mir ein weiterer schrecklicher Gedanke: Was, wenn derjenige, der meine Jacke zerschnitten hatte, das Gleiche erneut mit meinen Fahrradreifen angestellt hatte?

»Ich muss los!«, sagte ich hastig und rannte los. Das Getuschel in meinem Rücken nahm ich nicht mehr wahr, mein einziger Gedanke galt dem Rad meiner Mutter. Doch als ich beim Unterstand ankam, stand der wuchtige Drahtesel unversehrt an seinem Platz. Wenigstens etwas, dachte ich erleichtert und beeilte mich, das massive Kettenschloss aufzuschließen. Ich trug nur ein dünnes Longsleeve, und als ich in die Pedale trat, bekam ich den ziemlich kühlen Fahrtwind zu spüren. Meine Zähne klapperten daher beim Betreten des Kinofoyers wie zwei Kastagnetten. Ich verfluchte den deutschen »Wonnemonat« Mai und seine Tiefdruckgebiete, die die Temperaturen kurzzeitig in den Keller schickten. Heftig rieb ich mir die Oberarme, um wieder warm zu werden.

»Du gruselst dich doch nicht etwa schon, bevor der Film angefangen hat?«, hörte ich eine dunkle Stimme hinter meinem Rücken. Elias war lautlos aufgetaucht und musterte mich kopfschüttelnd. »Bei dem Wetter solltest du nie ohne Jacke aus dem Haus«, schalt er mich, aber sein schelmisches Grinsen wärmte mich bis in die Zehenspitzen.

»Hallo«, sagte ich und spürte, wie sich mein Mund zu einem Lächeln verzog.

»Hi«, erwiderte er und beugte sich zu mir, um mir einen flüchtigen Kuss auf die Wange zu hauchen. Ich spürte etwas Ähnliches wie einen leichten Stromschlag und vergaß schlagartig die zerstörte Jacke und die Tatsache, dass ich bis vor wenigen Sekunden erbärmlich gefroren hatte. »Bereit für die Zukunft?«, fragte Elias und deutete auf das Filmplakat des Science-Fiction-Films.

»Schade – ich hab bis zum Schluss gehofft, wir sehen uns doch die romantische Hochzeitskomödie an«, seufzte ich, wobei ich mich bemühte, möglichst enttäuscht dreinzublicken. Leider konnte ich bei Elias' entgeisterter Miene mein Kichern nicht unterdrücken, sodass er meinen Bluff sofort durchschaute.

»Aber für eine Sekunde hattest du mich«, gab er zu und während wir zur Kasse schlenderten, legte er ganz selbstverständlich den Arm um mich, woraufhin mein Puls seine Schlagzahl deutlich erhöhte.

»Wenn du möchtest, können wir aber wirklich in die Komödie gehen«, sagte Elias kurz vor dem Kassenschalter und sah mich mit seinen grauen Augen an, die mich an den wolkenverhangenen Himmel draußen erinnerten.

»Das willst du nicht wirklich«, sagte ich. Die Vorstellung, wie er stumm zwischen lauter giggelnden Freundinnen und Mutter-Tochter-Gespannen hockte, die schon Trauben vor dem Kinosaal bildeten, war einfach zu komisch. Elias blieb stehen.

»Na hör mal, ich lade dich ein, also darfst du dir auch den Film aussuchen. Also: Liebesfilm?«

Nun blieb mir nichts anderes übrig, als die Wahrheit zu sagen. »Den kenn ich schon«, murmelte ich verlegen. Lachend kaufte er zwei Tickets für den Action-SciFi samt einer riesigen Tüte süßes Popcorn.

In den samtbezogenen Klappsitz gekuschelt – dicht neben mir Elias, sodass ich die Wärme seines Körpers fühlen konnte – verschwand die Kälte des Schocks über den Vorfall mit meiner Jacke langsam und ich beschloss, dass es nichts weiter als ein dummer Schülerstreich gewesen war, der zufällig mich getroffen hatte. Die knusprige Süße des warmen Popcorns beruhigte mich vollends, und selbst als schon nach zehn Minuten die ersten Weltraummonster auftauchten – riesige Metallspinnen mit einem Dutzend beweglicher Augen, die eine amerikanische Großstadt zerlegten –, zuckte ich nicht mit der Wimper. Elias war da, und der Horror kam aus dem Kinoprojektor und fand nur auf der Leinwand statt. An den Schrecken, der womöglich schon bald wieder draußen oder in der Schule auf mich lauerte, dachte ich an diesem Nachmittag nicht. Ich bekam nicht einmal mit, ob die Welt nun vor den Aliens gerettet wurde oder nicht, denn irgendwann beugte sich Elias zu mir, und dann spürte ich seine Lippen auf meinen. Mich durchzuckten gleichzeitig zwei unterschiedliche Empfindungen: Entzücken, aber auch ein kleiner Schreck. Würde er merken, wie unerfahren ich war?

Klar hatte ich auf Partys oder bei einem Skiausflug mit der Parallelklasse schon mit Jungs geknutscht und war mit zweien von ihnen auch mal ein paar Wochen zusammen gewesen, aber mehr als ein paar ungeschickte Küsse und ihre Hände unter meinem Pulli war bisher nicht gewesen. Bei keinem hatte ich mich wohl genug gefühlt, um »mehr« zuzulassen, sie waren mir zu gierig, zu ungeschickt gewesen. Ich hatte ihnen nicht vertraut. Und Elias? Vertraute ich ihm? Seine Lippen schmeckten nach dem Honig vom Popcorn und seine Küsse waren weich und zärtlich, nicht fordernd, sondern eher wie eine behutsame Frage oder kleine Angebote, die ich nach und nach erwiderte. Wir küssten uns, bis es plötzlich um uns herum hell wurde: Der Film war zu Ende, ohne dass wir etwas davon mitbekommen hatten, und die Lichter im Saal waren angegangen. Benommen blinzelte ich aus meinem Kinosessel in die Saalscheinwerfer, und Elias zog mich an der Hand hoch, wie damals am *Citybeach*. Eng umschlungen verließen wir das Foyer. »Hast du Lust, noch was trinken zu gehen?«, fragte er und ich nickte nur stumm – immer noch überwältigt von dem Gefühl, das er in mir auslöste. Es war wie Schweben im Traum, allerdings bei vollem Bewusstsein.

»Hast du wirklich nichts zum Überziehen mit?«, riss Elias' besorgte Stimme mich aus meinem traumverlorenen Zustand. Mit einem Schlag war die Erinnerung an meine zerschnittene Jacke wieder da und damit die Realität.

Ich zögerte kurz, dann öffnete ich meinen Rucksack und zog meine zerstörte Jacke heraus. »Ich wusste nicht, ob du auf den *used look* stehst«, versuchte ich es mit Galgenhumor.

Aber Elias lachte nicht, sondern starrte auf das Ausmaß des Schadens. »Bist du vom Rad gefallen? Oder irgendwo hängen geblieben?«, fragte er und musterte mich besorgt.

»Nein, die Jacke hing an der Garderobe vor meinem Klassenzimmer«, sagte ich zögernd, weil ich nicht wusste, wie ich ihm erklären sollte, dass sie einfach zerstört worden war.

Elias brauchte ein wenig, dann aber verstand er und seine Augenbrauen schossen in die Höhe. »Du meinst, jemand hat deine Jacke absichtlich kaputt gemacht?«

»Vielleicht hat ja unser Kunstlehrer mit der Unterstufe so eine Art Joseph-Beuys-Versuch gestartet. Du weißt schon, Destruktion in der Kunst ...«, machte ich einen kläglichen Versuch, zu scherzen.

»Mensch, Nelly«, sagte Elias und fasste mich um beide Schultern. Sein Gesicht war ernst. »Das ist kein Witz! Jemand hat sich deine Jacke ausgesucht und ist mit einer scharfen Schere oder einem Teppichmesser darauf losgegangen.«

»Schulfrust? Oder vielleicht dachte derjenige, das Ding gehört meiner Mathelehrerin«, versuchte ich, Elias zu beruhigen.

»Du glaubst also nicht, dass der Täter es wirklich auf deine Jacke abgesehen hatte?«

Genau das war ja auch mein Gedanke gewesen, doch ich versuchte die Furcht zu verdrängen und bemühte mich um einen munteren Tonfall. »Nein, Herr Hauptkommissar. Und das Opfer hatte auch keine Feinde, sondern war eine sehr beliebte Jacke für 59 Euro 90 aus dem *Fashion-Store*. Mit den anderen Größen hatte es sich immer gut verstanden. Der Täter kann also nur ein Rivale von der Schnäppchenstange gewesen sein!«

Elias prustete los. »Okay, ich gebe auf. Scheinbar war im Popcorn ein Clown versteckt, den du mitgegessen hast.«

Ich fiel in sein Gelächter ein, froh, dass er nicht weiterbohrte. Denn ich wusste nicht, ob ich ihm sonst nicht doch von meinem aufgeschlitzten Fahrradreifen erzählt hätte. So aber redete ich mir ein, die beiden Dinge hätten nichts miteinander zu tun. Auf einmal spürte ich etwas Weiches um meine Schultern. Elias hatte seinen Kapuzenpulli ausgezogen und ihn mir umgelegt. »Damit du nicht erfrierst.«

Ich warf einen Blick auf das dünne Shirt, das er trug. »Und du? Bis wir im Café sind, muss ich dich wahrscheinlich auftauen.«

»Gegen Erfrierungen kenne ich ein wunderbares Mittel«, flüsterte er. Dann beugte er sich vor und küsste mich erneut.

KAPITEL 8

NELLY

Kurz vor dem Schlafengehen hatte ich Elias' Pulli immer noch an. Er hatte darauf bestanden, dass ich damit nach Hause fuhr, obwohl es nach unserem Besuch im Café schon fast dunkel und empfindlich kalt war. »Jungs frieren weniger als Mädchen. Außerdem sind wir Männer hart im Nehmen. Wir essen nicht den Honig, sondern die Biene!«, hatte Elias gewitzelt, ehe er sich mit einem letzten, zärtlichen Kuss von mir verabschiedet hatte, um nach Hause zu fahren. Wohlig schmiegte ich mich jetzt in den Pullover, der mir viel zu groß war und dessen Ärmel bis weit über meine Handgelenke reichten. Er duftete nach frischer Wäsche und einem Hauch Popcorn, zumindest bildete ich mir das ein. Wenn ich die Augen schloss, konnte ich Elias fast vor mir sehen. Seine dunklen Locken, die er sich immer wieder mit einer ungeduldigen Geste aus dem Gesicht strich, während er redete. Schmale Hände, die seine Worte mit Gesten unterstrichen. Wir hatten nach dem Kino noch stundenlang miteinander geredet. Über die Schule, unsere Eltern, was wir gerne aßen … Irgendwann hatte ich auch von Pina erzählt, aber Elias schien sich kaum für diese Freundschaft zu interessieren. »Ich möchte viel lieber *dich* besser kennenlernen, Nelly«, hatte er gesagt, nachdem ich dazu übergegangen war, fast nur noch von meiner besten Freundin zu reden.

»Oh«, hatte ich nur herausgebracht.

»Was, ›oh‹? Überrascht es dich, dass ich mich mehr für dich interessiere als für deine Freundin?«

»Ehrlich gesagt … ja«, hatte ich zugegeben, obwohl ich gleich darauf vor meinem inneren Auge die entsetzte Miene der Redakteurin dieser Mädchenzeitschrift sah, deren Artikel ich vor Kurzem gelesen hatte: »Niemals Schwäche zugeben oder Komplexe zeigen« stand bei den *10 Tipps für das perfekte Date*. Aber das war mir zu spät eingefallen.

Doch Elias hatte keine Anstalten gemacht, zu flüchten, sondern sich über den schmalen Tisch gebeugt und zärtlich mein Gesicht in seine Hände genommen. »Dann wird es Zeit, dass wir das ändern«, hatte er gesagt und mir einen zärtlichen Kuss gegeben.

Danach war Pina kein Thema mehr gewesen. Jedenfalls bis jetzt. Siedend heiß fiel mir ein, dass ich heute Vormittag versprochen hatte, sie anzurufen.

Hastig wühlte ich mein Handy aus dem Rucksack, wobei mir meine kaputte Jacke wieder in die Hände fiel. Schnell stopfte ich das ramponierte Kleidungsstück mit der linken Hand zuunterst in meinen Schrank, während ich mit der rechten zu Pinas Nummer scrollte.

Ich ließ es ewig klingeln, trotzdem meldete sich schließlich nur die Mailbox. Eine Computerstimme forderte mich auf, eine Nachricht zu hinterlassen, doch ich legte auf. Komisch, normalerweise war Pina um diese Zeit immer erreichbar. Ihr Volleyballtraining war mittwochs, aber vielleicht stand ein Turnier an. Oder sie hatte das Handy nicht gehört. Aber als ich es zehn Minuten später noch einmal versuchte, ging sie wieder nicht ran. Wollte sie vielleicht nicht mit mir sprechen? Ich spürte, wie meine Kehle trocken wurde. Jetzt erinnerte ich mich auch an Pinas kühlen Blick heute Morgen, nachdem ich die SMS von Elias bekommen und Jule diesen komischen Spruch gemacht hatte. Glaubte Pina, ich vertraute Jule mehr an als ihr? Diese Vorstellung quälte mich derart, dass ich erneut zum Handy griff, um das sofort klarzustellen. Ehe ich aber diesmal ihre Nummer wählte, ging ich ins Menü meines Smartphones und drückte die Option »Nummer des Anrufers anzeigen« weg. Dann rief ich Pina an.

Schon beim ersten Tuten kam ich mir albern und kindisch vor. Was versprach ich mir davon, meine Nummer nicht anzeigen zu lassen? Wenn Pina nicht da war, konnte sie nicht rangehen, basta. Es tutete zum zweiten Mal.

»Pina Sommer?«

Ich schluckte. Meine Stimme klang piepsig: »Hi, Pina, ich bin's, Nelly.«

»Hi.«

»Ich ... also, ich hatte ja gesagt, dass ich heute Abend mal anrufen würde.«

»Ja.«

»Ich hab es schon mal versucht, aber du bist nicht rangegangen ...«

»Ich war im Bad.«

»Ach so. Also ... wie läuft's denn so?«

»Gut.«

Meine Hände begannen zu schwitzen. Pinas einsilbige Antworten brachten mich aus dem Konzept. War sie sauer auf mich? Sollte ich sie direkt fragen?

»Ähm, ich rufe deswegen so spät an, weil ich mit Elias im Kino war«, wich ich stattdessen aus.

»Und, wie ist er so? Hat es sich gelohnt, dass ich dir das teuerste Stück aus meinem Schrank geliehen habe?«, fragte Pina und lachte. Erleichtert lachte ich mit.

»Ich glaube schon«, sagte ich. »Elias ist toll. Wir haben heute *X-World* gesehen und ...«

»Echt? Seit wann stehst *du* denn auf SciFi?«

»Ach, sooo schlecht war der Film gar nicht. Außerdem ... tja, so viel habe ich davon gar nicht mitgekriegt«, sagte ich und hoffte, Pina würde verstehen, was ich meinte.

Doch sie sagte nur »Aha«.

Eigentlich wollte ich ihr noch mehr von Elias erzählen, von meiner zerschnittenen Jacke und dass mein Rad vor unserem ersten Date platt gewesen war, aber ihre kurz angebundene Art lähmte mich. Daher sagte ich nur: »Wir waren danach noch im Café, und deswegen ist es ein bisschen spät geworden.«

»Ja, ich bin auch todmüde. Wir sehen uns morgen in der Schule«, antwortete Pina.

Ich konnte nur noch ein »Ciao« stammeln, und dann hatte sie auch schon aufgelegt.

Bedrückt schlang ich die Arme um meinen Oberkörper und der tröstliche Duft von Elias' Pulli stieg mir in die Nase. Sofort ging es mir besser. Und plötzlich kam mir ein ganz neuer Gedanke: Machte es Pina am Ende zu schaffen, weil ich seit Neuestem jemanden hatte, sie aber nicht? Zum ersten Mal fiel mir auf, dass Pina in der ganzen Zeit unserer Freundschaft noch nie von einem Jungen erzählt hatte, in den sie wirklich verliebt gewesen wäre.

Daher war ich bis jetzt davon ausgegangen, dass sie an einer festen Beziehung kein Interesse hatte. An einem Mangel an Möglichkeiten lag es sicher nicht, so wie Pina aussah und auf andere wirkte. Ich hatte schließlich oft genug mitbekommen, dass Jungs von ihren langen Beinen und dem herausfordernden Schmollmund angezogen wurden wie Nachtfalter von der Flamme einer Kerze. Und scheinbar hatte sich der eine oder andere auch schon die Flügel verbrannt. Aber vielleicht hatte sie den Richtigen noch nicht gefunden und war deswegen traurig?

Ich beschloss, sie morgen aufzumuntern und sie wegen Elias nie zu vernachlässigen.

PINA

Die Haustür schlug heftig zu, und Pina schreckte aus dem Halbschlaf. Sie tastete nach ihrem Wecker und kniff die Augen zusammen, um die Leuchtziffern zu erkennen. Fünf Minuten nach Mitternacht. Pina lauschte auf die unsicheren Schritte ihrer Mutter, die sich näherten. Vor ihrer Zimmertür stoppte Maren. Pina hielt die Luft an. Eine halbe Minute herrschte vollkommene Stille, dann atmete Pina mit einem langen Seufzer aus. »Komm rein, ich bin noch wach!«, rief sie, und gleich darauf fiel der matte Schein des Flurlichts ins Zimmer. Maren Sommer drückte sich durch den Türspalt und ließ sich etwas ungelenk auf Pinas Bettkante sinken. Eine Wolke aus schwerem Sandelholzduft und etwas Süßlich-Scharfem hüllte Pina ein. Am liebsten hätte sie ihre Mutter weggestoßen. Es waren gar nicht das Parfum und der Alkohol, die Pina abstießen, sondern der Geruch nach Einsamkeit, den ihre Mutter ausdünstete. Sie wusste, dass Maren nach dem Auszug von Pinas Vater vor einem Jahr nach Zuwendung und einem Gespräch gierte, aber sie konnte sich nicht überwinden. »Du stinkst nach Kneipe«, sagte sie stattdessen und rückte demonstrativ ein Stück weg.

»Hey, ich war nur mit meinem Meditationskurs noch kurz was trinken«, rechtfertigte Maren sich, aber die Worte schienen sich in ihrem Mund festzuklammern und über ihre Zunge zu stolpern, denn sie klang undeutlich und verwaschen.

»Über was meditiert ihr eigentlich? Darüber, wie viele Cocktails ihr vertragt? Oder bei wie viel Promille die Erleuchtung kommt?«, ätzte Pina.

In der nächsten Sekunde spürte sie ein scharfes Brennen im Gesicht. Maren mochte betrunken sein, aber sie hatte gut getroffen. Gleich darauf krümmte sie sich schluchzend zusammen. »Oh Gott, es tut mir so leid, Schätzchen!«, wimmerte sie und versuchte ungeschickt, Pina zu umarmen. Die biss die Zähne so hart aufeinander, dass sie das Knirschen hören konnte, aber sie ließ es geschehen. Sie wusste ja, wer die Schuld daran trug, dass ihre Mutter so geworden war.

Die drückte Pina nun heftig an sich und begann, sich vor- und zurückzuwiegen, als sei ihre Tochter noch ein kleines Baby.

»Vertraue keinem Mann, mein Schatz«, flüsterte Maren. »Ganz egal, wie nett er anfangs sein mag, am Ende reißt er dir doch nur das Herz heraus.«

Pina schwieg, aber noch eine Stunde, nachdem ihre Mutter schließlich aus dem Zimmer getaumelt war, lag sie mit weit geöffneten Augen im Bett und starrte blicklos zur Decke.

NELLY

Am nächsten Morgen knallte die Sonne schon um halb acht von einem strahlend blauen Himmel. So konnte ich ohne Jacke aus dem Haus und musste deshalb meiner Mutter nicht erklären, was mit der olivgrünen Jacke passiert war. Irgendwann wollte ich es ihr sagen, aber momentan verdrängte ich den Gedanken an das, was passiert war. Lieber beschäftigte ich mich mit angenehmen Gedanken an Elias. Seit dem Aufwachen hatte ich an ihn gedacht, und jetzt tippte ich gerade eine SMS: *dein pulli befindet sich noch in meiner gewalt – rückgabe nur gegen lösegeld**

Ich schickte sie ab, während ich aus der Haustür trat.

»Eine Million in bar und ein Fluchtfahrzeug – oder doch lieber einen Eisbecher?«, hörte ich da eine dunkle Stimme, und als ich von meinem Handy aufblickte, stand Elias leibhaftig vor mir.

Vor Überraschung sprang ich beinahe einen Meter hoch. »Wie … was …?«, brachte ich nur hervor.

Er lachte. »Ich wollte dich abholen und zur Schule begleiten, da kam deine SMS«, erklärte er. Und als ich ihn nur wie ein verblüffter Goldfisch stumm anstarrte, fügte er hinzu: »Ich hab heute erst zur zweiten Stunde. Also, darf ich dir meine Wenigkeit als Geleit anbieten?«

Ich nickte und eine kribbelnde Freude machte sich in meinem Bauch breit. Elias war extra früh aufgestanden, um mich zu sehen. Und er brachte mich zur Schule! »Gerne. Und übrigens: Guten Morgen!«, grinste ich. »Du bist nur so plötzlich aufgetaucht, dass ich schon dachte, du hast dir ein paar Beam-Tricks von den Weltraumspinnen gestern bei *X-World* abgeguckt!«

»Ach, hab ich dir das gar nicht erzählt? Das sind alte Kumpels von mir, und wir veranstalten regelmäßige Treffen auf verschiedenen

Planeten!«, blödelte Elias und gab mir einen Kuss. Eine Minute lang standen wir eng umschlungen, dann ließ er mich behutsam los, und ich beeilte mich, mein Bike aufzuschließen, für das mein Vater tatsächlich einen neuen Reifen besorgt hatte. Elias legte den Arm um mich, und einträchtig schoben wir unsere Räder nebeneinanderher.

Die Morgenluft war klar und roch nach Sommer und nach der Aussicht, nachmittags nebeneinander im Park im Gras zu liegen. »So was Blödes, ich habe heute bis vier Unterricht und später noch Training«, sagte Elias, als ich ihn auf seine Pläne für den Nachmittag ansprach. Kurz durchzuckte mich ein Gefühl der Enttäuschung, aber dann freute ich mich einfach darüber, mit ihm durch den frühen Morgen zu schlendern, auch wenn ich lieber die Zeit mit ihm verbracht hätte, anstatt acht öde Unterrichtsstunden durchzustehen. Nachdem wir uns hinter einer der riesigen Steinsäulen, die den Eingang unseres altehrwürdigen Gymnasiums markierten, mit einem langen Kuss verabschiedet hatten, lief ich in mein Klassenzimmer. Ich spürte den Abdruck von Elias' Lippen noch auf meinen und meine Füße schienen, statt über verkratzten Linoleumboden, auf vielen, flaumigen Federn zu gehen.

Ohne etwas um mich herum wahrzunehmen, ließ ich mich auf meinen Stuhl fallen und schaffte es sogar, das richtige Buch aus meinem Rucksack zu kramen, obwohl ich kein Wort von dem mitbekam, was unser Englischlehrer von sich gab. In Gedanken war ich mit Elias zusammen in Feuerland, und er baute gerade für uns ein Zelt unter dem Nachthimmel auf, über dem die Milchstraße ihre Sterne wie silberweißen Glitter goss …

»Nelly – hallo, ich hab dich was gefragt!«

Ich schreckte hoch. Leonie stand vor meinem Pult und fixierte mich leicht unfreundlich. »Äh, sorry. Was?«, stammelte ich und wunderte mich, dass die Stunde offenbar schon aus war, denn unser Lehrer war nicht mehr da.

»Ob du was von Jule gehört hast?«, wiederholte Leonie, und in ihrer Stimme schwang jetzt Ungeduld mit.

»Jule? Nein, wieso?«

»Mann, das ist mal wieder typisch für dich! Sie sitzt normalerweise neben dir. Heute aber nicht. Und gestern war ihr schlecht und sie ist nach Hause. Was schließen wir daraus?«

»Ach so, du meinst, Jule ist krank.«

»Nein, sie hat im Lotto gewonnen und ist ausgewandert! Ich dachte, sie hätte dich vielleicht angerufen und gesagt, dass sie nicht kommt.«

Auf einmal hatte ich Leonies Art, mich in die Zange zu nehmen, satt. »Hat sie nicht. Und überhaupt, *du* hängst doch dauernd in der Pause mit ihr ab. Wieso hast *du* dich denn nicht bei ihr gemeldet?«

»Krieg dich wieder ein! Du warst wohl gestern indisch essen und hast ›Zicken Tikka‹ bestellt?«

Mit diesem Seitenhieb ließ Leonie mich stehen und ging zurück auf ihren Platz. Genervt blies ich die Wangen auf und schielte auf Jules freien Stuhl. Ich hatte tatsächlich nicht gemerkt, dass meine Banknachbarin fehlte, weil ich nur an Elias gedacht hatte. Das konnte nur eins bedeuten: Ich war ernsthaft verliebt.

Weil ich in der Pause keine Lust hatte, mich mit Leonie und den anderen in die Mensa zu hocken, lief ich sofort nach dem Gong aus dem Raum und zu Pinas Klassenzimmer. Die Erinnerung an unser Telefonat gestern dämpfte mein Hochgefühl wegen Elias, und ich hatte das Bedürfnis, die Sache zwischen uns aus der Welt zu schaffen, was immer es auch sein mochte. Nur hatte ich keinen blassen Schimmer, wie. Sollte ich sie einfach auf ihre Laune gestern Abend ansprechen? Doch dann erinnerte ich mich daran, wie einsilbig Pina gewesen war, und bekam kalte Füße. Schon wollte ich umdrehen, da kam sie als eine der Letzten aus dem Klassenraum geschlendert. Bei meinem Anblick weiteten sich ihre Augen überrascht.

»Hi«, sagte ich. »Lust auf einen schlechten Kaffee aus dem Automaten?« Etwas Besseres fiel mir nicht ein.

Pinas Blick irrte über meinen Kopf hinweg, und sie schwieg ein paar lange Sekunden. »Sorry, das geht nicht«, entgegnete sie schließlich und sah mich an. »Ich muss zu meinem Kunstlehrer. Er wollte mit mir über ein Projekt sprechen, das unsere Klasse für das Schulfest im Juli plant.«

»Ach so, na dann. Kann man nichts machen«, erwiderte ich und versuchte, mir mein Unbehagen nicht anmerken zu lassen. Und meine Angst, denn Pinas Stimme hatte immer noch diesen unpersönlichen, metallenen Klang, der neu war und der meinen Magen zu einem kalten Klumpen werden ließ. »Bis dann«, sagte ich leise und drehte mich um, ehe sie in meinen Augen las, wie elend ich mich fühlte. Da vibrierte mein Smartphone: *morgen nachmittag treffen wir uns. bis dahin müssen dich 27 küsse trösten, die ich dir schicke. für jede stunde einen XXXXXXXXXXXXXXXXXXXXXXXXXXX e.*

Ich musste schmunzeln, aber der Gedanke an Pina ließ mir auch nach der Schule keine Ruhe. Nicht einmal auf den Marmorkuchen, den meine Mutter gekauft hatte, verspürte ich Appetit. Nachdem ich zwei Stunden lang unruhig durch die Wohnung getigert war, hatte ich eine Idee. Schnell überspielte ich ein paar Fotos, die wir in der Datscha geschossen hatten, von meinem Handy auf den PC und druckte sie aus. Ich kramte nach einem hübschen Umschlag und steckte die Bilder hinein. Auf einen Zettel schrieb ich *Für unser Freundschaftsbuch* und legte ihn zu den Fotos, ehe ich den Umschlag sorgfältig zuklebte und Pinas Adresse darauf schrieb. Mit Schröder im Schlepptau ging ich die paar Meter zum nächsten Briefkasten und warf den Umschlag ein. Morgen müsste sie die Schnappschüsse haben. Den Brief bei Pina persönlich vorbeizubringen wagte ich nicht. Ihre Stimme hatte eine hauchdünne Wand aus Eis zwischen uns gebaut und sorgte dafür, dass ich trotz des Sommers fröstelte.

Ich lümmelte auf unserem Mini-Balkon in einem Liegestuhl und versuchte an Elias zu denken, während die Sonne Kringel auf meine nackten Füße malte. Doch immer wieder schob sich Pinas kühler Blick vor sein Bild in meinem Kopf und ich dachte, dass ich ihr noch nicht einmal von meiner zerschnittenen Jacke hatte erzählen können. Ich seufzte.

Nicht nur, dass ich vom Pech verfolgt wurde und meine Sachen irgendwelchen Idioten zum Opfer fielen, die offenbar Spaß am Kaputtmachen von Dingen hatten, nun ging Pina mir auch noch aus dem Weg. Zog ich das Unglück magisch an? Oder – bei diesem Gedanken setzte ich mich kerzengerade in meinem Liegestuhl auf – hing etwa alles miteinander zusammen? Vielleicht war ich ja gar nicht vom Pech verfolgt und hinter den »Zufällen« steckte ein Plan? Nur von wem? Wie ein Blitz, der den dunklen Himmel zerreißt und unvermittelt alles in taghelles Licht taucht, kam mir schlagartig die Erleuchtung. Und die hieß: Jule! Mein Mund wurde trocken. Wie hatte ich nur so blind sein können! All die schlimmen Dinge hatten angefangen, nachdem sie neu in meine Klasse gekommen war.

Ich spürte mein Herz vor Aufregung schneller schlagen. Jule war das fehlende Puzzleteil und nun fügte sich auch alles zusammen. Hatte sie eine Freundin gesucht und sich Hoffnungen gemacht, dass wir uns anfreunden würden? Ich schüttelte den Kopf. Nein, Jule war es gar nicht um mich gegangen. Im Kino hatte sie förmlich an Pinas Lippen gehangen. Bestimmt fand Jule sie cool und hätte sich gerne mit ihr angefreundet. Aber dann musste sie feststellen, dass Pina und ich quasi Seelenzwillinge waren und ich sie deshalb am *Citybeach* nicht dabeihaben wollte. Vielleicht war Jule deswegen bereits sauer auf mich gewesen. Und dann hatte sie Elias gesehen. Wahrscheinlich gefiel ihr der große, dunkelhaarige Junge auf den ersten Blick, nur stand er dummerweise mit *mir* an der Bar. Zum zweiten Mal hatte sie das Nachsehen und ich in ihren Augen das große Los gezogen. Doch dann war ich verschwunden und Elias sprach Jule an.

Bestimmt machte sie sich daraufhin Hoffnungen und war kurz darauf enttäuscht worden, weil er von ihr nur meine Telefonnummer haben wollte. Vielleicht hatte sie ihrer Mutter auch die teuren roten Booties vor allem deshalb abgeschwatzt, um bei nächster Gelegenheit Elias damit zu beeindrucken? Doch dann fand sie heraus, dass ich mit Elias ein Date hatte. Daraufhin musste Jule beschlossen haben, mir einen Denkzettel zu verpassen. Sie war mir nach Hause gefolgt und hatte in einem unbeobachteten Moment in unserem Hinterhof meinen Fahrradreifen zerstochen. Sie kannte ja mein Rad aus der Schule. Als das jedoch nichts genutzt hatte und ich mich weiterhin mit Elias traf, war Jule in ihrem Neid und ihrer Rachsucht noch einen Schritt weitergegangen und hatte meine Jacke an der Schulgarderobe zerschnitten. War ihr nicht exakt an diesem Tag angeblich schlecht gewesen und sie durfte früher nach Hause gehen? Vielleicht hatte sie nur gewartet, bis die nächste Schulstunde anfing und die Flure menschenleer waren. Sie hätte also in aller Ruhe die Schere zücken und sich über meine olivgrüne Jacke hermachen können.

Anscheinend war Jule ziemlich durchgeknallt. Dabei war sie kurz vorher noch total freundlich zu mir gewesen und hatte in der Cafeteria so getan, als wären wir dicke Kumpels! Und wie sie sich dort wegen Elias bei mir angebiedert hatte! Wahrscheinlich war Pina deswegen auch sauer auf mich: Sie dachte, ich würde Jule in Sachen einweihen, die ich ihr als beste Freundin nicht erzählte! Jule versuchte, Pina und mich gegeneinander auszuspielen!

Heiße Wut stieg in mir hoch und am liebsten wäre ich schnurstracks zu Jule gefahren und hätte sie zur Rede gestellt. Aber erstens wusste ich nicht, wo sie wohnte, und zweitens wollte ich sie unter vier Augen erwischen, ohne Eltern oder einen großen Bruder, den Jule vielleicht zu Hause hatte. Grimmig malte ich mir das dumme Gesicht aus, das sie machen würde, wenn sie erfuhr, dass ich Bescheid wusste.

Mein zweiter Gedanke war, sofort Pina anzurufen und ihr alles zu erzählen. Aber nachdem sie mich heute so hatte auflaufen lassen, wäre es wohl klüger, zu warten, bis ich Jule mit meinem Wissen konfrontiert hatte, ehe ich Pina reinen Wein einschenkte.

Schlagartig fühlte ich mich besser, und als ich die Stimme meiner Mutter hörte, die von der Arbeit kam, musste ich nicht einmal so tun, als ginge es mir gut. Allerdings würde es mir noch viel besser gehen, wenn ich erst mit Jule fertig war …

KAPITEL 9

NELLY

Doch vorerst kam es nicht dazu. Durch eine plötzliche Baustelle samt Ampel an einer Straßenkreuzung war ich am nächsten Morgen fast zehn Minuten später in der Schule als geplant. Gerade hatte ich mein Fahrrad abgeschlossen und hetzte über den Pausenhof, da sah ich Pina das Schulgebäude betreten. Ihre dunklen Haare flogen, während sie den Kopf zurückwarf, weil sie über irgendetwas lachte, das die Person gesagt hatte, die neben ihr lief. Ich bekam eine Gänsehaut, als ich erkannte, um wen es sich handelte. Denn auch dieses Profil war mir inzwischen vertraut – und seit gestern verhasst. Neben meiner besten Freundin schlenderte nämlich – Jule, völlig ins Gespräch vertieft.

»Ich muss mit dir reden!«

Jule, die gerade aus der Toilettenkabine kam, schrak heftig zusammen, als sie mich am Waschbecken stehen sah.

»Mensch, Nelly. Hast du mich erschreckt«, sagte sie und grinste schief.

»Mal was ganz Neues, oder? Normalerweise bist du doch diejenige, die es auf mich abgesehen hat, stimmt's?«

Jule zog die Stirn kraus. Ihr fragend schief gelegter Kopf war eine perfekte Imitation der Ahnungslosigkeit. Aber ich fiel nicht darauf herein. Nicht mehr. Sie hatte den Bogen überspannt.

»Na, was hast du dir denn als Nächstes ausgedacht? Noch mal Reifen aufschlitzen oder eine andere Jacke von mir kaputt machen? Aber das wäre doch langweilig …«

Jule sah mich bestürzt an. »Ich verstehe nicht …«, stammelte sie.

Ich lächelte kalt. »Ach nein? Dann sag ich dir mal was, Jule: Ich hab dich durchschaut! Und auch wenn du jetzt die Londoner Unschuld spielst und ich dir nichts beweisen kann – ich weiß, wie du tickst. Noch einmal so eine Aktion und alle erfahren dein kleines, dreckiges Geheimnis!«

Jetzt wurde Jule so weiß wie die gekachelte Wand. »Woher …?«, würgte sie heraus, dann hielt sie sich die Hand vor den Mund. Aber sie hatte sich verraten.

Überlegen musterte ich sie von oben bis unten. »Du weißt genau, was ich meine. Aber wenn du glaubst, du könntest dir Elias unter den Nagel reißen, vergiss es! Da helfen auch deine teuren Angeberschuhe nichts! Elias und ich sind nämlich zusammen. Und auch bei deiner neuen Freundin wirst du keinen Stich mehr machen, wenn sie erfährt, dass du nicht nur meinen Fahrradreifen, sondern vorgestern auch meine Jacke zerschnitten hast!« Zufrieden mit der Wirkung meiner Worte verschränkte ich die Arme.

Jule schnappte nach Luft wie ein Goldfisch auf dem Trockenen. »Spinnst du? Ich hab gar nichts getan! Ich war krank!«

»Falsch, Jule – du *bist* krank! Jemand Normales würde so etwas nämlich niemals tun. Aber ich warne dich: Lass mich in Zukunft bloß in Ruhe!«

Jules Gesichtsfarbe hatte bei meinen Worten von blass zu rot gewechselt. »Sag mal … bist du verrückt?«, stieß sie hervor.

»Ich nicht. Aber du solltest mal über deine Taktik nachdenken. Dir auf die Schliche zu kommen war nämlich gar nicht so schwer. Vielleicht hättest du es ein bisschen raffinierter anstellen sollen!«

Jule atmete tief ein und obwohl sie zitterte, klang ihre Stimme beherrscht. »Jetzt pass mal auf, Nelly. Ich hab keinen blassen Schimmer, wovon du redest. Ich habe weder irgendwelche Reifen aufgeschlitzt, noch weiß ich, was du da von einer kaputten Jacke faselst! Ich hab damit jedenfalls nichts zu tun!«

»Nee, ist klar«, spottete ich.

Jules Lippen wurden schmal. »Weißt du, was ich glaube? Du bist nur eifersüchtig! Weil die in der Klasse mich mögen und mich fragen, ob ich mit ihnen was unternehmen will. In dieser Hinsicht bist du ja nicht so gefragt, nicht wahr? Und das stinkt dir. Deswegen unterstellst du mir jetzt so einen Mist!«

Mir blieb die Luft weg. Jule – die schüchterne, ängstliche Jule – traute sich, so mit mir zu reden? Eigentlich hatte ich erwartet, es würde sie total aus dem Konzept bringen, wenn sie merkte, dass ich sie durchschaut hatte. Aber von schlechtem Gewissen keine Spur. Deswegen sagte ich ihr jetzt auch ins Gesicht, was ich dachte.

»Du hast echt einen Schaden, Jule! Aber ich warne dich. Lass mich in Zukunft in Frieden oder du wirst es bereuen. Ich werde allen erzählen, was ich weiß, und dann kannst du dich warm anziehen!«

Mit diesen Worte drehte ich mich um und rauschte aus dem Mädchenklo. Das Letzte, was ich hörte, ehe die Tür sich schloss, war das Zuschlagen einer Kabinentür und dann ein Geräusch, als würde sich jemand übergeben. Ich blieb stehen, und kurz pikte mich nun doch ein Anflug von schlechtem Gewissen. Dann aber dachte ich an meine kaputte Jacke und Pinas Lachen, als sie heute Morgen an Jules Seite ins Schulgebäude gelaufen war. Daraufhin ging ich zu meinem Klassenzimmer, ohne noch einmal zurückzuschauen. Jule hatte ihre Lektion bekommen. Nun war sie nicht mehr mein Problem. Dachte ich.

Pinas Fahrrad war nicht im Unterstand gewesen, also fuhr ich nach Unterrichtsschluss schnurstracks zu ihr nach Hause. Meine Mutter arbeitete heute Nachmittag sowieso, und mein Essen konnte auch noch eine Stunde länger im Kühlschrank auf mich warten. Ich trat so heftig in die Pedale, dass der Fahrtwind mir die Tränen in die Augen trieb. Ich konzentrierte mich ganz und gar auf die Geschwindigkeit und versuchte, Jule aus meinem Kopf zu verbannen, die nicht zum Unterricht erschienen war. Außerdem gab ich mir Mühe, Ina, Bille und Leonie mit ihren besorgten Gesichtern zu ignorieren, die nicht ahnten, wieso Jule erneut fehlte – und dass ich der Grund dafür war. Ich hatte all ihre Fragen abgewehrt. Und ich dachte an Pina. Ich konnte es kaum abwarten, mit ihr zu sprechen. Diesmal würde ich mich nicht abwimmeln lassen.

Als ich bei ihr zu Hause angekommen war, drückte ich grimmig entschlossen den Klingelknopf. Pina öffnete. »Ich muss dir was erzählen, es ist total wichtig«, sprudelte ich hervor, ehe Pina auch nur ein Wort sagen konnte. Sie musste an meinem Gesichtsausdruck gesehen haben, dass Widerspruch zwecklos wäre, also trat sie schweigend beiseite und ließ mich zu ihrem Zimmer vorgehen, aus dem ein Oldie dröhnte – ich tippte auf Buddy Holly. Pina stellte leise, ehe sie sich auf ihr Bett fallen ließ und mich mit hochgezogenen Augenbrauen ansah. »Also, was gibt's so Dringendes, das nicht warten kann?«

»Warum willst du nichts mehr mit mir zu tun haben?«, platzte ich ohne Vorwarnung heraus. Pinas Augenbrauen schossen noch einen Millimeter höher.

»Na, das fragt die Richtige«, sagte sie, und ihre Stimme hatte wieder diesen kühlen, spöttischen Unterton, den ich inzwischen so fürchtete.

»Ich verstehe überhaupt nichts mehr«, würgte ich heraus.

Pina verengte die Augen und sah plötzlich eher verletzt als überlegen aus. »Soll ich dir mal auf die Sprünge helfen?«

Abrupt riss sie eine Schublade in ihrem Schreibtisch auf und zog ein gefaltetes Blatt Papier heraus. »Das hier klemmte vorgestern nach der Schule auf meinem Gepäckträger«, sagte sie und hielt mir den Zettel hin.

wEr REdEt SCHLECHT üBeR dIcH? fRaG NELLY!!

Die roten und schwarzen Buchstaben waren wie bei einem dieser Erpresserbriefe in Fernsehkrimis aus Zeitungsschnipseln zusammengesetzt. Die wild durcheinandergewürfelten Groß- und Kleinbuchstaben schienen mich direkt anzuspringen und wirkten so bedrohlich wie ein zähnefletschender Kampfhund, der auf mich zukam.

»Aber … das stimmt doch nicht«, konnte ich nur flüstern. Ich starrte auf die Schrift und fühlte, wie mein ganzer Körper eiskalt wurde. Die Gedanken überschlugen sich in meinem Hirn, gleichzeitig war mein Kopf so leer gefegt, als stünde ich in dichtem, undurchdringlichem Nebel. Auf einmal erschien mir meine Hand, die das Papier hielt, so fremd, als ob sie nicht zu mir gehören würde. Ein Teil meines Verstandes beobachtete kühl und unbeteiligt, wie sehr diese Hand zitterte. In diesem Moment fühlte ich, wie das Papier sanft fortgezogen wurde. Ich hob den Kopf, aber alles war verschwommen, und ich konnte Pinas Gesicht nicht richtig erkennen. Erst als etwas auf meiner Wange kitzelte, merkte ich, dass mir Tränen aus den Augen liefen.

Mich schmerzte nicht nur der gemeine Zettel, sondern auch Pinas Verrat an unserer Freundschaft. Weil sie einem anonymen Brief mehr glaubte als mir. Und weil sie mir zutraute, unsere Freundschaft zu zerstören. Keine von uns sagte ein Wort.

Die Minuten tropften so zäh wie das Gift einer Schlange in die Stille, bis ich den Kopf hob.

»Hast du nicht mal dran gedacht, dass jemand versucht, dich gegen mich aufzubringen?!«, stieß ich hervor.

»Ich habe dich mit Jule und den anderen aus deiner Klasse in der Mensa gesehen und dachte, du brauchst mich nicht mehr«, gab Pina zerknirscht zu.

»Quatsch«, schluchzte ich.

Da spürte ich Pinas Arm um meine Schultern, und ein Taschentuch wurde mir hingehalten. »Deine Nase läuft davon«, sagte meine

Freundin liebevoll und fuhrwerkte so übertrieben in meinem Gesicht herum, dass ich lachen musste.

»Hör auf, ich heule ja gar nicht«, schniefte ich, und tatsächlich löste sich der dicke Klumpen aus Angst und Schmerz, der tagelang zwischen Schlüsselbein und Nabel gesessen hatte, allmählich auf. Denn Pina klang endlich wieder so wie früher.

»Ich habe nie über dich gelästert. Du bist meine beste Freundin, du dumme Nuss«, sagte ich, wobei ich immer noch etwas verschnupft klang.

Pina war ernst geworden und sah mich eindringlich an. »Aber wer macht so was?«, fragte sie leise und wies auf den Zettel, auf dem nur dieser eine Satz stand. Und der doch beinahe ausgereicht hätte, um unsere Freundschaft zu zerstören.

Meine Antwort kam wie aus der Pistole geschossen. »Jule! Es hat ihr wohl nicht gereicht, meine Sachen kaputt zu machen, sie hat es auch darauf angelegt, mein Leben zu ruinieren.«

Pina runzelte die Stirn. »Bist du dir sicher?«

Zehn Minuten später saß Pina immer noch schweigend da, aber ihre Haltung war völlig verändert. Hatte sie am Anfang noch skeptisch gewirkt, war ihre Miene während meines Berichts immer betroffener geworden und spiegelte – als ich von meiner zerschnittenen Jacke erzählte – schließlich nur noch Fassungslosigkeit.

»Natürlich hat Jule alles abgestritten, aber ganz ehrlich: Es passt einfach zu gut zusammen«, beendete ich meinen atemlosen Monolog.

Ein paar endlos erscheinende Sekunden schwieg Pina mit gesenktem Kopf. Dann aber hob sie den Blick und sah mich an. »Es tut mir so leid, Nelly. Ich habe echt gedacht, du hast keinen Bock mehr auf unsere Freundschaft«, erklärte sie.

Ich starrte sie entgeistert an und brachte nur ein piepsiges »Aber« heraus, da fuhr sie fort: »Du hast Jule ins Kino mitgebracht. Ihr beide habt ausgesehen, als wärt ihr total dicke miteinander, und später hast du nur noch von diesem Elias geredet und dich überhaupt nicht mehr bei mir gemeldet ...«

»... Und deswegen hast du schlecht von mir gedacht«, ergänzte ich bitter.

»Mann, Nelly, ich hatte wirklich keine Ahnung, was bei dir alles abgegangen ist!«

»Dann hat Jule ja erreicht, was sie wollte«, stellte ich verbittert fest.

»Die versucht allen Ernstes, einen Keil zwischen uns zu treiben«, sagte Pina langsam, und es klang, als könnte sie es nicht fassen. Kein Wunder, auch ich hätte der scheuen Jule so etwas niemals zugetraut.

»Ich weiß nur immer noch nicht, warum sie das getan hat. Ich meine, wieso gerade ich? Klar sitze ich neben ihr und war ja am Anfang nett, aber ich habe nun mal dich als Freundin und sie kann doch nicht erwarten, dass ich sie gleich überallhin mitschleppe! Oder dass Elias sich plötzlich für sie interessiert, wenn er doch mit *mir* an der Strandbar war?«

»Weil du das Leben hast, das sie gerne hätte«, sagte Pina hellsichtig. Kurz schoss mir durch den Kopf, wie irre das war: Bisher war *ich* diejenige gewesen, die Pina oft um ihr Aussehen, ihre Selbstsicherheit und die Klamotten beneidet hatte. Und auf einmal hatte ich etwas, auf das jemand anderer eifersüchtig sein sollte? So sehr, dass dieser Jemand, nämlich Jule, meine Sachen kaputt machte und versuchte, mich bei Pina schlechtzumachen?

»Und ... was mache ich jetzt? Wegen Jule, meine ich?«

»Vergiss sie!«

»Aber was, wenn ...«

»Nein. Vergiss Jule. Sie hat es nicht geschafft, uns auseinanderzubringen – nur das zählt«, stellte Pina klar. »Und wenn sie dich nicht in Ruhe lässt, kriegt sie es mit mir zu tun!«

Ich fiel ihr um den Hals. »Ich bin so froh, dass ich dich habe«, murmelte ich.

Sie drückte mich kurz an sich. »Schon klar, Nelly-Spirelli«, grinste sie. Diesen Spitznamen, der sich auf meine Locken bezog, die wie gedrehte Nudeln aussahen und sich oft nur schwer zu einer vernünftigen Frisur bändigen ließen, konnte ich nicht leiden. Aber ich wollte unsere gerade wiedergefundene Freundschaft nicht gefährden, die mir noch so zart und zerbrechlich schien wie kostbares Porzellan, daher schwieg ich. Da flog ein schmales Buch mit kunstvoll verziertem Einband in meinen Schoß. »Unser künftiges Freundschaftsalbum«, erklärte Pina. »Ich habe inzwischen auch ein paar Bilder ausgedruckt. Wenn du willst, kleben wir die zusammen mit den Fotos ein, die du mir mit der Post geschickt hast!«

Natürlich wollte ich. Während Pina und ich die nächsten zwei Stunden kichernd und eiskalte Cola schlürfend über unserem Freundschaftsbuch verbrachten und ich endlich ein bisschen von Elias erzählen konnte, rückte der Gedanke an Jule in immer weitere Ferne. Ich hatte meine Banknachbarin erst mal eingeschüchtert, indem ich sie offen angegangen war, und hoffte, dass sie in Zukunft stillhalten würde. Aber das Wichtigste war: Pina und ich waren wieder versöhnt, und egal, was Jule nun versuchen mochte, uns würde nichts mehr auseinanderbringen. So vertieft war ich in die Dokumentation unserer Freundschaft, dass ich alles um mich herum vergaß. Erst auf dem Nachhauseweg fiel mir ein, dass ich ja morgen Elias treffen würde. Übermütig fuhr ich auf der menschenleeren Straße ein paar Schlangenlinien. Bis mir ein neuer, schrecklicher Gedanke kam: Wenn Jule Pina eine anonyme Nachricht zukommen lassen konnte – wer sagte mir, dass es ihr nicht auch bei Elias gelungen war?

Seit zwanzig Minuten schlich ich nun schon um mein Handy und das flaue Gefühl in meinem Bauch wuchs sich langsam zu handfesten Bauchschmerzen aus. Elias hatte auf meine SMS, ob es denn bei unserem Treffen morgen bliebe, immer noch nicht geantwortet. Ob das Jules Verdienst war? Hatte sie, genau wie bei Pina, ihr Gift auch bei Elias verspritzt? Ihn anzurufen traute ich mich nicht. Ich hatte Angst, wie er reagieren würde. Es war ja möglich, dass er mich sofort wegdrückte oder mir ein »Ich will dich nie wiedersehen« an den Kopf warf, um dann sofort aufzulegen. Wie sollte ich ihm dann erklären, dass jemand mich nur bösartig verleumdete? Ich schloss die Augen. Schwarze und rote Funken tanzten hinter meinen geschlossenen Lidern und ich schwankte zwischen Panik beim Gedanken an Elias und rot glühender Wut, wenn ich an Jule dachte.

Ein schriller Pfeifton riss mich aus meinem dumpfen Brüten. Auf dem Display meines Smartphones blinkte das Symbol eines Briefumschlags. Mit zitternden Händen öffnete ich die SMS: *hey klaro! wieso freu ich mich denn sonst seit heute morgen?;) komme gerade vom training, gruss+kuss, e.*

Erleichtert ließ ich mich rückwärts auf mein Bett fallen. Alles war gut mit Pina und Elias. Was wollte ich mehr? Jule, das nahm ich mir vor, würde ich ab jetzt einfach ignorieren.

Brief an mich

Die meisten Menschen sind blind. Und dumm. »Nicht alle Tassen im Schrank«, heißt es bei ihnen. Dabei sind SIE es doch, die meinen Schrank umgekippt haben, sodass alle Tassen zerbrochen sind. Sie haben dafür gesorgt, dass nun alles in Scherben liegt. Auch meine Welt. Und dafür werden sie bezahlen!

KAPITEL 10

NELLY

Insgeheim hatte ich gehofft, Jule würde noch ein paar Tage in der Schule fehlen, doch am nächsten Morgen saß sie wie immer auf ihrem Platz. Heute trug sie wieder Jeans, Hoodie und ihre Chucks. Es war schwer, das Mädchen, das ich am liebsten auf den Mond geschossen hätte, links liegen zu lassen, wenn sie so dicht neben mir saß. Am liebsten hätte ich meine Klassenlehrerin gebeten, mir eine neue Sitznachbarin zuzuteilen. Aber das hätte garantiert zu Fragen geführt und die Neugierde meiner Mitschüler angefacht wie trockene Äste ein Buschfeuer, und das wollte ich vermeiden. Nicht, um Jule zu schützen, sondern um zu verhindern, dass Ina, Bille, Leonie und die anderen mich mit Fragen bombardierten. Dann hätte ich von dem fiesen Zettel erzählen müssen, der an Pinas Gepäckträger geklemmt hatte, und davon, dass Jule alles nur machte, weil sie wegen Elias eifersüchtig auf mich war. Spätestens dann würde Ina und den anderen Mädchen die Sensationslust aus allen Poren quillen und sie würden mir Löcher in den Bauch fragen. Darauf hatte ich nun wirklich keine Lust. Aber ich wollte mich auch nicht auf Diskussionen einlassen, in denen Jule von den anderen garantiert verteidigt werden würde. Ich wusste doch genau, wie sehr sie sich inzwischen in der Klasse bei allen angebiedert hatte. Wahrscheinlich war das auch Teil ihrer Taktik gewesen, erst zu tun, als könne sie kein Wässerchen trüben, um mir dann gezielt eins reinzuwürgen. Diese Überlegungen ließen mich vor Wut und Abneigung ganz starr werden, und daher würdigte ich Jule keines Blickes, während ich mich auf meinen Platz drückte und so weit wie möglich mit meinem Stuhl von ihr abrückte. Zwar bemerkte ich ihre nervösen Seitenblicke zu mir sehr wohl, aber ich war nicht bereit, auch nur ein Wort an sie zu richten. Fast war ich froh, als Frau Ulbrich völlig überraschend einen Test ansetzte und uns mit ein paar ziemlich kniffligen Matheaufgaben bis zum Ende der Stunde beschäftigt hielt. Unser Englischlehrer schleppte uns im Anschluss sofort ins Sprachlabor, wo ich mich ganz nach hinten an einen Einzeltisch verzog, und auch während der Sportstunde fiel es nicht auf, dass Jule und ich uns aus dem Weg gingen. In der Pause stand ich ganz selbstverständlich mit Pina draußen auf dem Schulhof zusammen und meinetwegen hätte ich Jule bis zum Ende des Schuljahres ignoriert. Aber ausgerechnet Elias machte mir einen Strich durch die Rechnung.

Er wartete schon bei den Fahrrädern, als ich herauskam, und er sah mit seinen wilden dunklen Haaren, in Jeans und dunkelblauem T-Shirt so lässig aus, dass mein Herz losgaloppierte, als wolle es noch vor mir am Unterstand und bei Elias sein. »Hallo, Nelly«, lächelte er. Ganz selbstverständlich nahm er mich in die Arme und drückte mir einen Kuss auf die Lippen. So sehr mir das gefiel, war ich doch gleichzeitig etwas verlegen und hoffte, dass nicht ausgerechnet jetzt meine halbe Klasse zu ihren Bikes pilgern würde. Dann aber dachte ich, dass es mir eigentlich egal war, wer uns beobachtete und was getratscht wurde. Ich mochte Elias, er mochte mich – wo war das Problem? Kaum hatte ich den Gedanken zu Ende gedacht, sah ich Jule auf die Fahrräder zusteuern. Sie hatte den Kopf gesenkt und schien uns gar nicht wahrzunehmen. »Lass uns in den Park fahren«, sagte ich und wollte Elias fortziehen, da erblickte er meine Erzfeindin.

»Hi, Jule«, grüßte er ahnungslos-freundlich. Sie riss den Kopf hoch und blickte uns so erschrocken an, als sei sie Bambi, das gerade dem Jäger direkt vor die Flinte gelaufen war. Ihre Augen waren gerötet und wirkten kleiner als sonst, als hätte sie geheult. Den Bruchteil einer Sekunde starrte sie uns an, dann bog sie hastig ab und lief ohne ein Wort in die entgegengesetzte Richtung. Elias blickte ihr verwundert nach. »Was ist denn mit der los? Sie hat mir doch erst vor ein paar Tagen deine Mailadresse gegeben – hat sie mich nicht mehr erkannt, oder was?«

»Ach, wir haben heute Mathe geschrieben. Vielleicht hat sie es versiebt«, sagte ich ausweichend und hoffte, Elias würde es dabei belassen. Doch er schien zu spüren, wie unbehaglich ich mich fühlte. Prüfend sah er mich an. »Und wieso guckst *du* dann, als wäre die Sahne in deinem Eiskaffee sauer?«, fragte er, aber ich hörte den ernsten Unterton heraus.

Einen Wimpernschlag lang zögerte ich, doch dann erzählte ich ihm alles, angefangen von meinem zerstochenen Reifen, weshalb fast unser erstes Treffen ins Wasser gefallen wäre, bis hin zu der fiesen Botschaft aus zusammengeklebten Zeitungsbuchstaben, die Pina erhalten hatte. Elias hörte einfach nur zu. Erst als ich mit den Worten endete »… und hinter dem Ganzen steckt Jule«, atmete er tief durch.

»Wow. Das ist harter Stoff«, sagte er und nahm mich in den Arm. »Kein Wunder, dass du total durch den Wind bist.« Ich schmiegte mich an ihn, und sein tröstlicher Elias-Duft mit einem Hauch frischer Wäsche machte die Erlebnisse der vergangenen Tage schon etwas weniger schlimm. Doch in diesem Augenblick hörte ich ihn sagen: »Aber bist du sicher, dass wirklich Jule dahintersteckt? Sie macht auf mich überhaupt nicht den Eindruck, als ob …«

Ich machte mich heftig los. »Genau das ist das Problem! Keiner traut Jule so was zu! Aber wer sollte sonst noch Grund haben, Pina und mich auseinanderbringen zu wollen?«

Elias strich mir beschwichtigend ein paar eigensinnige Locken zurück, die mir dauernd ins Gesicht fielen. »Hey, Feuerköpfchen, ich versuche doch nur, alle Möglichkeiten durchzuspielen!«

»Jule ist eifersüchtig auf mich, und deswegen wollte sie Pina gegen mich aufhetzen. Als Nächstes hätte sie es bestimmt bei dir versucht«, erklärte ich.

»Ja, aber ich hätte erst mal mit dir gesprochen, statt sofort einzuschnappen wie deine Freundin Pina«, erwiderte Elias ruhig. Ich starrte ihn überrascht an. »Sorry, Nelly, aber ich finde es einfach nicht okay, dass sie dich nicht mal gefragt hat, was an der Sache dran ist«, erklärte er. Ich schluckte und fühlte mich ausgebremst. Doch Elias' Worte versetzten mir zugleich einen kleinen Stich: Hatte er nicht recht? Wieso war Pina mir ausgewichen, statt mit mir zu reden?

»Sie hat wirklich gedacht, ich hätte sie gedisst. Und das hat sie total verletzt«, gab ich mir selbst und Elias die Antwort. »Sie ist eben sensibel.«

»Na ja, das müsst ihr beide unter euch ausmachen. Hauptsache, ihr vertragt euch wieder«, beendete Elias die Diskussion und nahm meine Hand. Ich nickte erleichtert. »Und was unternimmst du nun wegen Jule?«, fragte er und sah mich mit seinen grauen Wolkenaugen an.

»Gar nichts. Jule ist für mich gestorben«, sagte ich entschieden.

Tatsächlich gelang es mir, mein Unbehagen in die hinterste Ecke meines Bewusstseins zu verbannen. Elias hatte nämlich eine Überraschung für mich. Als ich mein Rad aufschließen wollte, hielt er mich zurück. »Damit sind wir schneller«, sagte er und deutete auf seine Vespa, die er ein Stück weiter weg geparkt hatte, sodass ich sie erst jetzt entdeckte. »Ich habe extra einen Nierengurt und einen zweiten Helm für dich dabei«, meinte er, und obwohl mein Magen bei dem Gedanken, auf ein Zweirad zu steigen, das schneller als 25 km/h fuhr, einen ängstlichen Purzelbaum schlug, konnte ich seinem einladenden Grinsen nicht widerstehen. Auf dem brummenden Motorroller, die Arme fest um seinen Oberkörper geschlungen und den heißen Sommerwind durch das aufgeklappte Visier des Helms im Gesicht, fühlte ich mich plötzlich so frei, dass ich laut lachte. »Schneller!«, rief ich gegen den Fahrtwind an und als Antwort drehte Elias den Gashebel. Die alte Maschine gab mit einem lauten Röhren alles. Obwohl ich wusste, dass wir nicht schneller als siebzig fuhren, hatte ich das Gefühl, wir würden gleich abheben und fliegen. Hoch über die Landschaft und dorthin, wo es nur uns beide gab und alle Probleme so klein waren wie die Landschaft unter uns. Eine Miniaturwelt, in der nichts mehr wichtig war außer Elias und mir.

Nach einem langen, faulen Nachmittag, den wir zum größten Teil im Schatten einer riesigen Buche im Stadtpark verbracht hatten, mit Blick auf den Springbrunnen und die verwitterten Steinfiguren, zu denen wir uns Geschichten ausdachten, fuhren wir zurück in die Stadt. Es war erst sieben Uhr abends, und keiner von uns wollte sich vom anderen trennen und nach Hause gehen. Also rief ich meine Mutter an und luchste ihr die Erlaubnis für weitere zwei Stunden mit Elias ab. Kurz darauf saßen wir an einem der groben Holztische im Garten einer Kneipe und hatten jeder eine große Schorle vor uns stehen.

Ich hatte Durst und trank mein Glas mit zwei großen Schlucken halb leer. Die Quittung war ein heftiger Schluckauf, den ich nicht unterdrücken konnte. Verlegen blickte ich zu Elias, der sich ein Lachen verkniff, während ich klang wie ein Frosch auf Ecstasy. »Da siehst du mal: Ich brauche keinen Alkohol, um peinlich zu sein, das kriege ich auch mit Apfelsaftschorle hin«, versuchte ich zwischen zwei Kieksern zu scherzen.

Unvermittelt beugte er sich über den Tisch und küsste mich. Ich war erst überrascht, dann aber küsste ich zurück und nachdem wir uns endlich voneinander lösten, war auch mein Schluckauf weg. »Na also«, sagte Elias zufrieden. Ich lächelte, da klingelte sein Handy und Elias machte eine entschuldigende Grimasse, ehe er es aus der Tasche zog und sich meldete.

»Hi, Robin! Du, das ist gerade ganz schlecht …«, fing er an, dann aber änderte sich sein Gesichtsausdruck. Er sagte nur knapp »Wo bist du denn?« und dann ein paar Mal »okay«, bevor er mit den Worten »Zum Glück habe ich gerade einen zweiten Helm dabei« auflegte.

»Ist was passiert?«, wollte ich wissen.

»Mein Kumpel ist mit seinem Roller liegen geblieben. Das Ding macht keinen Mucks mehr. Er steht irgendwo auf der Landstraße und ich muss ihn holen, sonst ist er erst morgen früh zu Hause«, erklärte Elias. »Tut mir leid«, fügte er hinzu.

»Ach, ist schon in Ordnung. Ich hole mein Fahrrad an der Schule ab. Sind ja nur fünf Minuten Fußmarsch.«

Erleichtert gab Elias mir einen letzten langen Abschiedskuss und eilte aus dem Biergarten. Noch im Laufen zog er sich den Nierengurt an.

Ich blickte ihm verträumt nach, als ich in mein Lächeln hinein eine Stimme hörte: »Fast wie bei *Casablanca*!«

Überrascht drehte ich mich um und sah Pina am Tisch stehen. Sie war lautlos wie ein Gespenst aufgetaucht – oder ich hatte sie vor lauter Küssen nicht wahrgenommen. Impulsiv sprang ich auf und umarmte sie.

»Was machst du denn hier?«, rief ich. »Komm, setz dich!« Ich drückte sie auf einen Stuhl und als die Bedienung hersah, bestellte ich für Pina eine Schorle, ohne sie zu fragen.

Meine Freundin streckte ihre langen Beine aus und reckte ihr Gesicht genüsslich in die Abendsonne. »Ich war bummeln«, beantwortete sie meine Frage. »Und was sehe ich, als ich hier vorbeikomme? Dich und Sibob. Ich kann's immer noch nicht glauben«, sagte sie und lächelte schief.

»Woher kennst du Elias? Und wieso nennst du ihn ›Sibob‹?«, wollte ich verblüfft wissen.

»Er war eine Zeitlang mit mir im Volleyballtraining. Alle haben ihn so genannt«, sagte Pina achselzuckend. »Um ehrlich zu sein, wusste ich bisher nicht mal, dass er *der* Elias ist, wegen dem du seit Neuestem so aus dem Häuschen bist«, fügte sie hinzu.

Mir fiel ein, dass Elias mit Nachnamen »Siebold« hieß. Daher wahrscheinlich der Spitzname. Komisch, dass er umgekehrt nicht reagiert hatte, als ich ihm bei unserem ersten Date von Pina erzählt hatte. Ihr Name war ungewöhnlich genug, und Elias hätte ahnen müssen, dass es sich bei meiner Freundin und seiner Volleyball-Mitspielerin um ein- und dieselbe Person handelte. Aber vielleicht hatte auch Pina einen Spitznamen.

Als ich sie danach fragte, schüttelte sie lachend den Kopf. »Das hätte mir gerade noch gefehlt. Pass nur auf, dass Sibob dir nicht auch so einen albernen Kosenamen verpasst wie seiner letzten Freundin …«

An dieser Stelle stockte Pina abrupt und blickte mich schuldbewusst an, wie Schröder, wenn er was vom Esstisch gemopst hatte.

Mein ganzer Körper schien einzufrieren. »Seine … Freundin?«, krächzte ich.

Pina sah mich leicht zerknirscht an. »Vergiss es. Er ist ja längst nicht mehr mit ihr zusammen. Hat er dir nichts davon erzählt?«

»Ging das lange?«, fragte ich statt einer Antwort, während eine Stimme in meinem Kopf mich warnte, dass ich lieber nicht nachbohren sollte, wie lange oder intensiv die Beziehung zwischen Elias und seiner Ex gewesen war. Aber genau wie ein Kind, das an einer gerade verschorften Stelle an seinem aufgeschürften Knie herumkratzt, obwohl es weiß, dass die Wunde gleich bluten wird, konnte auch ich nicht aufhören, in Elias' Vergangenheit zu wühlen.

»Ach was! Das hat lange gedauert. Also mach dir keinen Kopf, okay?«

Doch das war leichter gesagt als getan, denn nun lief vor meinem inneren Auge erst recht ein Film ab, in dem Elias und eine Menge hübscher, dünner Mädchen in engen Tops und knappen Sportpants die Hauptrollen spielten. Elias mit einer Blonden, die sich auf seiner Vespa eng an ihn drückt. Elias mit einer Schwarzhaarigen beim Eisessen, sie füttern sich gegenseitig mit Erdbeersorbet. Elias mit …

»Hallo – Erde an Nelly! Ich sagte doch, du brauchst dir keine Sorgen zu machen. Elias ist verrückt nach dir, das sieht ein Blinder«, riss mich Pinas Stimme aus meiner persönlichen Nelly-Horror-Picture-Show. Ich wusste, sie wollte mich trösten, aber Fakt war: Er hatte mir nichts von Pina erzählt, die mit ihm Volleyball gespielt hatte, und auch nicht, dass er bestimmt erst vor Kurzem eine Freundin gehabt hatte. Oder auch mehrere. Auch wenn diese Beziehungen nicht lange gedauert hatten. Würde er es mit mir genauso machen und mich nach zwei Wochen schon wieder abservieren? Vielleicht war ich zu naiv gewesen. Elias sah gut aus. Er war zwar kein typischer Hollywood-Schönling, aber attraktiv war er schon, und vor allem punktete er mit Lässigkeit und Witz. Scheinbar nicht nur bei mir. Bei der Vorstellung, wie viele Mädchen er wohl vor mir schon mit seinen schlagfertigen Mails oder SMS-Botschaften um den Finger gewickelt hatte, verknotete sich mein Magen, und mir wurde leicht übel.

»Wollen wir langsam mal nach Hause?«, fragte Pina.

Ich schreckte hoch. »Ja, klar«, sagte ich geistesabwesend. Mühsam stand ich auf und brachte die leeren Gläser zur Theke. Meins, ihres und das von Elias. Drei Leute, drei Gläser. Und da war er plötzlich, dieser hässliche Verdacht, der jedoch so hartnäckig wie eine Stechmücke um meinen Kopf schwirrte, jetzt, da ich wusste, dass Elias und Pina sich kannten.

»Hat er es bei dir auch versucht?«, überfiel ich meine Freundin, kaum dass ich zurückkam.

Pina musterte mich verwirrt. »Was?«

»Ob Elias dich auch angebaggert hat?«

»Klar, jeder baggert ständig beim Volleyball. Sonst geht der Ball nicht übers Netz. Das solltest sogar du wissen«, scherzte Pina, aber als sie meinen Gesichtsausdruck sah, wurde sie ernst.

»Mensch, Nelly, jetzt guck mich nicht so an, als wäre ich Jule! Ich bin deine Freundin, schon vergessen?«

Sofort schämte ich mich meines Misstrauens.

»Weißt du was, du fährst jetzt nach Hause und dort machst du dir einen schönen, heißen Kakao mit fett Schlagsahne oben drauf. Morgen ist dann alles wieder gut, ja?«

Ich nickte gehorsam und trottete hinter Pina her zum Ausgang des Cafégartens, wo sie sich mit einer Umarmung von mir verabschiedete, ehe sie sich auf ihr Fahrrad schwang. Erst als ihre schlanke Silhouette um die Ecke gebogen war, fiel mir auf, dass Pina meine Frage, ob sie auch in Elias' Beuteschema passte, nicht beantwortet hatte.

Brief an mich

Es ist wieder passiert. Auf einmal kippt deine Stimmung. Du brüllst einen Fußgänger an, der dich nur flüchtig mustert: »Du Idiot, was glotzt du so? Hau ab!« Endlich zu Hause angekommen lässt du deine Jacke einfach fallen und gibst ihr einen Tritt. In deinem Zimmer schlägst du auf den Schreibtisch ein, bis du Angst hast, du würdest dir gleich die Hand brechen. Stopp, denkst du. Aber du kannst nicht aufhören. Du nimmst dir eine der Hortensien vor, die rechts und links vor der Haustür stehen. Du reißt sie aus ihrem Topf, zerquetschst die Blätter, zerreißt die Blütenköpfe. Blätterteile und Tonscherben liegen nach einigen Minuten überall herum. Weiße, abgerissene Blüten schweben zu Boden wie Schneeflocken im Sommer. Du hasst diese Scheißblumen. Du hasst alle Pflanzen. Und alle Menschen. Am meisten aber hasst du dich.

NELLY

Zu Hause stand ich lange unter der Dusche und ließ den warmen Schwall auf mich herabprasseln, bis ich wegen der nächsten Wasserrechnung ein schlechtes Gewissen bekam. Als ich aus der Duschkabine kletterte, dampfte die Luft, und der große Spiegel an der Innenseite der Tür war beschlagen. Mit einem Handtuch rieb ich ihn blank und betrachtete mich kritisch. Das Glas zeigte ein Mädchen mit nassen rötlichen Haaren, hellen Brauen und Wimpern und einem rundlichen, für den Frühsommer fast zu blassen Gesicht. Auf Nase und Wangen drängelten sich ein paar Sommersprossen zu viel, und auch die eher herzförmige Form meines Mundes konnte nicht mit Pinas vollen Lippen konkurrieren. Allein meine Augen, groß und grün mit kleinen bernsteinfarbenen Sprenkeln, gefielen mir. Ich ließ meinen Blick tiefer wandern. Dank der Tatsache, dass ich viel Rad fuhr, einmal die Woche Badminton spielte und ab und zu joggen ging, war ich schlank, aber nicht so dünn wie die Mädchen auf den Covern der Modezeitschriften. Für ein Modeldasein waren außerdem meine Beine bestimmt zu kurz, meine Hüften zu geschwungen, und meine Oberweite tendierte eher zu Körbchengröße B als zu C wie bei Pina.

Auf einmal konnte ich mir nicht vorstellen, was Elias überhaupt an mir fand. Seufzend schlang ich ein Badetuch um mich und kroch ins Bett. Nicht einmal eine heiße Schokolade konnte mich locken. Kaum hatte ich mich hingelegt, begann mein Handy zu klingeln. »Elias ♥« stand auf dem Display. Seinen Namen und das Herz-Icon dahinter hatte ich vor zwei Tagen einprogrammiert. Plötzlich erschien mir das wie Hohn. Wie lange würde es dauern, bis ich seinen Namen erst aus meinem Telefonbuch und anschließend aus meinem Herzen löschen musste? Schon jetzt war der Gedanke schmerzhaft wie ein Bienenstachel, der noch im Fleisch steckte. Ich starrte auf mein Handy, schaffte es aber nicht, dranzugehen. Es klingelte ein viertes, fünftes und sechstes Mal, ehe es verstummte. Kurz darauf blinkte ein Briefumschlag auf dem Display auf.

hi nelly, bist du gut nach hause gekommen? habe kumpel abgeholt, zum glück hat nur maschine schraube locker ☺ bis morgen oder so? kuss, e.

Impulsiv, als könnte ich damit die Eifersucht auf seine Vergangenheit und meinen Schmerz wegdrücken, presste ich meinen Daumen auf den Befehl »Löschen« und Elias' SMS verschwand aus meinem Blickfeld, nicht jedoch aus meinem Kopf.

***

Am nächsten Morgen hatte ich überhaupt keine Lust, in die Schule zu gehen. Ich trödelte so lange am Frühstückstisch herum, bis meine Mutter fast die Nerven verlor. Mein Vater war natürlich längst im Büro. Auf dem Fahrrad musste ich dafür ordentlich in die Pedale treten, um nicht zu spät zur ersten Stunde zu kommen. Als ich etwas außer Atem das Klassenzimmer betrat, stand Frau Ulbrich mit dem Rücken zur Klasse und schrieb bereits eifrig irgendwelche Formeln an die Tafel. Zu meiner Verblüffung saß auf dem Platz neben mir jetzt Siska, unsere Klassenbeste, die bislang immer in der ersten Reihe gethront hatte.

»Jule hat nach einer Mittelohrentzündung letzten Winter Probleme mit dem Hören«, gab Siska auf meinen verwunderten Blick hin kurz angebunden Auskunft. »Sie hat die Ulbrich gebeten, ob sie weiter vorne sitzen kann. Also haben wir getauscht.«

Obwohl ich wusste, dass Jule der Lehrerin wahrscheinlich eine faustdicke Lüge aufgetischt hatte, war ich erleichtert. Jule zog sich zurück, und das konnte nur bedeuten, dass sie künftig die Füße stillhalten würde. Ich hatte mal gelesen, dass das für Leute, die andere mobben, typisch ist: Sobald sie zur Rede gestellt werden, ziehen sie den Kopf ein und geben Ruhe. Da ich nichts mehr mit ihr zu tun haben wollte, ja, einen fast körperlichen Widerwillen hatte, weiterhin neben dem Mädchen zu sitzen, das versucht hatte, mich ins Abseits zu manövrieren, nahm ich unsere anerkannte Streberin Siska gerne in Kauf. Über ihre schleppende Sprechweise und die nervige Angewohnheit, jedes Wort unserer Lehrer mitzuschreiben, konnte ich notfalls hinwegsehen.

Punkt acht Uhr ging die Tür auf, und mit dem Gongschlag drückte sich Jule rasch durch die Klassenzimmertür. Den Kopf zwischen die Schultern gezogen und ohne einen Blick zu mir nach hinten zu werfen, huschte sie zu ihrem neuen Platz. Wie eine Ratte, dachte ich verächtlich. Und nichts anderes war sie in meinen Augen.

Später auf dem Schulhof hielt ich nach Pina Ausschau, als mir jemand von hinten die Augen zuhielt. »Nelly-Spirelli, hast du Lust, heute Nachmittag mit mir Erdbeeren zu ernten? In unserer Datscha ist das Beet jetzt voll von dem leckeren Zeug«, vernahm ich Pinas vertraute Stimme. Überrascht drehte ich mich um.

»Du gehst wieder in die Hütte?«, fragte ich. Nach dem letzten Mal, als Pina dort Hinweise auf die neue Freundin ihres Vaters gefunden hatte, war ich davon ausgegangen, dass sie den Ort eine Zeitlang meiden würde.

»Klar, frische Erdbeeren, noch dazu für lau, das lasse ich mir doch nicht entgehen! Aber du bist bestimmt anderweitig verabredet, stimmt's?«, fragte sie leichthin. Ich wusste, sie spielte auf Elias an, und die Erinnerung an das, was ich gestern über ihn erfahren hatte, bescherte mir einen kurzen bitteren Schmerz knapp unterhalb des Schlüsselbeins. Ich schüttelte nur stumm den Kopf, weil ich Angst hatte, dass mir der ganze Tag verdorben wäre, wenn wir jetzt über ihn sprachen.

Pina sah mich prüfend an. »Sagen wir so gegen vier? Bis dahin müsste ich mit den Hausaufgaben fertig sein.«

Ich nickte, und es gelang mir sogar, zu lächeln.

Es war immer noch heiß, als wir um fünf Uhr im Erdbeerbeet knieten, jede mit einem gefüllten Körbchen vor sich. Pina hatte eine Schüssel Wasser aus dem Häuschen gebracht, und so konnten wir die dicksten Beeren gleich waschen und uns in den Mund stecken. Gerade biss ich auf eine saftige Frucht und spürte die winzigen Kerne zwischen meinen Zähnen, gleich darauf rann mir der rot-süße Saft die Kehle hinunter.

»Wieso bist du eigentlich heute nicht mit Si… ich meine, Elias verabredet?«, fragte Pina beiläufig, während sie auf der warmen, krümeligen Erde kniete und im Beet herumklaubte. Ich hatte noch den Mund voll und nuschelte daher nur etwas Ähnliches wie »Müssen uns ja nicht jeden Tag treffen«.

Sie grinste. »Meine Rede. *Sisters are doin' it for themselves*«, sang sie die Zeile eines 80er-Jahre-Songs, den ich schon mal auf ihrem iPod gehört hatte. Gleich darauf verlor sie das Gleichgewicht und landete auf allen Vieren, weil sie sich zu weit nach vorne gelehnt hatte, um nach einer besonders großen Erdbeere zu angeln. Ich streckte ihr die Hand hin, um ihr hochzuhelfen. »Du bist meine Retterin«, scherzte Pina.

»Eher umgekehrt«, seufzte ich. Einen Moment lang knieten wir mit fest verschränkten Händen da, dann machte Pina sich los und klopfte den Staub von ihrer schwarz-weiß gemusterten Caprihose, zu der sie ein ärmelloses rotes Shirt mit Rollkragen trug. Ich staunte mal wieder, wie perfekt sie sich gestylt hatte – selbst wenn es nur für einen Besuch im Schrebergarten war. Erst jetzt bemerkte ich, dass sie zwei Miniatur-Erdbeeren als Ohrringe trug.

»Die sind ja schön«, sagte ich spontan und nahm den Schmuck näher in Augenschein. Die Beeren bestanden aus roter Emaille und waren mit winzigen grünen Glitzersteinchen besetzt, die die Kerne darstellten. Pina lächelte geschmeichelt.

»Passend zu unserem Vorhaben, uns den Bauch mit den Dingern vollzuschlagen – allerdings in natura.«

»Dann pass mal schön auf, dass du nicht wieder kopfüber ins Beet fliegst. Außerdem ist mein Korb schon voller als deiner!«

»Ha, von wegen! Wetten, ich hab mehr als du?« Damit griff sie einfach in meine Schütte und klaute eine Handvoll.

»Unfair!«, schrie ich und fasste in ihren Korb, um meine Beute zurückzuerobern. Ich weiß nicht mehr, wer anfing, aber im Nu war eine wilde Erdbeerschlacht im Gange, und wir bewarfen uns mit den roten Früchten, bis wir vor lauter Lachen nicht mehr konnten.

»Ach du Scheiße, meine Mutter bringt mich um«, sagte ich und blickte an mir herunter. Ich hatte mir ausgerechnet ein gelbes T-Shirt angezogen, und nun prangten darauf ein halbes Dutzend roter Flecken, wo die Fruchtgeschosse zerplatzt waren. »Obstflecken kriegt man nie mehr raus!«

Kichernd wischte sich Pina über die Wange, die ebenfalls ein Saftfleck zierte. Dafür fielen die anderen bei ihrem roten Rolli nicht auf. Blitzschnell zückte sie ihr Smartphone und machte zwei Fotos von mir samt des bekleckerten Shirts. »Gib her!«, rief ich, schnappte ihr das Handy weg und richtete die Linse auf sie.

»Soßengesicht«, sagte ich.

»Erdbeerferkel«, gab Pina zurück, und schon kicherten wir wieder. Natürlich benahmen wir uns kindisch, und jeder Außenstehende hätte wahrscheinlich den Kopf geschüttelt. Mir aber tat unser Herumalbern unglaublich gut. Es ließ meine düsteren Grübeleien über Elias' Vergangenheit zurückweichen wie Schatten, wenn man die Fensterläden öffnet. Mit Pina fühlte ich mich auf einmal leicht und unbeschwert wie ein mit Helium gefüllter Ballon. Genau das sagte ich ihr auch und sie kommentierte trocken: »Ich tippe eher auf Lachgas«, woraufhin wir erneut in Gegacker ausbrachen.

Schließlich beruhigten wir uns und verstauten unsere Beute brav in den beiden Körbchen. Ich hängte meines an meinen Fahrradlenker, während Pina an ihrem linken Ohrring nestelte und ihn abnahm. »Hier«, sagte sie unvermittelt und hielt mir ihre geöffnete Handfläche hin, auf der die winzige funkelnde Schmuckerdbeere lag. »Für dich. In Zukunft trage ich den rechten und du den linken, wie Zwillinge.«

Ich war so verblüfft, dass ich mich erst nicht rühren konnte. »Wie, du willst mir den Ohrring echt schenken?«

»Zur Erinnerung an den Nachmittag ...« Pina machte eine bedeutsame Pause, bevor sie feixte wie ein Kobold, »... an dem du dir dein T-Shirt für immer versaut hast.«

Trotz ihrer Witzelei schossen mir kurz Tränen in die Augen, so gerührt war ich. Das Gefühl, eine solche Freundin zu haben, war zu groß für Worte. Daher schluckte ich nur, nahm die kleine Emaille-Beere so behutsam aus ihrer Hand, als wäre sie der allerkostbarste Diamant, und fädelte den Stecker durch mein linkes Ohr. Ich trug selten Ohrringe, und daher brauchte ich eine Weile, bis ich die richtige Stelle gefunden und den silbernen Haken platziert hatte, dann aber stellte ich mich neben Pina.

»Los, ein Selfie von den Erdbeerzwillingen«, forderte ich.

Sie hielt ihr Smartphone mit ausgestrecktem Arm vor sich und ich hörte das leise Klicken, mit dem unsere Gesichter im elektronischen Speicher abgelegt wurden. Vielleicht nicht für die Ewigkeit, aber immerhin für eine lebenslange Freundschaft.

Fünf Anrufe in Abwesenheit, meldete mein Handy. Ich hatte es absichtlich zu Hause gelassen, während ich mit Pina in der Datscha gewesen war, und nun leuchteten mir die Buchstaben der Handymitteilung auf dem Display vorwurfsvoll entgegen. Mein Herz klopfte irgendwo oben in meiner Kehle, weil ich ahnte, *wer* da mehrmals versucht hatte, mich zu erreichen. Ich hatte weder gestern noch heute auf Elias' SMS geantwortet, geschweige denn, ihn angerufen. Zusammen mit Pina im Garten, den Erdbeergeschmack auf der Zunge und den Geruch eines Sommernachmittags in der Nase, war es mir gelungen, ihn kurzzeitig aus meinem Kopf zu verbannen. Dafür überfiel mich jetzt ein leises Schuldgefühl. Gleich darauf aber erinnerte ich mich, dass er mir eben nicht die ganze Wahrheit über diese Volleyballsache erzählt hatte, und erneut schlugen Eifersucht, Kränkung und Wut über mir zusammen wie eine giftige Flutwelle. Während ich noch überlegte, was ich tun sollte, begann das Handy, das ich in der Hand hielt, plötzlich zu klingeln, und vor Schreck hätte ich es beinahe fallen lassen. Ohne hinzusehen, wusste ich, wer anrief. Ich schluckte und meldete mich mit einem etwas heiseren »Hallo«.

»Nelly, sag mal, wo warst du denn? Ich hab mir langsam echt Sorgen gemacht«, drang Elias' Stimme durch den Hörer.

»Ich war nicht da«, wich ich aus und hielt das Handy zwischen Schulter und Ohr geklemmt, sodass ich einen schmerzhaften Druck im Nacken verspürte.

»Ja, das hab ich mir inzwischen auch zusammengereimt. Hattest du dein Handy vergessen?«, sagte er am anderen Ende freundlich.

»Nein …«, antwortete ich zögernd und knibbelte an meinen Fingern. Neben dem Daumennagel löste sich ein schmaler Streifen Haut, und mit einem Ruck riss ich ihn ab. Sofort begann es zu bluten. »Warum hast du mir eigentlich nicht gesagt, dass du Pina aus der Volleyballgruppe kennst?«, sprudelte es aus mir heraus. Aus der Leitung kam ein paar Sekunden nur verblüfftes Schweigen.

»Wen?«, fragte Elias. Seine Stimme klang echt erstaunt, aber ich glaubte ihm nicht. Ich hatte ihm gegenüber Pinas Namen mehrfach erwähnt und hätte ihn jetzt am liebsten angefahren, dass er sich das Theater sparen könne. Aber ich beherrschte mich, ich wollte die Sache ruhig und erwachsen mit Elias besprechen.

»Meine Freundin, von der ich dir erzählt habe. Nun sag nicht, du hättest das vergessen. Vor allem, weil ihr zusammen im Training wart.«

»Mit mir zusammen spielt niemand, der Pina heißt«, sagte Elias, aber ich konnte hören, wie distanziert er auf einmal klang. So, als wäre er einen Schritt vor mir zurückgewichen.

»Okay, dann hat sie eben auch einen Spitznamen. Aber du musst sie kennen. Wir waren auch zusammen auf der Party am See. So eine Große, Dunkelhaarige …« Im letzten Moment verkniff ich mir, zu sagen, wie hübsch meine Freundin war. Ich wollte nicht, dass Elias der Unterschied zwischen Pina und mir noch extra vor Augen geführt wurde.

»Sorry, Nelly, aber ich habe keine Ahnung, von wem du sprichst«, sagte er.

Ein greller Kopfschmerz bohrte sich rechts und links durch meine Schläfen, und ich verspürte einen hilflosen Zorn auf Elias, weil er nicht ehrlich zu mir war.

»Also stimmt es, was Pina sagt«, antwortete ich dumpf.

»Sag mal, kannst du mir bitte erklären, was das alles soll?« Elias' Stimme klang ungeduldig.

»Du hattest eine Freundin in der Volleyballgruppe, stimmt's?«, fragte ich stattdessen.

Elias seufzte, und das war Antwort genug. An meinem Herzen schienen ein paar Steinblöcke zu hängen, so zentnerschwer wurde es.

»Nein. Es gab da ein Mädchen, mit dem ich mich nach dem Training ein- oder zweimal getroffen habe, aber es hat nicht gefunkt«, hörte ich ihn da sagen. »Zufrieden?«

»Nein!«, rutschte es mir heraus. »Was war mit den anderen?«

»Mit welchen anderen? Mensch, Nelly, was redest du denn da? Hat deine komische Freundin dir das eingeflüstert? Glaubst du eigentlich alles, was man dir auftischt?«

Sein Ton war hart und spöttisch, und eine heiße Wutsäule schraubte sich von meinem Bauch nach oben in die Kehle. Heftiger als geplant feuerte ich daher zurück: »Ist doch egal, von wem ich das habe. Ich möchte nur wissen, mit wem du vor mir schon alles … herumgemacht hast!«

»Sag mal, wird das jetzt ein Verhör, oder was? Ich frage dich doch auch nicht, mit welchen Jungs du schon zusammen warst – oder mit wie vielen!«

Nicht nur die Schärfe in seiner Stimme schnitt mir ins Herz, sondern auch das, *was* er sagte. Ich hatte bisher noch keinen festen Freund gehabt und bis gestern gehofft, mit Elias würde sich das ändern. Aber aus seinem Mund klang es plötzlich so, als wäre das zwischen uns keine große Sache, sondern nur ein Antesten von etwas, das jederzeit unverbindlich wieder gelöst werden konnte. Wie beim Volleyball – ein kurzer Anlauf, ein Versuch, ob der Ball übers Netz ging oder nicht. Und wenn nicht, war es auch nicht schlimm. Dann wechselte man eben einen aus der Mannschaft aus, es war ja nur ein Spiel. Unfreiwillig traten mir Tränen in die Augen und ich wusste: Ein Wort von mir und er würde hören, dass ich heulte. Also drückte ich statt einer Antwort so heftig das »Auflegen«-Symbol, dass mein wunder Daumen erneut zu bluten begann. Gleich darauf dudelte mein Handy erneut, und Elias' Name erschien auf dem Display. Bestimmt war er jetzt richtig sauer. In einer Aufwallung von Wut – auf ihn, aber auch auf mich – fegte ich das Smartphone auf den Boden, sodass es über den Teppich und unter meinen Schreibtisch schlitterte. Ich warf mich bäuchlings aufs Bett und stülpte mir ein Kissen über den Kopf. Ich wollte nichts mehr hören und sehen. Meine Tränen flossen und hinterließen einen immer größer werdenden feuchten Fleck auf dem Betttuch. Am liebsten hätte ich für immer dort gelegen und einfach alles vergessen, was sich Verliebtheit nannte und doch nur eine einzige große Lüge war. Eigentlich müsste es »Verschmerztsein« heißen, dachte ich, denn am Ende lief es doch nur darauf hinaus, irgendetwas zu verschmerzen. Sei es, dass der andere einem nicht die Wahrheit erzählte oder wie Pinas Vater seine Frau mit einer anderen betrog.

Nach ein paar Minuten wurde es mir zu stickig unter meinem Kopfkissen, und außerdem bekam ich durch meine vom Heulen verstopfte Nase kaum noch Luft. Also setzte ich mich auf und wischte mir über meine roten, geschwollenen Augen. Schniefend schielte ich zu meinem Handy, das immer noch an derselben Stelle lag, aber verstummt war. Vorsichtig angelte ich mit dem großen Zeh danach und hob es auf. Doch außer Elias' Anruf direkt nach unserem Wortgefecht war keine Nachricht mehr von ihm gekommen. Traurig ging ich ins Badezimmer, sagte schnell meiner Mutter gute Nacht, und ehe sie meinen jammervollen Zustand bemerkte, verzog ich mich wieder in mein Zimmer. Der Streit mit Elias drückte mir förmlich die Luft ab, doch eine Mischung aus verletztem Stolz und Angst, dass er mich nun seinerseits wegdrücken würde, hielten mich davon ab, ihn anzurufen. Trotzdem schaltete ich das Handy nicht aus, sondern ließ es neben meinem Kopfkissen liegen. Aber das Display blieb genauso schwarz und stumm wie die Nacht, die sich wie ein erstickendes Tuch auf mich senkte und meinen Herzschlag dumpf werden ließ. Immer wieder nickte ich kurz ein, um gleich darauf wieder hochzuschrecken, bis sich der erste blaugraue Schimmer des Tages vor mein Fenster schob. Erst dann schlief ich für zwei kurze Stunden, bevor der Wecker mich mit einem schrillen Läuten aus dem Schlaf riss. Ich stolperte ins Bad und fühlte mich so zerschlagen, als hätte ich einen Marathon hinter mir. Dabei war ich doch nur im Schlaf vor Elias weggelaufen. Aber ich war nicht schnell genug gewesen, und er hatte mich sogar noch im Traum eingeholt und mir das Herz gebrochen.

KAPITEL 11

NELLY

Das ganze Wochenende hörte ich nichts von Elias. Ich schlief schlecht und wirre Träume plagten mich. Am Montag in der Schule hätte ich am liebsten den Kopf auf die Arme gelegt und den ganzen Unterrichtstag verschlafen. Um kurz vor acht fiel ich todmüde auf meinen Stuhl und bekam gar nicht mit, dass alle Gespräche bei meinem Eintreten schlagartig verstummten, ehe leises Getuschel in den hinteren Bänken einsetzte, wo Leonie, Ina und Bille saßen. Ich achtete auch nicht weiter darauf, dass Siska krampfhaft an mir vorbeisah. Das Denken fiel mir vor lauter Müdigkeit schwer. Das einzig Gute war, dass die Erschöpfung meine Erinnerung an all die wütenden Sätze dämpfte, die Elias und ich uns an den Kopf geworfen hatten.

In der zweiten Stunde hatten wir Informatik. Auf dem Weg in den Computerraum machte ich heimlich einen Umweg über den Kaffeeautomaten in der Pausenhalle. Diese Instantbrühe schmeckte zwar furchtbar, konnte aber Tote aufwecken, so stark war sie. In hastigen Schlucken kippte ich den schwarzen, bitteren Kaffee und verbrannte mir prompt die Zunge. Dann sauste ich in den Computerraum und legte mir währenddessen eine Entschuldigung für Mayerhöfer, unseren Referendar, zurecht. Völlig umsonst, denn als ich die Tür öffnete, war er noch gar nicht da, dafür bildete die halbe Klasse eine Traube um einen der Bildschirme und starrte wie gebannt darauf. Die Köpfe einiger Mitschüler flogen herum und ein Dutzend erschrockene, schuldbewusste und hämische Blicke trafen mich, ehe Leonie hastig mit zwei Mausklicks die Website schloss. Ich konnte gerade noch erkennen, dass sie auf einer Facebook-Seite gewesen sein mussten. Ein seltsames Gefühl beschlich mich. Weil hinter mir jedoch Mayerhöfer nun endlich auftauchte, hatte ich keine Zeit mehr, nachzuhaken. Wie ein Schwarm aufgescheuchter Saatkrähen stoben alle auseinander und setzten sich paarweise an ein Gerät. Zufällig, oder vielleicht auch, weil ich zu spät gekommen war, blieb ich übrig und hatte nun wohl oder übel einen PC für mich alleine. Mir war das gar nicht recht, denn trotz des Koffeins konnte ich kaum die Augen offen halten und ich hätte gerne einen Banknachbarn gehabt, der mir das Mitdenken und -machen ersparte. Dumm gelaufen. Daher tippte ich lustlos nach Mayerhöfers Anweisungen auf der Tastatur herum, ohne zu erfassen, worum es in der Stunde eigentlich ging.

»Das nächste Mal erwarte ich aber eine bessere Leistung von dir, Nelly«, mahnte der Referendar, als die Stunde endlich um war.

Ich nickte ergeben und schüttelte stumm den Kopf, als Mayerhöfer anschließend wissen wollte, ob mir nicht gut war. Mit der riesigen, schwarzen Brille auf der Nase, seinen dünnen, farblosen Haaren und den beigen Cordhosen, in denen er laut Pina aussah »wie ein Brotbeutel«, war er wirklich der Letzte, dem ich erzählen würde, dass ich Stress mit einem Jungen hatte. Abgesehen davon, dass Mayerhöfers Welt streng logisch und bestimmt nur in berechenbare Bits und Bytes aufgeteilt war und ihn jede Gefühlsregung garantiert völlig überforderte. Wahrscheinlich lebte er zu Hause mit einer modernen Version von R2D2 zusammen.

Seine milde Strafpredigt verhinderte jedoch, dass ich gleichzeitig mit den anderen den Raum verlassen konnte, und so beeilte ich mich aufzuholen, um nicht auch noch zu Sport zu spät zu kommen. Einige, darunter Jule und Ina, waren bereits auf dem Weg nach draußen, denn heute stand Leichtathletik auf dem Stundenplan. Ich war erleichtert, denn meine Abneigung gegen Jule gärte immer noch in mir, und ich war froh, wenn ich nicht mit ihr im gleichen Raum sein musste. Hastig schlüpfte ich in die Umkleide und fing an, die

Sportsachen aus meinem Rucksack zu kramen, als ich leise Stimmen vernahm. Sie gehörten zu Leonie und Bille, die im Durchgang zu den Duschen standen.

»... und mir hat sie am Anfang noch leidgetan. Aber jetzt wissen wir ja, woran wir mit ihr sind.«

Unwillkürlich spitzte ich die Ohren, denn ich dachte, sie würden von Jule sprechen. Hatten Bille und Ina also mitbekommen, dass sie gegen mich hetzte? Erleichterung und ein Hauch Schadenfreude wollten sich schon in mir breitmachen. Doch dann antwortete Bille und ich erstarrte.

»Kein Wunder, dass jemand ihre Jacke zerschnitten hat. Fast schade, dass wir nicht wissen, wer es war. Sonst würde ich im Nachhinein glatt ›Danke‹ sagen!«

Eine eisige Lähmung ergriff von mir Besitz, und ich lauschte, unfähig mich zu rühren. Sie redeten gar nicht über Jule, sondern über mich! Aber warum bloß? Gleich darauf gab ich mir selbst die Antwort: Weil sie glaubten, ich hätte irgendetwas Schlimmes oder Gemeines getan. Aber dieses Gerücht musste irgendjemand in die Welt gesetzt haben. Und mir war sofort klar, wer das gewesen war.

Jule hatte es also nicht lassen können und versuchte jetzt, meine Mitschülerinnen gegen mich aufzuhetzen. Bevor ich noch nachdenken konnte, was ich als Nächstes tun sollte, kamen Bille und Leonie in ihren Sportklamotten um die Ecke gebogen. Ein paar Sekunden starrten wir uns an. Dann wollten die beiden wortlos an mir vorbei, aber ich verstellte ihnen den Weg.

»Wieso seid ihr sauer auf mich?«, gelang es mir mit einigermaßen fester Stimme zu sagen.

Leonie und Bille tauschten einen Blick, und ich sah ihnen an, dass sie am liebsten keine Antwort gegeben hätten. Aber ich war nicht bereit, sie vorbeizulassen, ehe ich nicht wusste, was Sache war.

»Tja, Nelly. Lauscher an der Wand hört seine eigne Schand'. Aber mit Lästern kennst du dich ja aus«, gab Bille zurück. »Du kommst dir wohl besonders witzig vor und denkst, keiner würde dir auf die Schliche kommen«, spottete Leonie und wollte sich an mir vorbeidrücken.

Ich verstellte ihr den Weg. »Wer behauptet, dass ich lästere?«, stieß ich zwischen zusammengebissenen Zähnen hervor. »Es ist Jule, stimmt's?«

»Lass Jule in Ruhe«, mischte sich jetzt Leonie ein. »Du hast sie mit deinen gemeinen Lügen schon genug fertig gemacht! Sie hat damit nichts zu tun!« Und Bille ergänzte: »Erinnere dich doch mal an deinen Kommentar auf Facebook, Lästerschwester!« Meine beiden Mitschülerinnen warfen sich über meinen Kopf ein hämisches Grinsen zu, ehe sie mich wieder ansahen. In ihren Gesichtern stand so viel Abscheu, dass ich vor ihnen zurückwich. Blitzschnell huschten sie an mir vorbei nach draußen, und ich blieb zurück, stumm und unfähig, auch nur ein Wort zu meiner Verteidigung herauszubringen. Erst als das Quietschen der Sohlen ihrer Turnschuhe verklungen war, merkte ich, dass ich am ganzen Körper zitterte, als hätte ich Schüttelfrost. Meine Zähne schlugen aufeinander und vor meinen Augen tanzten grellgrüne Punkte. Ich ließ mich gegen die geweißelte Wand der Umkleide sinken und rutschte langsam mit dem Rücken daran entlang, bis ich in der Hocke zum Sitzen kam. Mir war schlecht und ich hatte das Gefühl, mein Frühstück von heute Morgen würde gleich hochkommen.

»Nelly, wo bleibst du denn ... Meine Güte, Mädchen, was ist denn mit dir los, ist dir schlecht?«

Die besorgte Stimme von Frau Keller, meiner Sportlehrerin, ertönte über mir, und mit schier unmenschlicher Anstrengung gelang es mir, den Kopf zu heben.

»Es ist nichts. Mir ist nur ein bisschen übel«, brachte ich heraus. Was auch stimmte, nur den Grund dafür würde ich meiner Lehrerin bestimmt nicht verraten.

»Du bist ja schneeweiß im Gesicht. Komm, steh erst mal auf!«

Mit einem mütterlich-resoluten Griff zog die Keller mich auf die Füße. »Kannst du laufen? Ja? Dann geh ins Sekretariat und melde dich krank!«

Ich nickte nur schwach und schlich davon. Hinter mir hörte ich die Lehrerin noch murmeln: »Wenn hier bloß kein Virus umgeht! Erst die kleine Willmann und jetzt das …«

Ich hätte ihr sagen können, dass sie keine Angst zu haben brauchte. Was in unserer Klasse umging, war kein Virus, jedenfalls keiner, der Krankheiten übertrug. Es war etwas Böses, das wie ein sprungbereites Tier im Schatten lauerte und nur ein einziges Ziel kannte: mich zu vernichten.

Offenbar dachte auch die Schulsekretärin, ich hätte mir einen Virus eingefangen, denn sie hatte sofort die Krankmeldung ausgefüllt, nachdem sie nur einen kurzen Blick auf mich geworfen hatte. Das war ein Phänomen, das noch nie da gewesen war. Normalerweise musste sich jeder, der früher nach Hause wollte, einem so strengen Verhör unterziehen, dass sogar die Geheimdienste neidisch werden konnten. Aber ich sah wohl so elend aus, dass man mir meine Übelkeit sofort glaubte.

Zu Hause angekommen, empfing mich nur die Stille unserer Wohnung. Noch nicht einmal Schröder war da, den meine Mutter ab und zu zur Arbeit mitnahm. Sie kam erst in ein oder zwei Stunden nach Hause, was mir sehr gelegen kam, denn so sah sie wenigstens nicht, in welchem Zustand ich war. Auf der Heimfahrt mit dem Rad waren mir die Tränen nur so aus den Augen geströmt. Warum hasste Jule mich so sehr? Und wieso gelang es ihr, dass die anderen sie auch noch in Schutz nahmen?

Ich nahm mir kaum Zeit, die Wohnungstür zu schließen, sondern stürzte sofort an mein Laptop und fuhr es hoch. Es schien Stunden zu dauern, bis ich endlich die URL für die klasseninterne

Facebook-Seite und das Passwort eingeben konnte. Ich war erst seit Kurzem bei Facebook, um auf unsere Schulseite und in die Gruppe zu kommen, die meine Mitschüler für unsere Klasse eingerichtet hatten. Seitdem hielten normalerweise die beiden Klassensprecher Alex und Bille alle auf dem Laufenden, wenn Proben vom Schultheater angesetzt waren oder Fotos von Aufführungen und Klassenfeten online standen. Es war eine offene Gruppe, und so konnten andere Klassen oder sogar Schulen die Aktivitäten kommentieren oder uns Nachrichten schicken. Ganz oben stand ein neues Posting:

Wer hat sich an seiner Dummheit die Finger verbrannt? Florian – beim Grillen!

Mir wurde schwarz vor Augen. Die Person, die diesen hämischen Satz vor drei Tagen gepostet hatte, benutzte als Signatur den Nickname »tell-the-truth«. Offenbar glaubten ein paar aus meiner Klasse, wenn nicht sogar alle, dass ich dahintersteckte. Aber warum? War es meine Bemerkung, Florian könnte bekifft gewesen sein, als Alex und Erik von dem Unfall beim Grillen erzählten? Aber das war doch lächerlich. Theoretisch konnte jeder, der bei Facebook angemeldet war, in unserer Gruppe einen Kommentar hinterlassen, ohne vorher von anderen Mitgliedern eingeladen werden zu müssen. Oder hatte mich jemand gezielt bei den anderen angeschwärzt? Unter dem Posting standen einige Kommentare von meinen Mitschülern. »Dich sollte man einfach löschen« war noch der freundlichste. Wenigstens hatte keiner meinen Namen genannt und mich direkt beschuldigt, der Verfasser dieses fiesen Posts zu sein – noch.

Ich musste den Verdacht entkräften, und zwar schnell. Doch beim Klick auf das Profil von »tell-the-truth« landete ich nur auf einer Facebook-Seite, die weder ein Foto noch den echten Namen der Person enthielt, die in unserer Gruppe gepostet hatte. Es gab auch keinerlei Hinweis auf Geschlecht, Alter oder Identität des Profilinhabers.

Wut, Verzweiflung und Traurigkeit trafen mich wie eine Keule. Wahrscheinlich hatte das Posting am Wochenende bereits unter meinen Mitschülern die Runde gemacht – genauso wie der Verdacht gegen mich.

Ich vergrub den Kopf in den Händen. Was sollte ich tun? Sofort eine Meldung unter meinem Namen posten, dass ich nicht hinter »tell-the-truth« steckte? Aber würde das dann nicht erst recht wie ein Schuldeingeständnis aussehen, so, als würde ich mich herausreden wollen? Aber was blieb mir sonst noch für eine Möglichkeit? Sollte ich versuchen, mit Bille, Leonie und den anderen persönlich zu reden? Mit jeder einzeln? Oder Jule noch einmal zur Rede stellen? Nein, lieber nicht, sonst würde ich noch mehr ins Kreuzfeuer geraten, denn die anderen trauten ihr ja nichts Böses zu. Die Gedanken rasten in meinem Kopf und ich spürte, wie ich vor lauter Hilflosigkeit in Panik geriet. Ich musste hier raus! Erst als ich die Haustür aufriss und ins Freie stolperte, merkte ich, dass ich keine Ahnung hatte, wohin ich gehen sollte. Zu meiner Mutter in den kleinen Geschenke- und Souvenirladen, in dem sie halbtags arbeitete? Ausgeschlossen. Sie bediente elegant gekleidete Damen und gut gelaunte Touristen, da konnte ich nicht in meinem aufgelösten Zustand hereinplatzen und ihr das Geschäft versauen. Ich beschloss, zu Pina zu fahren. Sie war die Einzige, mit der ich über das sprechen konnte, was gerade passierte.

Als ich mich umdrehte, um mein Fahrrad aus dem Hinterhof zu holen, fasste mich auf einmal jemand an der Schulter. Erschrocken schrie ich auf und wirbelte herum. Wollten meine Mitschüler oder Jule mir jetzt etwa persönlich ans Leder? Doch vor mir stand Elias. »He, tut mir leid, dass ich dich erschreckt …«, fing er an, dann aber stockte er und blickte mir prüfend ins Gesicht. »Sag mal, was ist denn mit dir los, du siehst ja schrecklich aus!«

Normalerweise wäre ich jetzt entweder beleidigt gewesen oder hätte versucht, mit einem lockeren Spruch zu kontern, aber Elias' Auftauchen und die damit verbundene Erinnerung an unseren Streit gaben mir den Rest. Ohne dass ich etwas dagegen tun konnte, schossen mir die Tränen in die Augen und ich vergrub schluchzend das Gesicht in meinen Händen. Sekunden später spürte ich zwei kräftige Arme, die sich um mich schlangen, und gleich darauf lag ich an seiner Brust und weinte meinen ganzen Kummer und meine Angst in sein T-Shirt.

Minutenlang sagte er gar nichts, sondern wiegte mich nur sanft und beruhigend, bis ich mich wieder einigermaßen im Griff hatte. »T-tut mir l-leid«, schniefte ich, weil immer noch ein paar restliche Schluchzer in meiner Kehle saßen.

»Mensch, Nelly. Wenn ich gewusst hätte, dass du dir unseren kleinen Knatsch so zu Herzen nimmst, hätte ich doch nie …«

»Das ist es nicht«, fiel ich Elias schnell ins Wort, und dann brach der ganze Schlamassel aus mir heraus und ich erzählte ihm alles. Angefangen von der Szene in der Umkleide mit Ina und Bille bis zu der Facebook-Verleumdung.

»Ach du Scheiße«, sagte Elias, nachdem ich geendet hatte. Betroffen schaute er mich an. »Das tut mir leid, Süße!« Kurz durchzuckte mich trotz allem Kummer ein kleiner Freudenfunken, weil er mich das erste Mal mit einem Kosenamen ansprach. Dann aber fuhr er fort: »Das ist kein Spaß, sondern astreines Mobbing, was die da mit dir veranstalten. Immer vorausgesetzt, du hast tatsächlich nicht schlecht über jemanden aus deiner Klasse geredet.«

»Sag mal … glaubst du mir jetzt auch nicht, oder was?«, rief ich aufgebracht.

Elias nahm meine Hand. »Doch, natürlich. Aber manchmal rutscht einem ja was raus, das man gar nicht böse meint, und ein anderer kriegt es in den falschen Hals.«

»Ich hab nie über jemanden in meiner Klasse was Fieses gesagt!

Ich hab Jule nicht mal verpetzt! Dabei hat sie meine Sachen kaputt gemacht! Wenn also über jemanden was Böses im Internet verbreitet werden sollte, dann ja wohl über sie! Wetten, dass sie hinter der Nachricht steckt?«, ereiferte ich mich. »Pina glaubt das übrigens auch«, fügte ich noch hinzu, als wäre sie meine Kronzeugin und Elias müsste mir schon alleine deswegen glauben.

»Es gibt nur eine Möglichkeit, das rauszufinden. Wir müssen aufdecken, wer dieser ominöse Absender ist.«

»Wie willst du das denn rauskriegen? Der- oder diejenige hat ja kein Foto bei Facebook eingestellt!«

»Aber man könnte den Account knacken und vielleicht sehen, wer dahintersteckt«, sagte Elias langsam.

Zum ersten Mal an diesem Tag schöpfte ich ein bisschen Hoffnung. »Kannst du das?«, fragte ich.

Er grinste. »Es ist nicht unbedingt legal, aber ich habe da so meine Möglichkeiten.« Damit wischte er mir die letzte Nässe aus den Augenwinkeln. »Und wegen diesem Telefonat gestern ...«

»Tut mir leid«, murmelte ich. »Ich war wohl ein bisschen drüber.«

»Genau das Gleiche wollte ich gerade von mir behaupten«, lachte Elias. »Hör mal, ich spiele seit über einem Jahr in der Kreisliga. Gut möglich, dass ich deine Freundin Pina irgendwann vorher mal beim Training getroffen habe, aber ich kann mich nicht erinnern, Ehrenwort!«

Ich wollte nichts lieber, als ihm glauben, daher nickte ich.

Elias lächelte. »Also – Schwamm drüber?«

Ich nickte wieder, und als wir uns gleich darauf küssten, war es, als wäre wenigstens ein Teil meiner zerrissenen Welt wieder zusammengefügt worden.

Nach einem zweistündigen Spaziergang mit Elias, der sich geduldig meine Sorgen angehört und mir geraten hatte, mit Bille und den anderen offen zu reden, brachte er mich vor die Haustür. »Ich lass dich nicht im Stich, Nelly. Wir kriegen raus, wer dieses Posting auf eure Facebook-Seite gestellt hat, und dann schnappen wir ihn uns«, versprach Elias und gab mir einen Kuss. Dankbar schmiegte ich mich in seine Arme und er hielt mich fest, bis ich mich sanft löste, weil ich langsam mal rein musste. Meine Mutter müsste inzwischen von der Arbeit heimgekommen sein und würde sich bestimmt bald wundern, wo ich blieb.

»Bis morgen«, sagte Elias und zupfte liebevoll an meinen Locken, ehe er mit langen Schritten davonging.

Ich sperrte die Wohnungstür auf und rief nach meiner Mutter, doch niemand antwortete. Nur Schröder stürzte sich begeistert winselnd auf mich, wahrscheinlich war er nach seinem Geschmack zu lange alleine gewesen. Also war Mama hier gewesen, aber wieder gegangen. Auf dem Küchentisch lag ein Zettel: *Bin mit deinem Vater zum Essen, Gemüseauflauf steht im Kühlschrank!*

Aber ich hatte keinen Hunger. Billes hämische Worte und Leonies verächtlicher Blick lagen mir trotz Elias' Trostversuchen wie schwere Steinbrocken im Magen. Gefolgt vom treuen Schröder schlurfte ich in mein Zimmer, doch die Stille der Wohnung legte sich wie eine erstickende Decke um mich und ich griff zum Handy. Pina meldete sich nach dem zweiten Klingeln.

»Nelly, hi! Hattest du bis jetzt Schule?«

Ich verneinte und erzählte zum zweiten Mal an diesem Tag, was mir heute passiert war. Als ich von dem Kommentar im Netz erzählte, hörte ich Pina zischend ausatmen. »Das ist ja total fies! Wieso bist du denn nicht gleich zu mir gekommen?«, fragte sie vorwurfsvoll.

»Wollte ich ja«, gab ich zu. »Aber dann habe ich Elias getroffen und … Na ja, wir haben uns gestern gestritten und er wollte vorbeikommen und …«

»Verstehe«, fiel mir Pina ins Wort.

»Wir haben uns zum Glück wieder versöhnt, und jetzt will er mir helfen, den Absender dieses fiesen Posts rauszufinden.«

»Gut!«, sagte Pina bestimmt. »So jemandem muss man nämlich das Handwerk legen, sonst macht der immer weiter. Ich finde es nur krass, dass alle aus deiner Klasse das glauben!«

Ich dachte an die Szene in der Umkleide und eine dumpfe, schwarze Wut kroch in mir hoch.

»Garantiert hat Bille alle aufgewiegelt. Das würde zu ihr passen«, überlegte ich. Die burschikose Bille mit ihren kurzen, gelbblonden Haaren, die in widerspenstigen Borsten um ihren Kopf standen, nahm nie ein Blatt vor den Mund. Sie sagte immer, was sie dachte, sogar den meisten Lehrern gegenüber. Deswegen war sie auch zweite Klassensprecherin. Viele bewunderten sie, die meisten mochten sie trotz oder gerade wegen ihrer Ehrlichkeit, aber ich war nie richtig mit ihr warm geworden. Klar war es toll, dass Bille bei jeder ungerechten Note oder wenn ein Lehrer einen Mitschüler abkanzelte, sofort lautstark protestierte. Wie sie mit dem Skateboard in der Halfpipe sprang, so war sie auch in der Schule: schnell und rücksichtslos. Mir war Bille von Anfang an zu laut und zu eifrig gewesen in ihrer selbst ernannten Rolle als Rächerin aller Schwachen. »Schon wie sie im Sommer immer auf ihrem Skateboard durchs Schultor braust – wie Robin Hood auf Speed!«, erzählte ich Pina am Telefon. Sie kicherte.

In den weiten Skaterklamotten, die Kapuze ihres Hoodies über den Kopf gezogen, glich Bille eher einem zwölfjährigen Jungen als einem Mädchen von fünfzehn. Ihr breites Kinn und die etwas eng zusammenstehenden Augen, mit denen sie die Leute oft ungeniert und durchdringend fixierte, schienen »Komm mir bloß nicht in die Quere« zu sagen. Nur ihren kleinen Bruder liebte sie abgöttisch. Sie hatte ein Foto von ihm als Bildschirmschoner auf ihrem Handy, und erst neulich hatte sie in der Mensa laut erzählt, dass sie ihm jetzt das Skaten beibrachte.

»Ist das diese grobknochige Blonde mit der Spülbürsten-Frisur?«, fragte Pina in dem Moment und ich musste trotz meines Kummers lachen.

»Treffer. Trotzdem muss ich morgen mit ihr reden. Sie ist quasi das Alphatier in der Clique, und wenn sie mir glaubt, werden mich die anderen auch in Ruhe lassen«, erklärte ich.

Ein missbilligendes Schnauben drang durch die Leitung. »Hast du das wirklich nötig?«

»Mir bleibt nichts anderes übrig. Elias hat mir übrigens auch dazu geraten«, erklärte ich.

»Ach so. Na, wenn er das sagt …«, spöttelte Pina.

»Was würdest du denn an meiner Stelle tun?«

»Denen die kalte Schulter zeigen. Sollen sie doch denken, was sie wollen!«

»Nee, das bringe ich nicht!«, rief ich erschrocken. »Ich will nicht für den Rest des Jahres gedisst werden.«

»Wie du meinst. Aber ich finde, wenn die in deiner Klasse so was von dir glauben, sind sie es eh nicht wert, dass du dich überhaupt mit ihnen abgibst.«

»Ich weiß«, erwiderte ich kläglich. Zu gerne wäre ich so stark und selbstsicher wie Pina gewesen. Ihr würde so etwas nicht passieren. Niemand würde es wagen, sich mit meiner schönen, stolzen Freundin anzulegen. Aber ich wusste, ich war nicht so und würde nie so werden wie sie. Also musste ich die Sache bei meinen Mitschülern morgen klarstellen. »Aber wenn ich nichts sage, erlebe ich bis ans Ende meines Schullebens die Hölle«, argumentierte ich. »Elias hat auch gemeint, eine Aussprache wäre das Beste.«

»Wahrscheinlich hat er recht«, sagte Pina versöhnlich, und ich atmete auf. »Ich sollte langsam mal auflegen. Muss noch Mathe zu Ende machen. Aber vergiss nicht: Ich halte zu dir.«

Ich fühlte mich getröstet. Schröder spürte das anscheinend, denn er blickte mich an und wedelte mit dem Schwanz. Ich kraulte ihn hinter den Ohren: froh, weil erst Elias und dann auch Pina mir ihre Zuneigung versichert hatten. Erst als ich das Handy weglegte, fiel mir ein, dass Pina gar nicht gefragt hatte, warum Elias und ich uns gestern gestritten hatten. Aber vielleicht war es besser so, denn ich wollte ihr nicht erzählen, was Elias gesagt hatte: nämlich, dass er sich nicht einmal mehr an sie erinnerte.

KAPITEL 12

NELLY

»Bille, warte mal eine Sekunde!«

Ich hatte meine Mitschülerin noch vor dem Schultor abgefangen. Wie jeden Tag kam sie auf dem Skateboard mit halsbrecherischer Geschwindigkeit den Gehweg vor der Schule entlanggebraust. Bei meinem Ausruf setzte sie in vollem Tempo den einen Fuß ein Stück nach vorne, sodass ihr Board bremste und sich hochkant aufstellte. Bille sprang ab, wobei sie lässig die Balance hielt, und fing das Bord mit einer Hand auf. Wider Willen bewunderte ich die eleganten Bewegungen des sonst so grobschlächtigen Mädchens.

»Was gibt's?«, fragte sie in ihrer gewohnt direkten, kurz angebundenen Art.

Ich dachte ganz fest an Elias und sah Bille in die Augen, obwohl ich am liebsten weggelaufen wäre. »Hör mal. Wer immer solche Sachen auf Facebook verbreitet – ich bin es nicht!«, sagte ich genauso unverblümt. »Jemand versucht, mir an den Karren zu fahren!«

Bille rieb sich ihre Stupsnase. Dann zog sie ihre buschigen Brauen zusammen und sah mich an.

»Ich frag mal umgekehrt. Was spricht dagegen, dass du den Kommentar über Flo gepostet hast? Vielleicht versuchst *du* ja damit, jemandem an den Karren zu fahren? Jule zum Beispiel. Immerhin hast du nichts Besseres zu tun gehabt, als in der Umkleide sofort gegen sie zu schießen. Aber für Jule lege ich echt meine Hand ins Feuer.«

Eine heftige Abneigung gegen Bille überfiel mich. Kurz hatte ich die Vorstellung, wie ich ihr das Skateboard gegen ihren sturen vierkantigen Schädel schlagen würde, aber sofort bremste ich mich und zwang meine Stimme zur Ruhe.

»Braucht es für Mobbing immer einen Grund? Vielleicht ist ja auch jemand eifersüchtig auf mich.«

»Ach nee. Weswegen denn?«

Ich hatte keine Lust, ausgerechnet ihr von Elias zu erzählen, und auch Pina wollte ich aus der Sache raushalten. Daher sagte ich nur: »Es gibt Gründe, aber ich hab echt keinen Bock, vor dir einen Seelenstriptease hinzulegen. Vor allem, wenn du mir sowieso nicht glaubst.«

Bille verschlug es kurz die Sprache. In diesem Moment bemerkte ich aus den Augenwinkeln Jule, die ein paar Meter entfernt auf das Schultor zusteuerte. Als sie uns sah, blieb sie abrupt stehen und starrte herüber. Der Blick, mit dem sie mich ansah, war voller Angst – oder war es Wut? Bille winkte ihr zu, aber Jule hob nur matt die Hand und eilte dann ohne ein Wort durch das Schultor zum Eingang. Bille runzelte kurz die Stirn, dann wandte sie sich wieder mir zu. »Und was ist mit deiner Jacke? Bist du sicher, dass die nicht aus Rache ruiniert wurde – zum Beispiel für irgendwelche fiesen Sprüche von dir?«, fragte sie angriffslustig. »Oder vielleicht hast du sie ja selber kaputt gemacht – um von dir abzulenken …«

»Mann, Bille, du kapierst gar nichts, oder? Ich bin das Opfer und nicht der Täter. Aber weißt du was? Denk doch, was du willst!«, schleuderte ich ihr entgegen. Abrupt drehte ich mich weg und stapfte über den Schulhof. Sie sollte nicht sehen, dass mir Tränen der Verzweiflung in die Augen geschossen waren.

»Ich rede nach der Schule mal mit den anderen«, rief mir Bille nach, aber ich gab kein Zeichen, dass ich sie gehört hatte. Sie würden mir sowieso nicht glauben, dachte ich.

Bis zum Beginn des Unterrichts schloss ich mich in der Mädchentoilette ein. Ich hockte mich auf den Klodeckel, presste die Fäuste auf meine geschlossenen Augen und wünschte mir, ich wäre so cool wie Pina. Dann würde sich meine Seele vielleicht nicht anfühlen, als hätte gerade jemand Säure darübergegossen.

Ob Bille sich wirklich für mich eingesetzt hätte, sollte ich nicht erfahren. Kurz nach der großen Pause kam die Sekretärin aufgeregt herein und berichtete, Billes Mutter habe gerade in der Schule angerufen: Billes kleiner Bruder war verunglückt, und sie solle sofort nach Hause kommen. Sie war aufgesprungen und wortlos an ihren erschrockenen Klassenkameraden vorbei nach draußen gestürmt. Ich kam gerade aus dem Waschraum, in den ich mich erneut zurückgezogen hatte, um mit niemandem aus der Klasse reden zu müssen, und sah nur noch flüchtig Billes bleiches Gesicht, ehe sie durch die Glastür rannte und aus meinem Blickfeld verschwand. Zehn Minuten später, unser Englischlehrer hatte gerade Kopien mit einer Textanalyse ausgeteilt und uns erläutert, was wir tun sollten, hörten wir die Sirene. Der jaulende Ton entfernte sich schnell, und wir alle drehten reflexartig die Köpfe zum Fenster.

Doch nicht Billes kleiner Bruder lag im Krankenwagen, sondern sie. Bille war auf dem Heimweg mit ihrem Skateboard verunglückt.

»Sie muss diesen kleinen Berg hinter der Schule in einem Affenzahn runtergefahren sein, als sich an ihrem Skateboard die vorderen Rollen gelöst haben«, berichtete Leonie am nächsten Morgen auf dem Schulhof und schaute mit aufgerissenen Augen in die Runde ihrer gespannten Zuhörer. Ich hatte mich unauffällig hinter einem Betonpfeiler in die Nähe meiner Mitschüler postiert und strengte mich an, um alles zu hören.

»Bille ist fast zwei Meter durch die Luft geflogen und mit dem Kopf auf den Asphalt geknallt. Zum Glück hat sie ihren Helm getragen und deswegen keinen Schädelbruch, aber sie hat wohl trotzdem doll am Kopf geblutet und musste genäht werden. Und ihr rechter Ellenbogen und das Schlüsselbein sind gebrochen!«

»Woher weißt du das alles?«, piepste Jule und sah Leonie bewundernd an.

»Von ihrer Mutter. Ich wollte Bille gestern nach der Schule anrufen und fragen, wie es ihrem Bruder geht. Ihre Mutter ist rangegangen und hat mir alles erzählt. Aber jetzt kommt das Krasseste ...« Leonie machte eine kunstvolle Pause und sah sich um. Selbst von meinem Beobachtungsposten aus konnte ich sehen, dass alle Blicke gebannt an ihr hingen.

»... Billes Bruder ist überhaupt nicht verunglückt. Und ihre Mutter hat auch nicht in der Schule angerufen. Das Ganze war ein Fake!«

Sekundenlang sagte keiner ein Wort, und auch mir verschlug es die Sprache.

»Die Sekretärin dachte wohl, der Anruf kommt aus dem Krankenhaus, weil die Stimme am anderen Ende nur geflüstert hat. Wer denkt in so 'nem Moment denn auch, dass der Anruf getürkt ist?«, plapperte Leonie eifrig weiter.

Billes Mutter musste ihr alles haarklein erzählt haben. Gleich darauf wurde mir bewusst, was das zu bedeuten hatte: Der Sturz war kein Unfall gewesen.

»Irgendjemand hat an Billes Skateboard rumgemacht«, sprach Chris meine Gedanken in diesem Moment aus. »Ich meine, das kann doch kein Zufall sein, oder? Sie wird aus dem Unterricht weggerufen. Angeblich ist es ein Notfall, und Bille will so schnell wie möglich heim. Kurz darauf geht ihr Board zu Bruch ...«

Alle schwiegen, jetzt allerdings nicht mehr sensationslüstern, sondern erschrocken.

»Das glaube ich nicht«, meldete sich schließlich Siska zu Wort. »Wer sollte Bille denn was tun? Und aus welchem Grund?«, fuhr sie in ihrer gewohnt bedächtigen Art fort. Unwillkürlich dachte ich, dass ich mir eine Menge Leute vorstellen konnte, die Bille mit ihrer Dampfwalzen-Art schon vor den Kopf gestoßen hatte und die allen

Grund hatten, wütend auf sie zu sein. Einschließlich mir selbst. Erschrocken überlegte ich, ob als Nächstes jemand *mich* verdächtigen würde. Immerhin hatte mich Jule gestern mit Bille am Schultor stehen sehen. Panik breitete sich in meinem Inneren aus, und ich duckte mich hinter den Pfeiler.

»Sie hat neulich mal erzählt, dass es im Skate-Club Stress mit ein paar Jungs gab«, meldete sich da Ina zu Wort. »Bille wollte doch an der Meisterschaft teilnehmen. Ein paar aus dem Club haben ihr vorgeworfen, sie hätte die Endausscheidung nur gewonnen, weil ihr Vater eine fette Spende für den Verein lockergemacht hat. Bille war stocksauer deswegen und hat einem der Typen sogar Prügel angedroht.«

Das passte zu ihr, dachte ich. Vielleicht hatten die Jungs aus dem Club versucht, ihre unliebsame Konkurrentin auf diese Weise auszuschalten?

»Na ja, ein Skater kennt sich mit Boards aus, oder? Für so jemanden ist es ein Leichtes, an den Vorderrädern rumzuschrauben«, überlegte Chris laut.

»Die Typen folgen Bille zur Schule. Sie sehen, dass sie ihr Board an der Garderobe abstellt, und später schleicht sich einer heimlich rein, während wir alle im Unterricht sitzen, und lockert die Rollen«, führte Siska den Gedankengang fort. »Dann ruft er in der Pause mit Flüsterstimme in der Schule an und behauptet das mit dem Unfall. Bille schnappt sich ahnungslos ihr Board und rast los …«

Sie sprach nicht weiter, aber ich wusste, was alle dachten, weil auch in meinem Kopf derselbe Film ablief: Bille, die auf dem Skateboard den abschüssigen Weg hinunterrast, der von der Schule zur Straße führt. Das Board, das auf einmal ins Schlingern gerät, und ehe Bille noch reagieren kann, löst sich etwas Silberblitzendes – die Rollen. Das Brett kippt und schrammt mit einem hässlichen Geräusch über den Asphalt. Es ist das Letzte, was Bille hört, ehe ihr Körper in die Luft katapultiert wird …

Von meinem Beobachtungsposten aus sah ich in den Gesichtern meiner Mitschüler, dass sie im Geiste die Sekunden mitzählten, bis Bille auf den Boden geknallt war, drei … zwei … eins …

»Wir müssen die Polizei rufen«, durchschnitt Chris' Stimme die angespannte Stille.

»Die waren sowieso vor Ort, zusammen mit dem Notarzt«, sagte Leonie müde.

Wie bei Florians Unfall am See, schoss es mir durch den Kopf. Nun liegen schon zwei aus unserer Klasse im Krankenhaus. Doch während Flo einfach nur das Pech hatte, in der Dunkelheit die Wasser- mit der Spiritusflasche verwechselt zu haben, war Billes angeblicher Unfall eindeutig Sabotage. Genau wie bei meiner Jacke, fiel mir ein.

Und in dieser Sekunde machte es bei mir »klick«. Mein Blick flog zu Jule, und mir wurde klar, dass sie das fehlende Puzzleteilchen war, das mich und Bille verband. Obwohl Bille und ich auf den ersten Blick nichts gemeinsam hatten – wir waren nicht befreundet, konnten uns nicht einmal besonders gut leiden –, trachtete dieselbe Person danach, uns zu schaden: Jule.

Ich erinnerte mich an ihren Gesichtsausdruck gestern Morgen, als sie mich mit Bille vor dem Schultor stehen sah. Sie war grußlos an uns vorbeigehuscht, aber ich hatte geglaubt, in ihren Augen Angst gesehen zu haben. Vor mir oder weil ich mit Bille geredet hatte? War Jule die Düse gegangen, weil sie hinter der Hetzkampagne gegen mich steckte und nun befürchten musste, ich könnte Bille überzeugen, dass nichts an der Sache dran war – ja, vielleicht sogar, dass Jule mich fertigmachen wollte? Was, wenn Jule befürchtete, dass ich Bille von ihren Versuchen, sich an Elias und Pina heranzumachen erzählt hatte – und Bille mir glaubte? Sie genoss in der Klasse ziemlichen Einfluss und Jule hatte vielleicht Angst, dass sich alle, die sie bis jetzt in Schutz genommen hatten, von ihr abwenden könnten, wenn Bille ihnen die Wahrheit erzählte.

Dann waren es gar nicht die Rivalen aus dem Skateboard-Club gewesen, die die Rollen gelockert hatten, sondern Jule hatte sichergehen wollen, dass Bille sich nicht auf meine Seite schlug.

Ein wildes Triumphgefühl machte sich in mir breit. Ich hatte die Täterin überführt! Gleich darauf wurde mir jedoch klar, dass ich keinen einzigen Beweis für meine Theorie hatte. Weder wurde Jule dabei beobachtet, wie sie meinen Reifen aufschlitzte, ehe sie dasselbe mit meiner Jacke machte, noch hatte sie jemand in der Pause an Billes Skateboard herumschrauben sehen. Sollte ich einfach vortreten und sie vor versammelter Mannschaft mit meinem Verdacht konfrontieren? Nein, das war keine gute Idee, denn Ina, Leonie und die anderen würden sie sofort in Schutz nehmen und noch mehr Stimmung gegen mich machen. Ich brauchte Indizien, die ich den anderen schwarz auf weiß präsentieren konnte. Während ich mich ungesehen zurückzog und langsam ins Klassenzimmer ging, grübelte ich angestrengt, aber ich fand keine Lösung.

Die Polizei scheinbar auch nicht, denn mit dem Gong zum Ende der Pause betrat nicht nur Frau Ulbrich das Klassenzimmer, sondern auch zwei Polizeibeamte in Uniform. Kurz und knapp informierten sie uns über den anonymen Anruf und die »vorsätzliche Beschädigung« von Billes Skateboard, wie der ältere von beiden es formulierte. Ob uns gestern Morgen irgendetwas aufgefallen wäre? Alle schüttelten den Kopf, nur Leonie erwähnte die Jungs aus dem Club, doch das hatte Billes Mutter den Beamten schon erzählt.

»Können Sie nicht einfach die Nummer des Anrufers nachverfolgen, der Bille weggelockt hat?«, fragte Erik vorlaut.

Der jüngere Polizist runzelte ärgerlich die Stirn. »Wir sind nicht von gestern, junger Mann. Aber vielleicht haben Sie schon mal von Prepaid-Karten gehört? Deren Sim-Cards kann man online auch ohne Vorlage eines Ausweises oder unter Angabe falscher Daten freischalten!«

Eine leichte Röte überzog Eriks Gesicht, und er blickte zu Boden. Sogar ich wusste, dass man diese Dinger in Supermärkten, Drogerien oder an Tankstellen kaufen konnte, ohne seine Daten preisgeben zu müssen, weil sich viele Verkäufer die Mühe sparten, danach zu fragen.

»Wenn so eine Prepaid-Karte mit Bargeld bezahlt wird, haben sogar Fachleute kaum eine Chance«, erklärte der ältere Beamte. Es klang fast so, als wolle er sich rechtfertigen.

»Und ehe einer von euch fragt: Wir ermitteln weiterhin in alle Richtungen«, warf der Jüngere ein und musterte uns finster, als ob er den Täter in diesem Raum vermuten würde. Und eigentlich war es ja auch so, dachte ich. Leider konnte ich auch jetzt nicht einfach auf Jule zeigen und behaupten, sie wäre die Schuldige. Auch die Polizei würde auf Beweisen bestehen. Also lauschte ich ebenso stumm wie der Rest meiner Mitschüler, wie die beiden uns nahelegten, sich an die Polizei zu wenden, sollte uns noch irgendetwas einfallen. Nachdem sich die Klassentür hinter ihnen geschlossen hatte, herrschte sekundenlang Schweigen.

»Die finden doch niemals was raus«, sagte Alex unvermittelt aus der hinteren Reihe, und alle drehten die Köpfe.

»Nun sei mal nicht so voreilig, Alexander«, rügte die Ulbrich, »ich bin sicher, die Polizei tut für die arme Bille, was sie kann.« Sie ignorierte sein geringschätziges Schnauben und fuhr fort: »Wir sollten ihr eine Genesungskarte schreiben, aber jetzt konzentriert euch bitte wieder auf den Unterricht, es hilft ja nichts.«

Meine Klassenkameraden wandten sich wieder um. Dabei streifte mich Jules Blick. Ich hielt ihm stand, und eine Sekunde lang musterten wir uns schweigend, ehe sie als Erste wegsah. Ich hatte gewonnen. Künftig würde sie mich in Ruhe lassen, dessen war ich mir sicher. Zu sicher.

KAPITEL 13

NELLY

Ist es schlimm, dass Bille am Kopf genäht werden musste? Ach was, sie brauchte sowieso dringend eine neue Frisur!

Fassungslos las ich den Kommentar auf der Klassen-Facebook-Seite. Er stand als neuer Eintrag unter den beiden Meldungen, dass Florian und Bille im Krankenhaus lagen. Siska hatte ein Foto der beiden auf die Seite gestellt, und jeder aus der Klasse hatte im Kommentarfeld ein paar nette Zeilen hinterlassen. Da gab es Inas Post: »Werdet schnell wieder gesund, ihr zwei!« bis hin zu Chris' Kommentar für Flo: »Rock 'n' Roll, Alter!« Es war alles dabei.

Doch der letzte Beitrag strotzte nur so vor Gehässigkeit. Es war keine Überraschung, dass es sich bei dem Verfasser um dieselbe Person wie vor ein paar Tagen handelte: »tell-the-truth«.

***

»Tut mir echt leid, Nelly, aber den Facebook-Account zu knacken, hat es auch nicht gebracht. Die Mailadresse, mit der sich dieser anonyme Typ dort anmeldet, lautet nämlich auch ›tell-the-truth@savenet.de‹, und auf der Facebooksite selbst gibt es keinen Hinweis darauf, wer dahinterstecken könnte.« Elias sah mich mit seinen grauen Himmelsaugen mitfühlend an.

»Scheiße«, flüsterte ich, »das kann doch nicht wahr sein!«

Dabei war er meine einzige Hoffnung gewesen. Sofort, nachdem ich den neuen Hetzspruch in der Facebook-Gruppe unserer Klasse gesehen hatte, rief ich Elias an, und er sagte nur einen Satz: »Komm vorbei!«

Als wäre der Teufel persönlich hinter mir her, war ich in die Pedale getreten und zu dem kleinen Häuschen am Stadtrand gefahren, in dem Elias mit seinen Eltern und seiner jüngeren Schwester wohnte. Zum Glück war seine Familie nicht zu Hause, denn meine rot geheulten Augen hätten bestimmt keinen so tollen Eindruck beim ersten Kennenlernen gemacht. Elias hatte mich einfach in den Arm genommen, bis ich nicht mehr zitterte. Dann hatte er mich in sein Zimmer geführt und mir eine kalte Cola in die Hand gedrückt, während ich ihm von den neuesten Ereignissen erzählte. Danach hatte er mir schonend beigebracht, dass er mir leider auch nicht weiterhelfen konnte. »Du weißt ja selbst, dass sich jeder problemlos eine anonyme Mailadresse zulegen kann«, beendete er den nicht gerade ermutigenden Bericht über das Ergebnis seiner Nachforschungen.

»Aber … was mache ich denn jetzt?«, fragte ich kläglich. »Die Verdächtigungen gegen mich werden weitergehen, egal, wie oft ich sage, dass ich es nicht war.« Ich fühlte mich wie in einem Labyrinth, aus dem es keinen Ausweg gab. Ich konnte doch nicht vierundzwanzig Stunden am Tag auf unsere Facebook-Seite starren und bei jeder Meldung sofort posten: »Ich war es nicht«! Verzweifelt vergrub ich den Kopf an Elias' Schulter. »Das ist wie in diesem Märchen von Hase und Igel. ›Tell-the-truth‹ wird immer schneller sein als ich!«

»Du musst mit denen aus deiner Klasse reden! Oder vielleicht sogar mit einem Lehrer.«

Schon bei dem Gedanken, ich müsste erneut angekrochen kommen, um diesmal Leonie, Ina, Siska und vor allem dem spöttischen Alex mit Blick in ihre eisig-abweisenden Gesichter meine Unschuld zu beteuern, wurde mir schlecht. Aber vor jemandem wie der Ulbrich zuzugeben, dass mir jemand übel mitspielte, wäre genauso schlimm. Ganz abgesehen von der Frage, ob meine Lehrerin mir überhaupt glauben würde, wenn ich ihr sagte, dass Jule hinter all dem steckte. Garantiert traute sie dem unscheinbaren Mädchen mit der runden Brille, das so harmlos und brav wirkte, niemals zu, solche Sachen abzuziehen. Jule ihrerseits hatte dafür gesorgt, dass ich ihr immer noch nichts nachweisen konnte. Wahrscheinlich lachte sie sich zu Hause über mein Unglück ins Fäustchen.

»Pina meint, ich soll denen die kalte Schulter zeigen«, wandte ich kläglich ein.

»Deine Freundin ist auch nicht allwissend«, fiel Elias mir gereizt ins Wort. Dann atmete er tief durch. »Hör mal. Egal, *wer* es ist, du musst dafür sorgen, dass die Klasse aufhört, schlecht über dich zu denken! Notfalls schaltest du eben deine Klassenlehrerin ein!«

Doch ich hatte meine Zweifel, ob das funktionieren würde. Nicht nur, dass ich als Heulsuse gelten würde, die sich hinter einem Lehrer versteckte. Ich kam mir ja selbst wie eine Versagerin vor, weil mir so etwas überhaupt passierte. Zeigte das nicht, dass mich sowieso keiner leiden konnte?

Elias las mir meine Zweifel offenbar von den Augen ab, denn er nahm mich an beiden Schultern und sah mir ernst in die Augen. »Mobbing ist kein Faschingsscherz, Nelly! Das muss aufhören. Notfalls soll deine Klasse die Facebook-Seite sperren oder denjenigen, der diese Posts schreibt, anzeigen!«

Doch ich wusste, das würde nicht passieren. Im Gegenteil, inzwischen lauerten Ina, Leonie und die anderen doch förmlich darauf, was ›tell-the-truth‹ noch alles verbreiten würde, damit sie dann über mich herziehen konnten. Ich war ein gefundenes Fressen für meine Mitschüler, auch wenn sie garantiert abstreiten würden, dass sie mich mobbten. Ich hatte keine Chance, gegen sie anzukommen – ebenso wenig wie gegen denjenigen, der die Postings auf die Facebook-Seite stellte. Bei dem Gedanken, inzwischen könnte bereits eine neue Gemeinheit auf der Webseite stehen, die angeblich von mir stammte, begann ich erneut zu zittern.

Elias zog mich eng an sich und hielt mich fest. »Rede mit denen aus deiner Klasse, Nelly. Du schaffst das«, flüsterte er mir ins Ohr, und als ich eine Stunde später nach Hause kam, war ich fast so weit, zu glauben, dass doch alles wieder gut werden würde.

★★★

»Da kommt sie ja. Morgenstund hat wohl nicht immer Gold im Mund, jedenfalls nicht, wenn man Nelly Winter heißt!«

»Na, Nelly, was hast du heute für 'n Spruch auf Lager?«

»Vielleicht verbreitet sie als Nächstes, dass sie uns allen die Pest wünscht!«

»Oder dass wir zur Hölle fahren sollen!«

»Da soll sie mal schön aufpassen, sonst landet sie selber dort!«

Die gehässigen Kommentare schwirrten wie ein Hornissenschwarm um meinen Kopf, und die Blicke trafen mich wie giftige Stiche. Am liebsten hätte ich mir die Hände auf die Ohren gepresst und wäre davongerannt. Aber ich dachte an Elias' Worte und baute mich vor Ina, Siska, Leonie, Chris und den anderen auf, obwohl ich dafür all meinen Mut zusammennehmen musste.

»An diesen Gerüchten ist nichts dran«, sagte ich laut und bestimmt, auch wenn mir unter ihren verächtlichen Blicken hundeelend zumute war. »Ich rede nicht schlecht über Flo oder Bille – und auch über keinen anderen aus der Klasse. Keine Ahnung, warum ihr mir überhaupt zutraut, solche Sachen bei Facebook zu verbreiten!«

»Ach, wirklich nicht?«, fragte Leonie zuckersüß, aber ihre Augen waren genauso schmal wie ihre Lippen.

Doch ich hielt ihrem Blick eisern stand. »Nein.«

Leonie verzog den Mund zu einem geringschätzigen Lächeln und warf den anderen einen vielsagenden Blick zu. Ina musterte mich von oben bis unten und schnaubte, Siska vermied es, mir in die Augen zu sehen, im Gegensatz zu Chris und Alex, die mich feindselig anstarrten.

»Und was hattest du dann vergangene Woche während der Pause in der Nähe des Computerraums zu suchen, hm? Interessanterweise kurz nachdem bei Facebook der fiese Kommentar über Flo gepostet worden war?«, nahm mich Alex in die Zange. Ich starrte ihn an. »Ich war in keiner Pause im Computerraum, warum sollte ich?« Gleich darauf wurde mir klar, was sie mir da unterstellten. »Ich war nicht dort und ich habe nichts gepostet!«, sagte ich heftig. Es war die Wahrheit. Ich hatte in den Pausen entweder mit Pina zusammengestanden oder mich während der letzten Tage auf der Toilette versteckt. Außerdem wäre ich nicht einmal im Traum auf die Idee gekommen, den IT-Raum außerhalb des Informatikunterrichts zu betreten.

»Mensch, Nelly. Du wurdest doch gesehen«, stieß Chris so abfällig aus, als würde er einen alten Kaugummi ausspucken.

Der Boden unter meinen Füßen schien zu wanken, er drohte zu kippen und mich in eine bodenlose Schwärze zu schleudern. Was passierte hier gerade? Wer verbreitete derartige Lügen über mich – und warum? Haltsuchend lehnte ich mich an eine der Säulen im Schulfoyer. Meine Stimme war nur ein heiseres Flüstern. »Wer soll mich gesehen haben?«

Leonie und Siska tauschten einen Blick und pressten die Lippen zusammen, aber Ina platzte heraus: »Jule.«

Der Name war ein unsichtbarer Faustschlag direkt in meinen Magen, und ich schnappte nach Luft.

»Wer weiß, ob du nicht auch noch andere Dinge machst, außer fiese Postings zu schreiben?«, sagte Alex lauernd.

»Genau. Vielleicht waren es ja gar nicht die Jungs aus dem Club, die Billes Board manipuliert haben«, sagte Alex. »Sondern du«, ergänzte Chris.

Ich öffnete den Mund, doch ich brachte kein Wort heraus, weil mir Tränen der Verzweiflung die Kehle verstopften. Das Letzte, was ich aber wollte, war, vor versammelter Klasse loszuheulen.

Genau in diesem Moment lief Jule durch das Schultor, sie kam direkt auf uns zu. Ihr Anblick sorgte dafür, dass sich mein Kummer in hell lodernden Zorn verwandelte und der Pfropfen, der in meiner Kehle steckte, herausschoss wie der Korken aus einer Sektflasche, die man zu lange und zu heftig geschüttelt hatte. Ich fuhr zu Jule herum.

»War es das, was du wolltest?!«, schrie ich sie an.

Jules Augen hinter ihrer Brille weiteten sich überrascht, und ihr Mund formte ein stummes »O«, während sie zwei Schritte vor mir zurückwich. Sie spielte wirklich perfekt die Rolle des Unschuldslamms. Aber ich würde nicht mehr darauf hereinfallen, und es war mir egal, dass wir auf dem Pausenhof standen und alle mich hören konnten. Bei mir war ein Damm gebrochen und die Worte strömten nur so aus meinem Mund. »Das hast du dir wirklich super ausgedacht, Jule! Du kannst weder Pina noch Elias haben, also versuchst du, mir jetzt alles kaputt zu machen!«

»Was? Ich weiß nicht, von wem du …?«, fiepte Jule und blickte panisch nach rechts und links. Ihr Blick erinnerte an den eines wilden Tieres in der Falle.

»Tu bloß nicht so scheinheilig!«, fuhr ich sie scharf an, sodass sie heftig zusammenzuckte. »Seit Tagen verbreitest du diesen Dreck im Internet und versuchst, mich mit deinen Lügen fertig zu machen.«

»Nein!«, rief Jule jetzt genauso laut wie ich. Inzwischen waren auch einige Schüler aus anderen Klassen stehen geblieben und hörten aus einiger Entfernung zu. Aber keiner griff in unsere Auseinandersetzung ein. Ina, Leonie und die anderen standen einfach nur da – eine Gruppe Wachsfiguren, die Gesichter bleich und erstarrt.

»Ich hab damit nichts zu tun!«, beteuerte Jule schrill, aber ich glaubte ihr kein Wort.

Doch jetzt wurden meine Mitschüler lebendig. »Lass sie in Ruhe, Nelly!«, rief Ina. Mit zwei Schritten war sie bei Jule und stellte sich schützend vor sie. »Genau! Wenn du ein Problem hast, dann schieb es nicht den anderen in die Schuhe!«, bekräftigte Leonie und gesellte sich zu Ina. Auch die anderen bildeten jetzt eine Art Schutzwall um Jule, unter deren Brillengestell die Tränen nur so hervorrannen.

»Sie spielt doch nur Theater, merkt ihr das denn nicht?!«, schrie ich meine Mitschüler an. »Dabei hat sie das alles perfekt inszeniert, um mich fertig zu machen! Sie geht anonym ins Netz und schreibt diese gemeinen Posts. Und dann behauptet sie, ich wäre im Computerraum gewesen! Alles nur, weil sie eifersüchtig ist!«

Jule schüttelte bei jedem meiner Sätze nur stumm den Kopf. Vor lauter Weinen konnte sie nicht sprechen, oder sie tat zumindest so. Ina und Leonie legten den Arm um sie, und Siska tätschelte ihr ungeschickt den Arm. Dann sahen alle wie auf Kommando zu mir herüber und in ihren Blicken las ich nicht nur Wut, sondern noch etwas viel Schlimmeres: Verachtung.

Es war hoffnungslos. Ähnlich wie bei den nächtlichen Träumen, in denen man rennt und rennt, aber keinen Millimeter von der Stelle kommt. So war ich in einem dieser Albträume gefangen, allerdings schlief ich nicht. Hinter meiner Stirn machte sich ein bohrendes Gefühl breit und ein flüssiger Strahl aus Schmerz floss durch meinen Kopf, über die Augenhöhlen bis in den Kiefer. Ich presste die Hände an die Schläfen. Die plötzlichen Kopfschmerzen waren so stark, dass mir schlagartig übel wurde. Ich hatte das Gefühl, dass ich meine Mitschüler, ihre Hände auf Jules Schultern und ihre Blicke, denen ich ansah, dass ihr Urteil über mich bereits gefallen war, keine Minute länger ertragen konnte. Ohne ein weiteres Wort drehte ich mich um und rannte. So lange, bis der graue Gebäudeklotz unserer Schule nur noch ein Schemen am Horizont war und die geteerten Straßen immer schmaler wurden und schließlich in einen Feldweg übergingen. Erst dann verfiel ich in einen langsameren Schritt und ließ mich schließlich am Wegesrand ins Gras fallen. Die hohen Halme schlugen wie eine grüne Welle über mir zusammen, und am liebsten wäre ich nie wieder aufgetaucht.

»Du tauchst auch erst mal nicht mehr auf!«

»Wie jetzt?« Verständnislos guckte ich Pina an.

»Na, in der Schule! Wieso willst du dorthin gehen, wenn dich sowieso alle nur dissen und zu diesem Biest Jule halten?«

Ich schluckte. Pinas ehrliche Worte ließen die Szene, die ich Jule auf dem Schulhof gemacht hatte, wieder aufleben. Die Erinnerung an die verächtlichen Gesichter der anderen rissen kleine, blutige Fetzen aus meinem Herzen.

Nachdem ich mich mehrere Stunden irgendwo am Stadtrand verkrochen hatte, wollte ich nicht nach Hause. Auf gut Glück hatte ich bei Pina geklingelt. Zum Glück öffnete sie gleich die Tür und bugsierte mich ohne Umstände in ihr Zimmer. Jetzt hockte ich wie ein Häuflein Elend auf ihrem Bett und wagte einen schwachen Protest.

»Aber ich kann doch nicht einfach zu Hause bleiben! Meine Mutter …«

»Deine Mutter«, Pina betonte die Worte spöttisch, »kriegt davon überhaupt nichts mit. Du tippst am Computer einfach einen Entschuldigungsbrief, fälschst ihre Unterschrift und befreist dich damit erstmal für 'ne Woche vom Unterricht – und von deinen beschissenen Mitschülern. Das nennt man Notwehr!«

Ich starrte sie an, doch ehe ich noch protestieren konnte, fuhr sie fort: »Du kannst vormittags in die Datscha. Ich gebe dir den Schlüssel, und du machst es dir dort gemütlich.«

Ich biss mir auf die Unterlippe. Pinas Vorschlag klang verlockend. Die Aussicht, ein paar Sommervormittage im Garten des Häuschens zu verbringen und statt mit Schulbüchern mit einem Kriminalroman unter den alten Obstbäumen die Zeit zu vertrödeln, war tausendmal besser, als Jules Unschulds-Spiel mit ansehen zu müssen und nichts dagegen tun zu können, dass meine gesamte Klasse darauf hereinfiel. Außerdem war es sowieso die letzte Schulwoche vor den Pfingstferien. Was danach kam, daran wollte ich erst einmal nicht denken.

»Abgemacht«, sagte ich zu Pina.

Sie nestelte an ihrem Schlüsselbund, ehe sie mir den einfachen Metallschlüssel zur Datscha feierlich überreichte und dabei so tat, als wäre er eine ganz besondere Kostbarkeit. Und für mich war er das ja auch.

»Das bleibt aber unser Geheimnis, okay?«, flüsterte sie. Ich nickte und beschloss, auch Elias nichts zu erzählen, denn ich ahnte, dass er es nicht gutheißen würde, wenn ich mich in dem Häuschen der Sommers versteckte. Genau wie meine Mutter, der ich natürlich erst recht nichts verraten würde. Schon gar nicht, welche Kampagne gerade gegen mich lief. Sie würde sonst schnurstracks in die Schule rennen und die gesamte Lehrerschaft mobilmachen. Wie meine temperamentvolle Mutter als rächender Tsunami durch meine Klasse fegen und über meine Mitschüler herfallen würde, wollte ich mir lieber gar nicht erst ausmalen.

Doch es gab noch einen Grund, warum ich weder sie noch Elias in das einweihen wollte, was heute Morgen passiert war. Tief in meinem Inneren schämte ich mich. Was für eine Verliererin ich doch war. Sogar Jule, dieses unscheinbare Mäuschen, hatte nach wenigen Tagen etwas geschafft, worum ich in meiner Klasse offenbar vergeblich kämpfte: Sie wurde anerkannt und gemocht, während man von mir nur das Schlechteste dachte.

»Du hast immer noch mich«, unterbrach Pina meine düsterschweren Gedanken, als hätte ich sie vor ihr ausgebreitet. »Und ich lasse dich nicht fallen. Es tut mir wahnsinnig leid, dass ich diesen Scheiß auf dem anonymen Zettel neulich geglaubt habe. Kommt nie wieder vor, versprochen!«

Sie nahm mich in den Arm, und kurz überwog das Glück unserer Freundschaft. Doch schon tauchte Alex' hämisches Grinsen wieder vor meinem inneren Auge auf und auch das triumphierende Blitzen in Jules Augen, als sich alle um sie geschart hatten.

Schutz suchend stahl sich meine Hand in die Hosentasche und ich spürte beruhigt das kühl-metallene Gewicht des Datscha-Schlüssels. Ich ahnte, dass dies keine Dauerlösung war, aber ich verdrängte alle Gedanken an die Zukunft. Das Einzige, was zählte, war Pina, die mich gerettet hatte: vor Jule und der Klasse, die sich auf mich gestürzt hatten wie ein Wolfsrudel auf ein schwaches Beutetier. Doch ich würde ihnen vorerst keine Gelegenheit mehr geben, mich noch mehr zu verletzen. Ich würde einfach unsichtbar werden.

KAPITEL 14

NELLY

»Nelly, wo steckst du denn?«

Elias' Stimme drang so klar und deutlich an mein Ohr, als stünde er direkt neben mir. Fast konnte ich seine grauen Augen sehen, die direkt in meine blickten.

»Ähm, wieso?«, fragte ich vorsichtig. Ihn anlügen, indem ich behauptete, ich sei in der Schule, wollte ich nicht. Aber ich hielt es für ebenso wenig klug, mit der Wahrheit herauszurücken und ihm zu gestehen, dass sein Anruf mich vor der Datscha von Pinas Eltern erwischte, wo ich mit einer Packung Chips in einem knarrenden Korbstuhl lümmelte. Gestern Abend hatte ich ihn mit einer unverbindlich-netten SMS gleichzeitig beruhigen und auf Distanz halten können, indem ich behauptet hatte, ich müsse Schröder hüten. Hatte er inzwischen gemerkt, dass meine Fröhlichkeit nur gespielt war?

»Ich habe nach der Schule am Ausgang auf dich gewartet, aber du bist nicht gekommen.«

Ich spürte, wie mir vor Schreck heiß wurde. Offenbar hatte Elias spontan beschlossen, mich heute abzuholen. Natürlich konnte er mich in der *Schule* nicht finden, weil ich den Vormittag in der Datscha verbracht hatte. »Alles super. Ich hatte heute nur früher Schluss«, wich ich hastig aus.

Am anderen Ende der Leitung herrschte sekundenlang Schweigen. »Hör zu, Nelly, ich weiß Bescheid, was gestern auf dem Schulhof passiert ist«, sagte Elias schließlich.

Ich schluckte. Allein der Gedanke, dass ich am Vortag wie ein gehetztes Tier aus dem Schultor gerannt war, trieb mir Tränen der Demütigung in die Augen. Bestimmt würde Elias mich jetzt für eine totale Versagerin halten. Und ich hatte noch versucht, an einer Lüge festzuhalten und sie weiterzuspinnen, obwohl ich mich längst in ihrem Netz verfangen hatte. Während ich noch verzweifelt nach einer Antwort suchte, hörte ich Elias' sanfte Stimme: »Wieso hast du mir denn nicht wenigstens erzählt, dass Jule dich in der Nähe des Computerraums gesehen hat?«

»Was?«, würgte ich heraus. »Woher weißt du das?«

»Von Jule. Wir sind uns vorhin über den Weg gelaufen.«

»Wieso glaubst du ihr? Sie lügt!«, rief ich. Meine Stimme klang heiser, weil eine plötzliche Angst mir die Luft aus dem Brustkorb drückte. Fiel nun auch Elias auf die gespielte Hilflosigkeit dieser falschen Schlange herein?

»Nelly, hör zu. Ich weiß, dass Jule das nicht gesagt hat, um dir eins reinzuwürgen, okay?«

»Nein, das ist nicht okay! Wie kannst du so was behaupten? Nach allem, was sie mir angetan hat!«

»Jetzt komm doch erst mal wieder runter!«

Jedes Wort von Elias war ein Fausthieb direkt in meinen Magen. Nun hatte ich auch ihn als Verbündeten verloren.

»Wie hat sie dich eingewickelt?«, fragte ich und hörte, wie schrill und hysterisch meine Stimme klang. Aber ich konnte nicht aufhören. »Was hat sie gemacht, damit du ihr glaubst? Hat sie dich angeschmachtet? Oder so lange geweint, bis du sie getröstet hast? Oder …«

»Nelly!«, unterbrach Elias mich ruhig. »Ich habe mit Jule geredet, und ich weiß, dass sie dir nie schaden wollte. Sie hat sogar zu den andereren gesagt, dass sie dich nicht einfach so verdächtigen dürfen. Sie mag dich!«

Dieser Satz zog mir endgültig den Boden unter den Füßen weg. »Was soll das überhaupt heißen, du bist ihr über den Weg gelaufen?

Habt ihr euch nach der Schule getroffen? Zufällig oder hat sie dich angerufen? Hast du ihr damals am *Citybeach* deine Nummer gegeben?«

»Süße, reg dich bitte ab, ja?«

Süße. Sein Kosename für mich. Jetzt klang er wie Hohn in meinen Ohren, und mein Herz zog sich zusammen.

»Pina hatte recht!«, fuhr ich ihn an, »du bist auch nicht besser als die anderen! Jule muss nur ihre Mitleidstour abziehen und …«

»Nelly, verdammt noch mal, hör auf damit! Du steigerst dich da in was rein! Und deine Freundin Pina fängt auch langsam an, mir auf die Nerven zu gehen! Rennst du immer gleich zu ihr und erzählst ihr Wort für Wort unsere Gespräche? Und sie diktiert dir dann, was du denken sollst, oder was?«

Die Wut in seiner Stimme gab mir den Rest.

Ich pfefferte das Handy auf den Boden und presste beide Hände auf meine Ohren. Als könnte ich auf diese Weise meinen Streit mit Elias ungeschehen machen und mein Herz davor schützen, endgültig in zwei säuberliche Hälften gerissen zu werden.

»Nelly?«, hörte ich schwach Elias' Stimme aus dem Gerät, das im Gras lag. Impulsiv wich ich zwei Schritte zurück, ehe ich mich umdrehte und in das Häuschen floh. Weg von Elias und seinem Verrat, den er an mir begangen hatte und der mich als das zurückließ, was ich immer schon gewesen war: eine Verliererin.

Pina war es, die mich im Wohnzimmer auf dem Sofa fand. Ich hatte die Sonne nicht mehr ertragen und die bunten Blumen im Garten, die den Beginn des Sommers feierten. Ich dagegen hatte nichts, über was ich mich freuen konnte. Daher verkroch ich mich im Halbdämmer der Datscha und zog mir die kratzige Sofadecke über den Kopf, bis Pina mich aufstöberte. Erst nach mehrmaligem Nachfragen rückte ich schließlich mit Elias' Anruf heraus. Nachdem ich seine Sätze fast wortwörtlich wiedergegeben hatte, schwieg Pina lange.

»Sag was«, drängte ich sie schließlich.

»Ich weiß echt nicht, was ich davon halten soll. Entweder hat Jule ihn tatsächlich total eingewickelt, oder …« Sie stockte.

»Oder was?«

Pina hob den Blick und sah mich ernst an. »Oder sie stecken unter einer Decke.«

Ihre Worte hingen kurz in der Luft, ehe sie wie ein Steinschlag auf mich herunterprasselten. Jule und Elias. Zusammen. Gegen mich. »Aber warum?«

»Keine Ahnung, das war nur so 'ne Idee. Aber komisch ist es schon, dass er Jule auf einmal in Schutz nimmt, oder?«

Ich nickte mit trockenem Mund.

Pina hatte die Stirn gerunzelt und schien nachzudenken. »Vielleicht glaubt er Jule tatsächlich. Aber vielleicht will er dir auch … eine Lektion erteilen«, sagte sie langsam.

Ich schüttelte verständnislos den Kopf. »Wie meinst du das?«

»Na ja, er hat dich vorhin am Handy doch angemeckert, dass es ihn nervt, weil du mir alles erzählst.«

»Aber warum sollte er mir dann eine Lektion erteilen wollen?«, widersprach ich, aber das mulmige Gefühl in meiner Magengegend breitete sich aus wie Öl auf dem Wasser. In einer der schlauen Zeitschriften hatte ich auch schon davon gelesen, dass es manchen Jungs lieber war, wenn sie ein Mädchen ganz für sich hatten. *Ist er eifersüchtig auf deine Freundinnen?* war die Überschrift von einem dieser Psychotests gewesen. Ich hatte ihn nicht ausgefüllt, denn damals hatte ich keinen Freund.

»Du glaubst also, ihn stört es, dass ich neben ihm eine beste Freundin habe …«

»Nicht irgendeine beste Freundin«, korrigierte Pina, »sondern mich.«

Ich sah sie verwirrt an, aber sie schwieg und presste kurz die Lippen zusammen. So hatte sie schon einmal ausgesehen, ganz am Anfang unserer Freundschaft. Wir hatten uns zu einem DVD-Abend bei ihr verabredet, und Pina hatte mit demselben Gesichtsausdruck wie jetzt die Tür geöffnet. »Du kannst nicht reinkommen. Meiner Mutter geht es nicht gut«, hatte sie geflüstert und dabei immer wieder verstohlen über die Schulter geblickt. Ich hatte nicht verstanden, wie ich die Mischung aus Schuldbewusstsein und Angst in ihrer Miene deuten sollte, bis ich ein Klirren aus einem der Zimmer hörte. Es folgte ein Geräusch, als würde eine leere Flasche übers Parkett rollen. »Scheiße, das Zeug war teuer!«, rief Maren Sommers Stimme, aber ihre Aussprache klang verwaschen. Pina hatte mich mit einem »Wir sehen uns morgen« hastig aus der Tür geschoben.

Jetzt hatte sie denselben Ausdruck in den Augen wie damals. Schlechte Nachrichten, hieß dieser Blick.

»Pina, wenn du irgendetwas über Jule oder Elias weißt, dann sag's mir bitte«, forderte ich sie auf, obwohl meine Stimme zitterte.

»Ach, Shit, ich hab gehofft … Ich wollte es dir eigentlich nicht sagen, aber jetzt …«

»Raus damit, was ist es?«

Pina holte tief Luft und sah mich an. »Sibob, ich meine Elias, hat mich vor einem Jahr beim Volleyball … na ja, er hat mich angemacht«, gab sie zu.

Die Worte bohrten den Stachel noch tiefer in meine Seele und verströmten ein lähmendes Gift. Also doch. Ich hatte es die ganze Zeit geahnt. Seit Pina und ich Elias das erste Mal bei der Fete am See auf der Vespa gesehen hatten. Es war nur ein Blick von Pina gewesen, aber schon da hatte ich das Gefühl gehabt, dass er für sie kein Unbekannter war.

»Hast du …?«

»Nein, natürlich nicht«, wehrte Pina sofort ab. »Er war zwar ziemlich hartnäckig, wollte unbedingt mit mir ins Kino oder zu einem Konzert und solche Sachen, aber ich habe ihn abblitzen lassen. Er ist … nicht so mein Typ.«

Ich nickte und versuchte, mir nicht anmerken zu lassen, wie getroffen ich war. Aber ich konnte Pina nicht täuschen.

Zerknirscht sah sie mich an. »Tut mir echt leid, Nelly. Bist du sehr böse auf mich?«

»Nein! Wieso denn, du kannst doch nichts dafür!«

»Ich hätte es dir erzählen sollen. Aber du warst so happy mit ihm und da wollte ich nicht ... Ich meine, es ist ja auch schon ein Jahr her, und ich habe ihm ja nicht mal meine Handynummer gegeben.«

Und er hatte behauptet, Pina nicht zu kennen, dachte ich bitter. Beinahe hätte ich gelacht, so absurd erschien mir Elias' Versuch, sein mieses, kleines Geheimnis nicht auffliegen zu lassen: Nämlich, dass er jedes Mädchen aus der Volleyballgruppe angemacht hatte, das nicht bei drei aus der Halle war. Wer weiß, warum er auf einmal Jule in Schutz nahm? Vielleicht hatte er sie längst als nächstes Ziel seiner Flirtattacke im Visier. Ich war mir sicher, er würde in ihr ein williges Opfer finden. Damals an der Strandbar hatte ich Jules Blick genau registriert, mit dem sie Elias angesehen hatte. In meine düsteren Gedanken hinein spürte ich eine leichte Berührung am Arm und drehte den Kopf. Pina sah mich an und in ihren dunklen Augen standen Tränen. »Bleibst du meine Freundin?«, fragte sie leise. Statt einer Antwort ging ich in den Garten, suchte mein Smartphone, und als ich es schließlich zwischen den Grashalmen entdeckt hatte, tippte ich eine SMS an Elias, ehe ich seine Nummer löschte:

lass dich nie wieder blicken.

ELIAS

Fassungslos starrte er auf das Display seines Handys. Die Buchstaben der Kurznachricht leuchteten ihm in einem grellen Blau entgegen. Das war doch wohl nicht Nellys Ernst! Elias drückte die Wahlwiederholung, doch eine monotone Stimme meldete lediglich: »Der Teilnehmer ist zur Zeit nicht zu erreichen. Bitte versuchen Sie es zu einem späteren Zeitpunkt noch einmal.«

»Verdammt!«, rief er und hätte in einer Aufwallung von Zorn und Frust am liebsten das Telefon gegen die Wand geworfen. Am meisten aber ärgerte er sich über sich selbst. Wie hatte er nur so unvorsichtig sein können! Er hätte niemals Nellys Freundin schlechtmachen dürfen. Auch wenn Pina ihm seit Beginn seiner Freundschaft mit Nelly auf die Nerven gegangen war. Dauernd war sie in ihren Erzählungen präsent, und er hatte mehr und mehr das Gefühl, bei ihren Dates säße Pina als unsichtbare Dritte mit am Tisch. »Pina meint auch …«, »Pina findet …«, »Pina sagt …«, so ging es oft. Dabei wollte Elias nichts von ihr wissen, aber Pina ließ sich nicht abschütteln. Und jetzt Nellys SMS.

lass dich nie wieder blicken

Elias schüttelte den Kopf. Er würde sie morgen vor der Schule abpassen und noch mal mit ihr reden. Sicher hatte sie es nicht so gemeint. Doch wenn er auf das Display blickte, sagte ihm sein Gefühl, dass er sich etwas vormachte.

JULE

»Nelly ist die ganze restliche Woche krank. Siska, geselle dich für die stille Partnerarbeit bitte zu Jule und Ina.«

Gewohnt kurz angebunden hatte die Ulbrich die Neuigkeit verkündet. Prompt durchzuckte Jule ein Gefühl der Erleichterung. Gleich darauf schämte sie sich. Doch in den Gesichtern der anderen las sie das Gleiche. Jeder war froh, Nelly für eine Weile los zu sein.

»Kommst du nach der Schule noch mit in den Park? Dort ist ein Volleyballnetz aufgebaut und wir wollen ein paar Runden spielen«, fragte Leonie, und Jule nickte. Ein Gefühl der Dankbarkeit wallte in ihr auf, und eine Sekunde lang hatte sie das Bedürfnis, Leonie ins Vertrauen zu ziehen und ihr alles zu erzählen: den Grund, warum sie aus London hierher gezogen war und sich vor der neuen Klasse so sehr gefürchtet hatte. Weshalb sie sich die ersten Tage wie eine graue Maus angezogen und kaum etwas von sich erzählt hatte. Bis sie sicher sein konnte, dass niemand hinter ihr Geheimnis kam. Doch so sollte es auch bleiben, nahm sie sich vor. Und deswegen musste sie weiterhin schweigen.

Nur einmal, eine lange, schreckstarre Sekunde lang, hatte sie gedacht, Nelly wäre ihr auf die Schliche gekommen. Damals auf der Schultoilette. Nelly hatte ihr gedroht, und Jule hatte eine eisige Kralle der Angst gepackt, ihre Banknachbarin hätte irgendetwas herausgefunden. Aber dann hatte sie gemerkt, dass Nelly genauso ahnungslos war wie der Rest der Klasse. Das Gefühl der Erleichterung war so stark gewesen, dass sie beinahe gelacht hätte, wenn es Nelly nicht so ernst gewesen wäre. Wenigstens hatte Jule jetzt ihre Ruhe, wenn auch nur kurz: Irgendwann würde Nelly wieder in der Schule auftauchen. Aber dann war immer noch Zeit, zu überlegen, was sie tun sollte. Irgendwie hatte Jule sogar Mitleid mit ihr. Verrückt.

Nach Schulschluss versuchte sie, alle Gedanken an Nelly abzuschütteln, während sie neben Leonie, Alex und Ina zum Fahrradstand lief. Jetzt freute sie sich richtig auf das Volleyballspiel im Park. Sie schwang sich auf ihr Rad und trat in die Pedale, um nicht den Anschluss an die anderen zu verlieren, die schon einen ziemlichen Vorsprung aufgebaut hatten.

Plötzlich merkte sie, dass irgendetwas mit ihrem Fahrrad nicht in Ordnung war. Es schlingerte und bockte wie ein ungehorsames Pferd.

»Jule, pass auf!« Sie hörte Inas Warnruf, doch ehe sie sich noch fragen konnte, was los war, spürte sie schon, wie ihr Rad sich nach rechts neigte, während der Vorderreifen noch ein Stück weiterrollte, ehe er nach links davonsprang. Im Geiste sah Jule sich bereits stürzen und auf dem harten Pflaster aufprallen – eine halbe Sekunde, ehe sie tatsächlich das Gleichgewicht verlor. Zuerst spürte sie nur den Aufprall, aber keinen Schmerz. Dann sah sie das Blut, und ihr letzter Gedanke galt Bille. An was hatte sie wohl gedacht, während ihr Körper vom Skateboard mehrere Meter durch die Luft katapultiert wurde?

Doch dann verschmolzen alle Fragen mit dem grauen Asphalt zu einer wabernden Masse, und Jule wurde schwarz vor Augen.

ELIAS

»Nelly? Die kommt nicht.«

»Woher weißt du das denn, die Schule hat doch noch gar nicht angefangen!«

Der große Blonde, von dem Elias wusste, dass er in Nellys Klasse ging, weil er Elias und seine Freunde damals bei der Party am See gebeten hatte, mit ihren Vespas woanders hinzufahren, sah ihn abschätzig an.

»Die ist die beiden letzten Tage schon nicht aufgetaucht. Ist krankgeschrieben. Na ja, zumindest angeblich.«

Elias sah die Verachtung im Gesicht des Blonden, und ihn packte eine kalte Wut. Er baute sich vor dem Typen auf und fixierte ihn drohend.

»Pass mal auf! Ich weiß, was ihr mit Nelly abzieht. Deswegen traut sie sich nicht mehr hierher. Ich hoffe nur, du weißt, dass Mobbing inzwischen eine Straftat ist! Und ich hätte große Lust, schnurstracks zu eurer Schulleitung zu gehen und ihnen zu erzählen, was ihr mit Nelly macht!«

Dem Blonden blieb der Mund offen stehen. »He, Mann, jetzt mach mal langsam, ja? Wer bist du überhaupt, dass du dich hier so aufbläst?«

»Ich bin Nellys Freund«, sagte Elias und spürte gleichzeitig einen leisen Stich – *lass dich nie wieder blicken* –, doch er wandte den Blick nicht vom Gesicht des anderen ab, bis der zu Boden sah.

»Sie ist doch diejenige, die uns dauernd bei Facebook disst«, murmelte er, aber er klang schon weit weniger selbstbewusst.

»Ach ja, und was macht dich da so sicher? Soviel ich weiß, steht nicht ihr Name drunter, und die Postings wurden von einer anonymen Mailadresse verschickt.«

»Sie wurde in der Nähe des Computerraums gesehen, okay? Und außerdem beschuldigt sie dauernd eine Mitschülerin. Auffälliger geht es ja wohl kaum.«

»Meinst du Jule?«

Der Blonde runzelte die Stirn. »Du kennst Jule?«

Elias nickte knapp, denn er hatte keine Lust, dem Typen irgendwas zu erklären. Der zuckte die Schultern. »Nelly hat ihr 'ne Szene mitten auf dem Schulhof gemacht, und gestern ist Jule vom Fahrrad gestürzt, weil ihre Schnellspannnabe offen war. Das ist jetzt das zweite Mal, dass jemandem aus unserer Klasse so was passiert, und wir glauben allmählich nicht mehr an Zufälle!«

»Jule hatte einen Unfall? Schlimm?«

»Nee, sie ist mit einem ordentlichen Schreck und 'nem blutigen Knie davongekommen. Aber wenn sie schneller gefahren wäre …«

Elias nickte. »Trotzdem ist es völlig daneben, Nelly für alles verantwortlich zu machen.«

»Hey, vielleicht fragst du dich lieber mal, ob deine Freundin wirklich das Unschuldslamm ist, für das du sie hältst!«

Damit drehte sich der Blonde um und stapfte durch die gläserne Eingangstür ins Innere der Schule. Keine Sekunde zu früh, denn schon ertönte der Gong, und Elias wurde klar, dass er zu spät zur ersten Stunde kommen würde. Von hier bis zu seiner Schule waren es locker fünfzehn Minuten mit dem Rad. Während er in die Pedale trat, beschloss er, heute Abend noch einmal nachzuforschen, ob sich nicht doch noch mehr über »tell-the-truth« herausfinden ließ als eine anonyme Mailadresse.

KAPITEL 15

NELLY

Meine Mutter war nicht da, als ich am Nachmittag in unsere Wohnung schlüpfte. Pflichtschuldig hatte ich gewartet, bis offiziell Schulschluss war, ehe ich die Datscha verließ. Langsam nervten mich die langen, einsamen Vormittage in dem alten Haus mit dem verwilderten Garten. Zu allem Überfluss waren heute immer wieder heftige Gewitter niedergegangen, sodass ich mehrere Stunden im Inneren des Häuschens verbringen musste, wo die alten Möbel und die angestaute Sommerwärme eine seltsam unwirkliche Atmosphäre verbreiteten. So, als sei in der muffigen Luft auch die Zeit stehen geblieben und würde nie mehr vergehen. Eine seltsame Unruhe hatte mich ergriffen, aber in die Stadt zu radeln und durch die Geschäfte zu gehen hatte ich mich nicht getraut, aus Angst, von einem Lehrer oder Mitschüler entdeckt zu werden. Meine Mutter würde einen Riesenaufstand machen, wenn sie erfuhr, dass ich seit Tagen die Schule schwänzte. Ich befürchtete ständig, sie würde mir mein schlechtes Gewissen an der Nasenspitze ansehen. Trotzdem waren die Lügen, die Heimlichtuerei und selbst die nagenden Schuldgefühle besser, als zurück in meine Klasse zu müssen und das Gift einzuatmen, das dort alle gegen mich versprühten. Erneut drängte ich alle Gedanken an ein »Später« zurück. Jeder Tag, an dem ich frei war, zählte.

Schröder hopste durch den Flur zu meinem Zimmer. Ich öffnete die Tür – und prallte zurück. Auf meinem Sofa saß Pina und las seelenruhig in einer Zeitschrift.

»Wa…«, brachte ich nur heraus.

Sie blickte hoch. »Hi, Nelly.«

»Wie bist du hier reingekommen?«, fragte ich und sah unwillkürlich zum Fenster. Allerdings lag unsere Wohnung im ersten Stock. Pina bemerkte meinen Blick. »Keine Angst, ich bin kein Gespenst, sonst wäre ich durchsichtig«, grinste sie. »Deine Mutter hat mich reingelassen, bevor sie noch mal weggegangen ist. Sie meinte, es ist okay, wenn ich hier auf dich warte.«

Ich nickte stumm.

Sie musterte mich prüfend. »Irgendwelche Neuigkeiten von Elias?«, fragte sie. Ich schüttelte den Kopf. Er hatte mich beim Wort genommen und sich nicht mehr gerührt. Halb war ich erleichtert, doch in einem kleinen, verborgenen Winkel meines Herzens schmerzte es mich, wie schnell er aufgegeben hatte. Dass er nicht einmal einen Versuch machte zu kämpfen, zeigte mir umso deutlicher, was ich ihm bedeutete: nichts.

»Mit Elias ist Schluss«, sagte ich. Ich wollte es laut aussprechen, damit ich es endlich selbst glaubte.

»Ist wohl besser so«, nickte Pina und legte den Arm um mich. »Frauen sind sowieso die besseren Menschen.«

Ich konnte nur gequält grinsen.

»Weißt du was? Sobald wir die Schule hinter uns haben, ziehen wir zusammen. Wir nehmen uns eine kleine Wohnung, weit weg von diesen Idioten aus der Schule, und werden eine richtig coole Zweier-WG!«

»Das klingt zu schön, um wahr zu sein«, murmelte ich, aber Pinas Worte hatten mich wundersamerweise aufgemuntert.

Sie blieb bis zum frühen Abend bei mir. Zwar guckten wir nur schweigend eine ziemlich belanglose DVD, in der starke Männer um schöne Frauen kämpften, wobei ein paar Autos in die Luft flogen und der Bösewicht zum Schluss auf der Strecke blieb, dennoch war ich froh, nicht alleine zu sein. Erst kurz bevor meine Mutter nach Hause kam, ging Pina. Das war auch gut so, denn Mama war schlecht gelaunt. Zuerst hatte ich Angst, sie wäre hinter mein tagelanges Fehlen in der Schule und die gefälschte Unterschrift gekommen, aber sie murmelte nur etwas von einer mehrtägigen Geschäftsreise nach Dubai, zu der mein Vater offenbar ungeplant abbestellt worden war. Sie war genervt, weil sie ihn seit Stunden vergeblich zu erreichen versuchte.

Um nicht auch noch zur Zielscheibe ihrer miesen Stimmung zu werden, ging ich früh ins Bett, aber einschlafen konnte ich nicht. Allein in der Dunkelheit kamen die Bilder von Elias zurück. Ich sah sein Gesicht in schmerzhafter Deutlichkeit und hörte seine dunkle, etwas heisere Stimme, die meinen Namen sagte. Doch dann verwandelte sich sein Ton, er klang auf einmal hart und gereizt, und plötzlich sah ich nur noch seinen Mund, der sich in Großaufnahme bewegte, während er mir Vorwürfe machte …

Mit einem Ruck fuhr ich aus dem Halbschlaf und tastete fahrig nach meiner Nachttischlampe, damit die Helligkeit Elias' Geist vertrieb. Dann griff ich nach meinem Handy. Zwanzig Minuten vor elf. Bestimmt war Pina noch wach. Ich tippte eine SMS. *kann nicht schlafen. und du?*

Keine fünf Sekunden später kam die Antwort. *ich auch nicht. schlafen ist voll langweilig*

schafe zählen?

spinnst du? da muss ich an wolle denken + dann ersticke ich bei der hitze;)

dann goldfische zählen?

gute idee – aber wenn schon, denn schon!

????

Doch es kam keine Antwort mehr. Nach zwanzig Minuten gab ich das Warten auf eine Erklärung ihrer etwas kryptischen SMS entnervt auf und wollte gerade mein Handy ausschalten, da hörte ich ein Klacken. Ich zuckte zusammen und setzte mich im Bett auf. Stille. Dann war das Geräusch erneut zu hören. Es kam vom Fenster und klang nach Hagelkörnern, die gegen die Scheibe prasselten. Doch der Nachthimmel war klar und wolkenlos. Komisch. Ich stand auf und ging näher ans Fenster. Als ich vorsichtig herausguckte, riss ich überrascht die Augen auf: Unten stand Pina und machte Anstalten, erneut zum Wurf auszuholen. Sie war es, die kleine Kiesel gegen mein Fenster warf. Ehe die Scheibe zu Bruch ging, riss ich den Fensterflügel auf.

»Was machst DU denn hier?«, raunte ich und hoffte, dass sie mich verstehen würde. Lauter zu sprechen traute ich mich nicht, da ich befürchtete, meine Mutter würde sonst angerannt kommen und unangenehme Fragen stellen, wieso meine Freundin um elf Uhr nachts vor unserem Haus stand und mit Steinchen warf.

»Komm runter«, flüsterte Pina und trotz der Entfernung konnte ich ihre Worte gut verstehen. Trotzdem zögerte ich. Sollte ich mich etwa heimlich aus dem Haus schleichen – so spät am Abend?

»Na los«, forderte mich Pinas Flüstern auf. In ihrer Stimme lag ein Hauch von Abenteuer und Verwegenheit, und ich bekam auf einmal Lust, auf alles zu pfeifen und einfach mit Pina die Nacht zu erobern.

Ich grinste und hielt den Daumen nach oben, zum Zeichen, dass ich kommen würde. Hastig schlüpfte ich in Shorts und ein Tanktop, nahm ein paar flache Leinenschuhe in die Hand und schlich barfuß zu meiner Zimmertür. Unendlich behutsam drückte ich die Klinke und das Türblatt schwang geräuschlos zur Seite. Hinter der Küchentür winselte Schröder leise, doch als ich ihm ein »Still« zuzischte, verstummte er. Auf Zehenspitzen huschte ich über den Laminatboden im Flur und es gelang mir, ebenso lautlos die Haustür zu öffnen. So geräuschlos wie möglich ließ ich die Tür hinter mir ins Schloss gleiten. Ein paar Sekunden blieb ich noch mit angehaltenem Atem im Hausflur stehen und horchte, ob ich im Inneren der Wohnung die Schritte meiner Mutter hörte, aber alles blieb still. Ich konnte mir ein Grinsen nicht verkneifen, während ich mich Stufe für Stufe hinunter und zur Haustür heraus schlich. Doch als ich mich draußen umschaute, war Pina verschwunden. Ein leichtes Gefühl der Panik schoss mir in den Magen. Hatte ich sie zu lange warten lassen?

»Psst, Nelly, hier«, hörte ich da ihre Flüsterstimme. Ich drehte den Kopf und sah Pina als schwarze Silhouette hinter den Büschen unseres kleinen Vorgartens stehen.

»Los, komm mit!«, befahl sie kurz angebunden und bog schnell um die Hausecke. Ich wollte sie fragen, wohin wir gingen, aber sie schüttelte nur kurz den Kopf, und so liefen wir schweigend Richtung Stadtrand, fast bis zu der Stelle, wohin ich mich nach dem Debakel mit Jule auf dem Schulhof geflüchtet hatte. Doch kurz bevor die Straße endete, stoppte Pina und wies auf den etwa zwei Meter hohen Drahtzaun, der unser öffentliches Freibad umschloss.

»Komm schon!«, sagte sie, und ihre dunklen Augen blitzten vor Vergnügen. Noch ehe ich kapierte, was sie plante, hatte Pina bereits ihren rechten Fuß in eine der Rauten des dunkelgrünen Drahtgeflechts gesetzt und begann, den Zaun zu erklimmen.

»Na los, worauf wartest du?«, flüsterte sie hörbar, und obwohl ich das Gefühl hatte, dass mir vor Angst riesige Hasenfüße wuchsen, tat ich es ihr nach und zwängte die Spitzen meiner Leinenschuhe in die Lücken des Zauns. Pina wartete ungeduldig, bis ich mich endlich auf der anderen Seite hinunterplumpsen ließ, etwa einen halben Meter über dem Boden.

»Was machen wir, wenn der Bademeister uns erwischt?«, wisperte ich, bemüht, meinen Herzschlag zu beruhigen, den ich bis in meine Kehle spüren konnte.

»Pff, der ist längst zu Hause und schnarcht selig«, wiegelte Pina meine Bedenken ab. »Außerdem hat er mindestens zehn Kilo Übergewicht und geht im Becken nur deswegen nicht unter, weil Fett oben schwimmt! Selbst wenn er also noch da wäre, ist er zu alt und zu dick, um uns zu erwischen!«

Ich schluckte und war mir dessen nicht so sicher. Vielleicht patrouillierte er nachts und hatte zudem noch einen Schäferhund dabei? Doch die Umkleiden, ebenso wie das Häuschen der Wasserwacht, lagen dunkel und verlassen da. Nicht einmal die Lampen in den beiden Schwimmbecken brannten. Geisterbad.

»Mann, du Hasenherz! *No risk, no fun*, also atme, lächle und genieße!«, zog mich Pina mit einem Knuff in die Seite auf. Ich bewunderte meine Freundin neidlos für ihren Mut und ihr Draufgängertum. Sie war eine Piratenbraut, die vor nichts und niemandem Angst hatte und nicht mal davor zurückschreckte, ein Freibad zu kapern. Ich wollte es ihr gleichtun! Also nahm ich all meinen Mut zusammen, drängte mich an ihr vorbei und lief zum Rand des großen Schwimmbeckens. Das Wasser hatte sein durchsichtiges Hellblau, das an Tagen voller Sonne den Himmel spiegelte, gegen eine dunkelblaue Tiefe eingetauscht. Die Oberfläche des Beckens lag still und unbeweglich da. Ich zog meine Schuhe aus, ehe ich probehalber den Fuß vorstreckte und meinen großen Zeh in das Nass tauchte. Kleine Wellen breiteten sich aus und liefen ringförmig auseinander. »Na los, wer sich zuerst traut!«, sagte ich und stellte mich dicht an den Beckenrand.

Mit einem Schritt war Pina neben mir. »Auf drei«, rief sie. »Eins, zwei …«

»Drei!«, jubelte ich und sprang in voller Montur kopfüber in die dunkle Tiefe. Zuerst war es wie ein Schock, in das kalte Wasser einzutauchen, doch dann verwandelte sich mein Körper in einen Delfin und schwerelos glitt ich durch das Wasser, das sich schnell erstaunlich warm anfühlte. Ich öffnete die Augen und drehte den Kopf. Pina schwamm neben mir, und unzählige winzige Luftblasen schwebten um ihr Gesicht. Ihre Haare zogen wie ein dunkler Schweif durchs Wasser, und in diesem Moment glich sie der Meerjungfrau aus dem Märchen von Hans Christian Andersen so sehr, dass mir der Atem stockte. Es hätte mich nicht gewundert, wenn ihr ein Fischschwanz gewachsen wäre. Doch kurz darauf verwandelte sich die Nixe wieder in das Menschenmädchen Pina und zog sich am anderen Ende des Beckens aus dem Wasser. Sie lief zu der Leiter, die zu den Sprungtürmen führte. Mit einem Satz erklomm sie die ersten zwei Stufen, ehe sie sich mit einer Hand an der Metallstange festhielt und ihren Körper wie eine Zirkusartistin übermütig zur Seite neigte. »Wollen wir doch mal sehen, wie viel Mut du hast, Nelly-Spirelli!«, rief sie grinsend zu mir hinunter. Wie ein Äffchen kletterte sie weiter nach oben, ließ das Einmeterbrett hinter sich und machte Anstalten, bis zum Dreier zu gehen. Ich schluckte. Doch Pina dachte nicht daran, sich mit dem Mittelmaß zufriedenzugeben. Sie hangelte sich an der Leiter entlang, hoch bis zum Fünfmeterbrett. Von dort oben blickte sie zu mir herunter.

»Los, Nelly, sei kein Feigling!«, schrie sie übermütig und balancierte, einen Fuß vor den anderen setzend, das schmale Brett entlang.

»Pina, komm zurück!«, jammerte ich, aber sie schien mich nicht zu hören, sondern bewegte sich vorsichtig nach vorne, bis sie mit den Zehenspitzen den vorderen Rand des Sprungbretts berührte.

Ich stand auf Höhe des Einmeterbretts und zauderte noch, aber als ich Pina dort oben stehen sah, pikste mich mein Stolz und ich begann, mit vorsichtigen Trippelschritten die Sprossen hinaufzuklettern. Oben angekommen, fühlte ich meine Knie schlottern, und beim ersten Blick nach unten übertrug sich das Zittern auf meinen gesamten Körper. Das dunkle Rechteck des Beckens verschwamm vor meinen Augen. Die Wasserfläche schien nicht fünf, sondern mindestens zehn Meter entfernt zu sein.

Da spürte ich Pinas warme Hand, die mit festem Griff meine umschloss. Gleich ging es mir besser, und die Welt gewann ihre festen Konturen zurück. Ich legte den letzen Schritt zum vorderen Brettrand zurück und spürte unter meinen Fußsohlen das Wippen der langen, schmalen Planke.

»Spring, Nelly! Du wirst sehen, es ist wie Fliegen! Und danach kann dir keiner mehr was. Schon gar nicht Jule«, flüsterte Pinas Stimme nah an meinem Ohr. Kurz zögerte ich, aber ihre Worte, die wie ein Versprechen klangen, waren zu verlockend. Ich holte tief Luft und sah starr geradeaus, wo am Horizont des schwarzen Nachthimmels ein paar silbernleuchtende Punkte blinkten. Einer davon sollte mein Glücksstern sein, wünschte ich mir. Dann schloss ich die Augen und machte einen Schritt vorwärts, mitten ins Nichts.

Es war nicht wie Fliegen, vielmehr fühlte es sich an, als hätte mich jemand aus einem vollbesetzten Flugzeug geschubst. In atemberaubender Geschwindigkeit sauste ich wie ein Stein nach unten, während mein Magen Richtung Kehle schoss. Der Wind fuhr mir heftig durch die Haare und die Nachtluft rauschte in meinen Ohren. Ich schrie, so laut ich konnte. Bisher hatte ich nicht gewusst, wie nahe Angst und Begeisterung beieinanderliegen. Dann tauchte ich zum zweiten Mal ins Becken ein, diesmal aber mit den Füßen voran. Ich wurde so heftig unter Wasser gezogen, als wäre ich in ein gigantisches Staubsaugerrohr geraten. Gleich darauf schnellte mein Körper jedoch ganz von selbst an die Oberfläche, und ich holte japsend Luft. Unvermittelt durchflutete mich ein überwältigendes Glücksgefühl. Ich rang immer noch nach Atem und brach gleichzeitig in lautes Gelächter aus. Da hörte ich ein Aufklatschen. Nur Sekunden später tauchte Pina neben mir auf und fiel in mein Lachen ein.

»Du hast es geschafft!«, schrie sie und umarmte mich so heftig, dass wir beide untergingen. Hustend und spuckend und mit den Beinen strampelnd tauchten wir wieder auf. Ich konnte nicht aufhören zu kichern.

»Du bist verrückt!«, presste ich zwischen den Lachanfällen hervor, und Pina nickte mit einem breiten Grinsen, wobei ihr die dunklen Ponyfransen in die Augen hingen. »Du aber auch!«

»Immer zweimal mehr als du!«

Wir mussten uns nur anblicken – und schon prusteten wir wieder los. Auf einmal fiel mir ein altes Lied von Bryan Adams ein, das Pina mir schon oft vorgespielt hatte: *The summer of 69*. Im Refrain sang er von einer Zeit, die in seiner Erinnerung die beste seines Lebens war. Ich konnte ihn verstehen. Trotz all der schlimmen Sachen, die gerade in meinem Leben passierten, würde diese Nacht, in der ich zusammen mit Pina unerlaubt ins Freibad eingestiegen und aus fünf Metern Höhe ins Wasser gesprungen war, definitiv zu den schönsten meines Lebens gehören.

ELIAS

Er trat ans Fenster und sah in den schwarzen Himmel, über den die Nacht großzügig einen Schwall Sternenlicht gegossen hatte. Elias seufzte. Fünf Minuten vor Mitternacht, und er war immer noch nicht müde. Da hatten auch das harte Volleyballtraining und die zwei Flaschen Bier mit seinen Kumpels nichts geholfen. Mit einer ungeduldigen Bewegung fuhr er sich durch die Haare und wandte sich um. Eigentlich hatte er sich vorgenommen, nicht an Nelly zu denken, aber sie schlich sich hartnäckig in seinen Kopf. Dummerweise blinkten dazwischen immer wieder die Buchstaben ihrer letzten Botschaft wie die Sterne am Himmel.

lass dich nie wieder blicken

Um sich von dem Stechen abzulenken, das er verdächtig nahe seiner Herzgegend verspürte, zerlegte Elias die SMS in einzelne Buchstaben, wie beim Scrabble. Wenn man einige Buchstaben des Satzes wegließ und den Rest neu zusammensetzte, wurde aus »*Lass dich nie wieder blicken*« tatsächlich beinahe »*Ich liebe dich*«.

Das Stechen in seiner Brust wurde heftiger, und wütend schlug Elias mit der flachen Hand auf seinen Schreibtisch, der unter dem Aufprall wackelte. Dabei musste er unfreiwillig die Computermaus bewegt haben, denn wie von Geisterhand leuchtete auf einmal der Bildschirm seines PCs auf, der auf dem Schreibtisch stand. Offensichtlich hatte Elias vergessen, ihn auszuschalten, und nun fuhr das Gerät aus dem Standby-Modus hoch. Da er sowieso in absehbarer Zeit nicht einschlafen würde, konnte er ebenso gut noch etwas im Internet surfen. Das hatte er heute Nachmittag eigentlich schon vorgehabt, doch dann hatte ihn Benny erst zum Volleyball und anschließend in die Kneipe geschleppt. Als Erstes ging Elias in die Facebookgruppe von Nellys Klasse und scrollte zu den letzten Einträgen. Sofort sprang ihm ein Post ins Auge, und er wusste, dass die Person, die sich »tell-the-truth« nannte, wieder zugeschlagen hatte.

Wenn ihr einen Klassenausflug machen wollt, geht mit Jule in den nächsten Supermarkt und fragt nach ein paar Rasierklingen!

Natürlich würden ihre Mitschüler glauben, dass Nelly auch hinter dieser Gemeinheit steckte.

Eine kalte Wut packte Elias. Kurzerhand loggte er sich in den von ihm geknackten Facebook-Account von »tell-the-truth« ein und löschte den Post. Ob die Person, die diese anonymen Hetzbotschaften schrieb, damit nun wissen musste, dass jemand den Account gehackt hatte, war Elias in diesem Moment egal. Hauptsache, diese Gemeinheiten standen nicht mehr online. Als er sich ausgeloggt hatte, atmete er tief durch. Es musste doch herauszufinden sein, wer hinter diesem Pseudonym steckte! Der- oder diejenige hatte es jedenfalls schlau eingefädelt und keine Spuren hinterlassen. Zwar hatte Elias auf der Facebook-Seite anhand einer Session-Liste erkennen können, zu welchen Zeiten und von welchem Browser aus »tell-the-truth« die Postings geschrieben hatte, doch eine IP-Adresse oder gar den wahren Benutzer zu identifizieren war unmöglich. Doch dann hatte Elias plötzlich eine Idee, wie er diesem Phantom mit dem falschen Namen vielleicht doch das Handwerk legen konnte. Zwar waren die Aussichten auf Erfolg gering, trotzdem war er entschlossen, gleich morgen früh einen letzten Versuch zu starten, um herauszufinden, wer diese Hetzkampagne gegen Nelly angezettelt hatte.

Elias redete sich ein, das alles alleine der Gerechtigkeit halber zu tun. Wenn er aber ehrlich war, musste er sich eingestehen, dass es noch einen Grund gab, wieso er den Verdacht gegen Nelly unbedingt widerlegen musste: Er wollte sie zurück.

NELLY

»Was willst du hier, geh weg!«, schrie ich Elias an, der um halb acht Uhr morgens bei mir zu Hause Sturm geklingelt hatte und nun grußlos an mir vorbei in den Flur stürmte. Ich war nur froh, dass meine Mutter bereits zur Arbeit gefahren war, denn Elias ließ sich nicht abwimmeln.

»Darf ich mal an deinen Computer? Ich habe eine Idee, wie wir vielleicht rauskriegen, wer ›tell-the-truth‹ ist, aber dazu brauche ich deine Hilfe«, platzte er heraus. Ich zögerte, doch schließlich nickte ich. Wir gingen in mein Zimmer, und ich fuhr mein Laptop hoch.

»Geh auf die Seite von ›savenet.de‹«, wies Elias mich an. »Das ist der Provider, bei dem tell-the-truth die Mailadresse hat. Dort drückst du unter der Rubrik ›Freemail‹ auf den Button ›Passwort vergessen‹.«

»Aber wie soll das funktionieren, wenn wir nicht mal wissen, wer hinter der Mailadresse steckt?«, wagte ich einzuwenden.

»Nelly«, unterbrach er mich sanft und strich mir über die Haare. Diese zärtliche Geste überraschte mich, und ich verstummte. »Lass es uns einfach versuchen, okay?«

Ich nickte und klickte auf den entsprechenden Befehl. Eine Seite ploppte auf und man sollte eine Mailadresse eingeben. Elias beugte sich zu mir herüber, sodass ich die Wärme seiner Haut spüren konnte, und tippte rasch und sicher »tell-the-truth@savenet.de« ein. Anschließend gab er in ein zweites Kästchen namens »Sicherheitsabfrage« eine Zahlen- und Buchstabenkombination ein, die merkwürdig verzerrt über dem Eingabefeld stand. »Auf diese Weise stellt der Provider sicher, dass die Anfrage von einer realen Person kommt, weil man diese Kombination nur manuell eintippen kann«, erklärte Elias. Ich hatte immer noch keine Ahnung, was er mit all dem bezweckte, aber ich nickte vorsichtshalber nur stumm. In diesem Moment ging ein weiteres Fenster auf und ich las: *Geben Sie Ihr persönliches Passwort ein.*

»Mist«, sagte Elias. »Ich hatte gehofft, hier würden die ersten beiden Buchstaben des richtigen Namens von ›tell-the-truth‹ und sein Mail-Anbieter auftauchen.«

Ich schüttelte den Kopf. »Bei meinem Account musste ich mir auch ein Wort ausdenken, das dann mein persönlicher Geheimcode ist. Name des Haustiers oder so …«

Elias zuckte die Schultern. »Na ja, man muss beim Einrichten eines Mailaccounts doch immer eine zweite Adresse zur Sicherheit angeben, falls man sein Passwort vergessen hat. Bei manchen Providern taucht die an dieser Stelle schon verschlüsselt auf. In diesem Fall hätten wir anhand der Anfangsbuchstaben vielleicht eine Chance gehabt, Rückschlüsse auf eine Person zu ziehen.«

Er wollte schon die Seite schließen, als ich die Sicherheitsfrage las.

»Warte!«, rief ich und starrte auf den Bildschirm. Mein Herz begann schneller zu klopfen. Die Frage für den Account von tell-the-truth lautete: *Wie lautet der Name Ihres Erdbeerzwillings?*

»Bei diesen persönlichen Freischalt-Codes haben wir keine Chance«, hörte ich Elias sagen. Doch seine Worte drangen kaum noch an meine Ohren. Mein Kopf begann zu dröhnen, als stecke er in einer gewaltigen Bronzeglocke, auf die soeben jemand mit einem großen Klöppel schlug. Meine Finger waren eiskalt, trotzdem gelang es mir, fünf Buchstaben in das Feld einzutippen. N-E-L-L-Y. Wie in Trance drückte ich auf »Senden«.

»Was …«, fing Elias an, aber ich schüttelte nur stumm den Kopf. Sprechen war in diesem Augenblick unmöglich. Erst musste ich Gewissheit haben. Die Sekunden zogen sich zäh wie Kaugummi. Keiner von uns sagte ein Wort. Das Atemholen fiel mir schwer, denn ein Zentnergewicht schien auf meiner Brust zu lasten. Ich wollte immer noch nicht glauben, was ich eigentlich schon wusste. Da ertönte ein leises »Ping«, und auf der Website erschien der Schriftzug:

»Ihr neues Passwort wurde an folgende Kontakt-Adresse gesendet …«

Ich sah die Mailadresse, und mir wurde schwindlig. Ich hatte die Gewissheit, von der ich bis zuletzt gehofft hatte, ich würde sie nicht bekommen. Auf einmal spürte ich Elias' warme Hand auf meinen klammen Fingern. Ich blickte hoch und sah in seine grauen Wolkenaugen. »Du hast gewusst, wie die richtige Antwort auf die Sicherheitsfrage lautet«, sagte er leise. »Also weißt du auch, wer ›tell-the-truth‹ ist.«

Ich nickte und drehte das Laptop so, dass er die Mailadresse sehen konnte. Es dauerte nur eine Sekunde, dann breitete sich der Schock der Erkenntnis auf Elias' Gesicht aus. Er sah mich an, eine stumme Frage in den Augen. Ich nickte. Die Mailadresse gehörte der Person, die ich bisher geglaubt hatte, genauso gut zu kennen wie mich selbst. Ich hatte mich getäuscht. Die Wahrheit war der Biss in den vergifteten Apfel, der Schneewittchen beinahe tötete. Sie war der schmerzhafte Stich jener Spindel, die Dornröschen besinnungslos zu Boden sinken ließ. Für mich war es das böse Ende eines Märchens, das von ewiger Freundschaft gehandelt hatte.

Ich sah Elias an und sagte nur ein Wort:

»Pina.«

KAPITEL 16

NELLY

»Ja, hallo?«

»Ich bin's.«

»Nelly, hi! Wie geht's dir, bist du wieder in der Datscha?«

»…«

»Nelly?«

»Wie kannst du so etwas fragen? Wie kannst du fragen, ob es mir gut geht, und so tun, als wäre alles okay?«

»Ich … Ich verstehe nicht …?«

»Hast du schon in deinen Mailaccount geguckt und die Mail von *Savenet* gefunden, Pina? Dort hast du doch eine anonyme Mailadresse, nicht war? Die hast du benutzt, um in der Facebook-Gruppe meiner Klasse unter dem Namen ›tell-the-truth‹ die ganzen Gemeinheiten zu posten.«

»Nelly, ich …«, stotterte Pina, aber ich ließ sie nicht zu Wort kommen.

»Vergiss es. Ich habe deinen Mailaccount geknackt. Aber es hat dir nicht gereicht, anonym und vom Schulcomputer aus die ganzen Kommentare zu posten. Deswegen hast du die Gelegenheit genutzt, sogar von meinem eigenen Laptop was abzuschicken. Das war der Tag, als meine Mutter dich in die Wohnung gelassen hat, stimmt's? Ich war nicht da, und du hast meinen Computer für das letzte deiner kranken Postings benutzt. Blöd nur, dass Elias und ich dein mieses Spiel durchschaut haben!«

Ich wartete ab, ob eine Antwort kam, aber am anderen Ende der

Leitung herrschte Schweigen. Trotzdem konnte ich Pinas Anspannung fühlen, sie schien förmlich aus dem Hörer zu mir herüberzukriechen, als stünden unsere Handys unter Strom. Ich zwang mich, ruhig weiterzusprechen, obwohl ich am liebsten laut geschrien hätte. »Du hast nicht nur ein Lösungswort bei *Savenet* hinterlegt, das wir beide kannten – du hast außerdem vergessen, den Browserverlauf auf meinem Computer zu löschen, Pina. Die Facebook-Seite ist dort aufgeführt – und zwar zu dem Zeitpunkt, als meine Mutter dich in die Wohnung gelassen hatte. Da war ich aber noch auf dem Weg von eurer Datscha nach Hause!«

Ich hörte, wie Pina am anderen Ende scharf die Luft einzog. Ich kannte meine Freundin gut genug, um zu spüren, dass sie nicht deswegen so reagierte, weil ich sie unschuldig verdächtigte. Sondern weil ich sie ertappt hatte. Und in dieser Sekunde traf mich die Erkenntnis wie ein Keulenschlag: Sie steckte tatsächlich hinter all den schrecklichen Dingen, die mir widerfahren waren: dem kaputten Fahrrad, der zerschnittenen Jacke und den hinterhältigen Facebook-Kommentaren, die mich in meiner Klasse endgültig ins Abseits befördert hatten.

Der Schock über diese Erkenntnis drückte mir die Luft aus dem Brustkorb und ich stürzte in ein schwarzes Vakuum wie in einen tiefen Brunnen, aus dem es kein Entkommen gab. Trotzdem bäumte sich alles in mir dagegen auf. »Los, sag was!«, forderte ich Pina mit überkippender Stimme auf. »Sag mir, dass das nicht stimmt! Ich will es von dir hören! Dass ich mich täusche. Dass du es nicht warst!«

Doch ich hörte nur ihre Atemzüge, dann wurde abrupt aufgelegt. Ich rief nach Elias, der sich taktvoll in den Flur verzogen hatte und nun wieder in mein Zimmer kam. Ich wollte etwas sagen, aber für Pinas Verrat gab es keine Sprache, kein einziges Wort. Also nickte ich nur stumm. Er kam zu mir, und ich warf mich in seine Arme, damit er mich festhielt und mich davor bewahrte, mir an den Scherben der soeben zerbrochenen Freundschaft mein Herz zu zerschneiden.

Auch an diesem Tag ging ich nicht zur Schule. Genauso wenig wie Elias. Wortlos und geduldig hielt er mich im Arm, bis ich keine Tränen mehr hatte.

»Warum hat sie das gemacht?«, flüsterte ich heiser, als ich endlich wieder Luft holen konnte, ohne gleich in heftiges Schluchzen auszubrechen. »Warum hasst sie mich so?«

»Wo wohnt Pina?«, fragte Elias schließlich.

»Beethovenweg 220A, warum?«

»Ich hätte große Lust, zu deiner Freundin zu gehen und ihr mal richtig die Meinung zu sagen …«, fing er an, doch ich schüttelte den Kopf. »Nein, bitte nicht. Ich möchte einfach nur, dass es vorbei ist.«

Elias zögerte kurz, dann nickte er widerwillig und zog mich enger in seine tröstende Umarmung. Obwohl ich es nicht wollte, drängten sich fast gewaltsam die Bilder von Pina und unserer gemeinsamen Zeit in meinen Kopf. Ich sah uns auf der Feier am See *Hund, Schlange, Stock* spielen. Dann Pina im Erdbeerbeet, wie sie mir einen ihrer Ohrringe in die Hand drückt. Und ich hörte sie »Spring, Nelly, es ist wie Fliegen!« rufen, ehe ich mich nachts im Freibad kreischend vom Fünfmeterturm stürzte.

»Vielleicht war sie eifersüchtig auf dich?«, mutmaßte Elias. Ich schüttelte den Kopf. »Worauf denn – sie ist viel hübscher als ich, hat teurere Klamotten, jeder will mit ihr befreundet sein …«, zählte ich auf.

»Trotzdem«, beharrte er. »Irgendeinen Grund muss sie haben. Erinnere dich bloß mal daran, wie sie behauptet hat, sie würde mich aus dem Volleyballtraining kennen. Dabei habe ich sie dort nie zu Gesicht bekommen!«

Bei der Erinnerung daran, wie sehr es mich getroffen hatte, als Pina behauptete, Elias wäre einmal hinter ihr her gewesen, kniff ich die Augen zusammen. Wie ungerecht die Wut gewesen war, die damals gegen ihn in mir hochgekommen war! Am liebsten hätte ich alles ungeschehen gemacht, ausgeblendet – auch die schlimmen

Dinge, die ich wegen Pina zu Jule gesagt hatte. Als ich daran zurückdachte, wie ich Jule auf dem Schulhof angegangen war, fühlte ich meine Wangen vor Scham heiß werden. Niedergeschmettert vergrub ich den Kopf an Elias' Schulter.

»Jule wird mich für immer hassen. Am besten, ich wechsle die Schule. Kann man bei euch in der Waldorf auch kurz vor den Sommerferien noch einsteigen?«

Ich hörte Elias leise lachen. »Ich glaube, das ist nicht nötig. Jule ist in Ordnung. Und du wirst es nicht glauben, sie mag dich wirklich. Sie hat nicht vergessen, dass du die Erste warst, die sich um sie gekümmert und sie ins Kino mitgenommen hat, als sie neu in die Klasse kam. Auch wenn sie total geschockt war, dass du so schlecht von ihr denkst.«

Ich riss den Kopf hoch und sah Elias an. »Woher weißt du das denn nun wieder?«, fragte ich, und der alte, nagende Argwohn schlich sich in mein Herz.

»Süße, jetzt fang nicht schon wieder an. Ich habe nichts mit Jule und so wird das auch bleiben. Eigentlich sollte ich es niemandem erzählen, aber … Ihr Vater arbeitet in der Firma von meinem Dad. Er hat seinen Job in London verloren, warum, weiß ich nicht. Wahrscheinlich irgendwelche Sparmaßnahmen im Unternehmen. Mein Vater suchte zu diesem Zeitpunkt einen Ingenieur, und Herr Willmann hat sich beworben. Ich bin Jule in der Firma zufällig über den Weg gelaufen. Am Tag, nachdem du aus der Schule weggerannt bist. Sie hatte ihrem Vater nachmittags seinen Schlüssel vorbeigebracht. Wir haben ein bisschen geredet. Es tat ihr im Nachhinein wahnsinnig leid, weil sie den anderen erzählt hat, dass sie dich in der Nähe des Computerraums gesehen hatte. Ihr war nicht bewusst, was sie mit dieser harmlosen Bemerkung auslösen würde. Umso mehr hat ihr dein Verdacht zu schaffen gemacht.«

Ich blickte ihn etwas misstrauisch an, denn die Geschichte klang fast zu schön, um wahr zu sein. Doch Elias erwiderte meinen Blick ruhig und sicher und ich las in seinen grauen Augen, dass er die Wahrheit sagte. Pinas Gift hatte aufgehört zu wirken.

»Vielleicht war Pina auf Jule eifersüchtig«, sagte Elias unvermittelt. »Weil du dich um sie gekümmert hast.«

Dieser Gedanke erschien mir absurd und ich schüttelte den Kopf. Pina musste doch gewusst haben, dass niemand sie ersetzen konnte. Selbst jetzt erwischte ich mich dabei, dass ich immer noch über sie und unsere Freundschaft in der Gegenwartsform dachte. So, als wäre ihr Vertrauensbruch nur ein böser Traum gewesen und die Wahrheit wäre eine Lüge. In einer Ecke meines Herzens sehnte ich mich schon jetzt nach meiner besten Freundin zurück.

»Meinst du, ich soll Pina noch mal anrufen?«, wollte ich zögernd von Elias wissen. »Ich meine, vielleicht war sie es ja doch nicht und hat nur aufgelegt, weil ich sie ungerecht verdächtigt …«

»Nelly«, fiel mir Elias ins Wort. »Du weißt selbst am besten, was du von ihrer Reaktion zu halten hast. Wen außer deiner besten Freundin würde deine Mutter alleine in der Wohnung lassen? Und wer außer Pina wäre an dein Laptop gekommen?«

Niemand, dachte ich. In beiden Fällen: niemand.

Gleichzeitig wünschte ich mir, es wäre anders. Ich hätte alles darum gegeben, wenn »tell-the-truth« ein anderer als Pina gewesen wäre, ein Unbekannter, der in unsere Wohnung eingebrochen wäre und mein Laptop gestohlen hätte, von dem aus er die Schmähbotschaften ins Internet stellte. Denn dann hätte ich mich nicht wie jemand gefühlt, den man gerade in der Mitte durchgerissen hatte.

Ich trauerte ja nicht nur um eine Freundschaft, sondern auch um Pina. Für mich war es, als wäre sie gestorben. Und in gewisser Weise war sie das auch, denn das Mädchen, von dem ich geglaubt hatte, dass es meine allerbeste Freundin wäre, entpuppte sich als meine schlimmste Feindin. Mit dieser Erkenntnis starb auch etwas in mir. Unter größter Anstrengung hob ich beide Hände, löste Pinas

Erdbeer-Schmuck aus meinem linken Ohr und legte ihn in meine unterste Schreibtischschublade.

Elias schien zu wissen, was in mir vorging, denn er fasste mich sanft, aber energisch an beiden Schultern, sodass ich ihm ins Gesicht blicken musste.

»Nelly, wenn Pina wirklich deine Freundin gewesen wäre, dann hätte sie so etwas nicht gemacht! Sie hätte nicht versucht, dich zu zerstören! Selbst wenn es aus Angst war, dich zu verlieren, oder weil sie dich ganz für sich haben wollte. Aber sie hätte es beinahe geschafft, dein Leben kaputt zu machen. Nicht nur, was deine Klasse angeht, sie war auch dabei, unsere Beziehung zu zerstören!«

Ich schluckte. »Haben wir denn noch eine Beziehung? Ich meine, so wie ich dich angegangen bin und ... wegen der SMS, die ich dir geschickt habe ...«

»Welche SMS? Mein Handy war zwei Tage kaputt, und ich konnte keine Nachrichten empfangen«, sagte Elias, aber in seinen Augen blitzte der Schalk, und endlich konnte ich auch wieder ein bisschen lächeln.

»Ach, vergiss es, ich habe dir nur geschrieben, wie sehr ich dich vermisse«, behauptete ich.

»Ich hab dich auch vermisst«, murmelte er und zog mich erneut an sich. Diesmal war seine Umarmung nicht nur tröstend, es lag etwas Zärtliches und gleichzeitig Ungestümes darin. Impulsiv schmiegte ich mich noch enger an ihn. Wir küssten uns, und auch dieser Kuss war anders als alle anderen zuvor. Ein neues, unbekanntes Gefühl überkam mich, und obwohl mir dieses Neue, Unbekannte gleichzeitig ein wenig Angst machte, ließ ich mich doch hineinfallen wie ein Schwimmer in die hohe Welle, die ihn davonträgt, hinaus ins Meer und weiter bis zum Horizont ...

Elias' Küsse wurden heftiger und drängender, und eng umschlungen ließen wir uns auf mein Bett fallen. Mir wurde abwechselnd heiß und kalt, und trotzdem wollte ich nicht, dass es aufhörte. Meine

Hände glitten unter Elias' T-Shirt, ich spürte seine weiche Haut und darunter die festen Bauchmuskeln, ehe ich über seine Rippen strich. Er schloss die Augen und ließ es zu, dass ich mit den Fingerspitzen jeden Zentimeter seines Rückens erkundete wie Wege auf einer mir bisher unbekannten Landkarte. Ich lernte die weiche Kuhle seines Nackens knapp vor dem Haaransatz kennen und die Linie seines Rückgrates, die ich bis zum Bund seiner Jeans entlangfuhr und wieder zurück. Die runde Kugel seiner Schulter passte genau in meine Handfläche und ich fühlte die Bewegung seiner Arme, als er sich aufstützte, sodass sein Gesicht nur noch Zentimeter von meinem entfernt war. Wir küssten uns erneut und ich hörte auf, über Pina und das schlimme Ende unserer Freundschaft nachzugrübeln, bis ich ganz aufhörte zu denken und mich voll und ganz Elias' Zärtlichkeit überließ. Wir schwebten beide auf derselben Wolke ins endlose Blau des Himmels hinein, immer weiter, ehe ich von einem Sturm erfasst wurde, der mich immer schneller herumwirbelte, so schnell, bis ich sogar das Atmen vergaß.

Ich schlug die Augen auf, weil Elias mir zärtlich eine verschwitzte Locke aus der Stirn strich. »Ich glaube, wir sollten uns langsam mal anziehen, bevor deine Eltern nach Hause kommen«, flüsterte er.

»Mein Vater ist in Dubai«, murmelte ich, »und meine Mutter kommt nicht vor eins heim.«

Elias klaubte seine Armbanduhr vom Boden auf. »Prima, dann haben wir ja noch zehn Minuten.«

»Was?!«, schrie ich erschrocken auf und wälzte mich so hastig herum, dass ich beinahe aus dem Bett fiel. Elias lachte, aber dann sprang auch er auf, und rasch schlüpften wir in unsere verstreuten Klamotten.

»Ich sollte besser gehen, ehe deine Mutter kommt. Mütter haben eine unsichtbare Antenne, und sie könnte was merken«, sagte Elias. Ich nickte, obwohl ich ihn am liebsten nicht mehr losgelassen hätte.

Der Gedanke, nach der zu Bruch gegangenen Freundschaft mit Pina auch nur eine Minute ohne ihn zu sein, schmerzte wie eine frische Schnittwunde. Er nahm mein Gesicht in beide Hände und küsste mich. »Ich gehe dir nicht verloren, Nelly. Wir sehen uns heute Abend, ja?« Ich nickte glücklich.

»Soll ich dir was sagen? Ich bin wahnsinnig in dich verliebt«, flüsterte Elias, und dann war er auch schon schattengleich aus meinem Zimmer gehuscht. Kurz darauf hörte ich die Wohnungstür zuschlagen. Schnell rannte ich ans Fenster, von wo aus ich unsere Straße sehen konnte.

Tatsächlich erschien er unten auf dem Gehweg und schlug den Weg zur Kreuzung ein. Doch nach drei Schritten blieb er stehen und drehte den Kopf nach oben, dorthin, wo ich stand. Ich lächelte, und er hob seine Hand zum Mund und warf mir einen Luftkuss zu, ehe er um die Ecke bog und verschwand.

Schwindlig vor Glück blieb ich noch einen Augenblick stehen und sah hinaus, wo ein Schimmer von Elias immer noch in der Luft zu hängen schien. Dann fiel mir ein, dass es vielleicht keine schlechte Idee war, vor dem Mittagessen mit meiner Mutter noch zu duschen. Als ich mit nassen Haaren aus der Wanne kletterte und mein Bild im beschlagenen Spiegel sah, hatte ich das erste Mal kein Bedürfnis mehr, mich oder meinen Körper mit Pina zu vergleichen. Ich war Nelly und ich hatte mich entschieden: für mich – und für Elias.

Brief an mich

Du hast einen Fehler gemacht. Wie unglaublich dumm von dir. Dieser Fehler kann gefährlich sein, sehr gefährlich. Aber nicht für dich …

KAPITEL 17

NELLY

Nervös saß ich im Café und rührte in der Eisschokolade, die vor mir stand, doch ausnahmsweise hatte ich keinen Appetit. Ich wartete auf Jule. Noch gestern Abend hatte ich ihr eine Mail geschickt, in der ich ihr alles erklärt und sie gebeten hatte, sich mit mir zu treffen. Sie hatte nicht geantwortet, trotzdem war ich pünktlich erschienen und hoffte, sie würde auftauchen. Inzwischen war das Vanilleeis im Glas geschmolzen und vermischte sich mit der Sahne zu einem weißgelben Brei, der Schlieren durch den dunklen Kakao zog. Von Jule keine Spur. Vielleicht sollte ich lieber gehen. Gerade wollte ich aufstehen, da sah ich sie durch die Cafétür kommen, wie immer etwas außer Atem. Ihre Brille blitzte, als sie sich umsah und mich entdeckte. Zögernd kam sie näher.

»Hallo«, sagte ich leise.

»Hi«, antwortete Jule einsilbig.

Dann entstand ein unbehagliches Schweigen. »Danke, dass du gekommen bist. Willst du dich nicht kurz setzen?«

Sie nickte und ließ sich etwas mühsam auf dem Stuhl nieder. Erst jetzt bemerkte ich, dass sie ihr rechtes Bein schonte, und ich erinnerte mich, was Elias mir von ihrem Fahrradunfall erzählt hatte.

»Hast du noch Schmerzen?«, wollte ich wissen.

»Die Schürfwunde am Knie ist ziemlich tief und tut noch weh, und mein Ellenbogen ist geprellt. Aber sonst ist alles noch dran«, sagte Jule hastig. Sie schien genauso aufgeregt zu sein wie ich. Ich holte tief Luft.

»Hör mal, Jule, es tut mir leid. Ehrlich. Das, was ich zu dir gesagt habe, war unterirdisch, und ich weiß nicht, wie ich das wiedergutmachen soll. Aber ich dachte wirklich, du …«

»Ach, ist schon gut. Ich war nur ziemlich geschockt, dass du tatsächlich gedacht hast, dass ich das mit deiner Jacke und den fiesen Internet-Posts war.«

»Ich wusste nicht mehr, was ich denken sollte!«, rechtfertigte ich mich. »Du bist neu in meine Klasse gekommen, und kurz darauf fingen all diese schlimmen Sachen an. Da habe ich eben gedacht …«

»… dass nur ich das sein kann«, beendete Jule trocken meinen Satz.

»Die roten Booties«, sagte ich unvermittelt, und Jule hob den Kopf und sah mich verwundert an. »Als du damit in die Schule gekommen bist, dachte ich, du wolltest mir damit beweisen, dass *du* alles bekommen kannst, was *ich* haben will.«

Jule schluckte und sah plötzlich klein und traurig aus. »Die Schuhe hat mir meine Mutter zu meinem Geburtstag gekauft«, murmelte sie leise. »Mein Vater hat endlich wieder einen Job gefunden, und meine Eltern waren darüber so glücklich, dass sie mir was besonders Tolles schenken wollten. Als Entschädigung für den Wegzug aus London.«

Ich biss mir auf die Lippen und schämte mich wie selten zuvor. »Das wusste ich nicht«, flüsterte ich.

Ein unbehagliches Schweigen begann sich wie eine gläserne Wand zwischen uns aufzubauen. Nicht mehr lange, und keine von uns würde sie mehr überwinden können.

»Irgendwie kann ich dich sogar verstehen«, sagte Jule schließlich zögernd. »Ich hätte ja auch nicht gedacht, dass ausgerechnet deine beste Freundin hinter all dem steckt.«

Bei der Erwähnung Pinas schossen mir unfreiwillig die Tränen in die Augen.

»Tut mir leid für dich«, meinte Jule mitfühlend.

Konnte sie wirklich erahnen, wie sehr mich Pinas Verrat immer noch quälte? Vielleicht. Jule hatte Pina ja auch toll gefunden, damals im Kino und in der Schule. Weil mir jedoch schon beim Gedanken an meine ehemals beste Freundin ein schmerzhaft-heißer Klumpen die Kehle verstopfte, schluckte ich nur und nickte stumm. »Mir tut's auch leid und vielleicht bist du mir ja irgendwann nicht mehr böse.«

Jule grinste schief. »Gib mir Zeit bis nach den Ferien, okay?«, sagte sie und wandte sich zum Gehen.

»Klar«, murmelte ich und sah ihr nach.

An die Schulferien hatte ich gar nicht mehr gedacht. Warum auch? In zwei Wochen musste ich wieder zur Schule gehen und mich dann auch meinen Mitschülern stellen. Und ich würde ab sofort den Weg ohne Pina fahren müssen. Was ich wohl tun würde, wenn wir uns zufällig auf dem Schulhof oder in der Mensa begegneten? Hallo sagen oder einfach wegsehen? Im Moment konnte ich mir nicht einmal vorstellen, dass ich in der Lage wäre, bei ihrem Anblick ein unbeteiligtes Gesicht aufzusetzen. Wut und Schmerz lieferten sich in meinem Inneren ein Duell. Ich griff nach meinem Handy und wählte Pinas Nummer. Sofort wurde ich weggedrückt. »Oh nein, Pina, so läuft das nicht«, murmelte ich zornig und drückte auf Wahlwiederholung. Ich wollte sie so lange nach dem Warum fragen, bis ich von ihr eine Antwort bekam. Wieder und wieder drückte ich die Wähltaste, vergeblich. Sie hatte ihr Handy ausgeschaltet. Schließlich gab ich es auf und zahlte. Es war sinnlos, von Pina etwas haben zu wollen, was sie nicht zu geben bereit war. Doch als ich meine Fahrradkette aufschloss, piepste mein Smartphone, und ich sah das Symbol eines blinkenden Briefumschlags. Es handelte sich um eine MMS-Datei. Mit zitternden Fingern klickte ich auf »Öffnen«. Ich brauchte ein paar Sekunden, um zu begreifen, was meine Augen längst sahen: Pinas Arm in Nahaufnahme. Ihre zarte Haut knapp oberhalb ihres Handgelenks, über die ein senkrechter, dunkelroter Strich verlief. Erschrocken hielt ich den Atem an, als ich am Rand der Aufnahme etwas langes, Silbriges blitzen sah. Es war eine aufgeklappte Schere. Reflexartig drückte ich auf »Nachricht löschen«, und das Bild von Pinas weißer Haut, aus der scharlachrotes Blut quoll, verschwand.

»Krass! Deine Freundin ist echt ziemlich durchgeknallt, oder?«

Ich biss mir auf die Lippen. Ich saß eng an Elias geschmiegt auf einer Decke am Seeufer und hatte ihm soeben von der beunruhigenden Botschaft erzählt, die ich von Pina bekommen hatte.

»Ich weiß nicht. Ich glaube, es war ein Hilferuf. Vielleicht ist Pina ja wirklich verzweifelt?«

»Klar. So verzweifelt, dass sie in deinem Namen fiese Mobbing-Mails schreibt, bis dich die ganze Klasse hasst«, sagte Elias trocken.

Ich wickelte mich enger in meine Jeansjacke und ließ den Kopf hängen. Er hatte ja recht. Und in diesem Augenblick kam mir ein beängstigender Gedanke: Wenn Pina hinter den fiesen Postings steckte, hatte sie dann auch meine Jacke zerschnitten? Und was war mit Billes Skateboard und Jules Fahrrad? Gleichzeitig wusste ich, dass ich darauf wohl nie eine Antwort bekommen würde – schon gar nicht von Pina. Eine zarte Berührung holte mich aus meiner finsteren Grübelei. Elias strich mir mit beiden Händen über die Haare, bis hinunter zu meinem Hals. Er fuhr die Linie meiner Schultern nach und streichelte mit sanftem, aber doch festem Druck über meine Arme, ehe er seine Finger fest mit meinen verschränkte. Langsam wich die Verkrampfung aus meinem Körper, und Elias' Zärtlichkeit vertrieb die düstere Schwere, die mich beim Gedanken an Pina den ganzen Nachmittag wie ein erstickender Mantel umgeben hatte. Das Glück, mit ihm zusammen zu sein, *richtig* zusammen, vertrieb die Schwärze von Pinas Verrat.

»Was du brauchst, ist ein bisschen Spaß«, bestimmte er. »Heute ist ein kostenloser Salsakurs am *Citybeach* – und genau da gehen wir jetzt hin!«

»Salsa? Ich? Das ist keine gute Idee«, versuchte ich zu protestieren, aber Elias kannte kein Erbarmen.

Zwei Stunden später lag ich lachend und völlig außer Atem im warmen Sand, während Elias mir anklagend jeden Zeh einzeln aufzählte, auf den ich ihm während des Tanzens gestiegen war. »Zur Strafe musst du dich von mir jetzt auf eine eiskalte Caipirinha einladen lassen«, bestimmte er energisch und rappelte sich auf.

»Für mich bitte ohne Alkohol, sonst falle ich bei der Hitze sofort in den Fluss«, bat ich und er ging nickend zur Bar, wobei er schmerzlich das Gesicht verzog und übertrieben humpelte, sodass ich erneut zu kichern begann. Bis vor Kurzem hatte ich noch geglaubt, die Nacht im Freibad mit Pina wäre einer der besten Augenblicke in meinem Leben gewesen. Jetzt wusste ich es besser. Die beste Zeit, das war der Rhythmus des Salsa an einem Sommerabend und ein Junge mit dunklen Locken und himmelgrauen Augen, der mit mir unter den Sternen tanzte.

»Du bist eine halbe Stunde zu spät!« Meine Mutter stand im Bademantel im Flur und musterte mich vorwurfsvoll. »Zehn Uhr war ausgemacht. Du bist erst fünfzehn, mein Fräulein!«

»Ja, sorry. Ich war mit Elias am *Citybeach,* und wir haben die Zeit vergessen«, murmelte ich und wollte mich in mein Zimmer verdrücken. Leider vereitelte Schröder meinen Fluchtversuch. Vor Freude winselnd tanzte er um mich herum, sodass ich keinen Schritt tun konnte, ohne ihm auf die Pfoten zu treten.

»Tut mir leid, Ma, kommt nicht wieder vor. Aber ich habe Ferien und …«

»Schon gut. Genieß deine Jugend, sie ist sowieso schneller vorbei, als du dir vorstellen kannst«, sagte meine Mutter müde und ging an mir vorbei ins Bad. Verwundert blickte ich ihr nach. Auch Schröder hatte den Kopf gedreht, und sein Gesichtsausdruck schien meinen zu spiegeln.

»Wahrscheinlich hat sie den Blues, weil Papa noch in Dubai ist«, erklärte ich meinem Hund, und Schröder wedelte zustimmend mit dem Schwanz.

»Doofer Köter«, sagte ich zärtlich und kraulte ihn hinter den Ohren, ehe ich die Tür zu meinem Zimmer öffnete.

Ich sah das Paket sofort. Es lag auf meinem Schreibtisch und war in schmuckloses, braunes Papier gewickelt. Auf der Vorderseite stand in Druckbuchstaben mein Name. Ich drehte es um, doch auch auf der Rückseite fand ich keinen Hinweis, wer der Absender sein könnte. War es etwa von meiner Mutter, die sich eine Überraschung für mich ausgedacht hatte? Oder mein Vater war doch schon von seiner Dienstreise zurückgekommen und hatte mir ein Geschenk mitgebracht.

Neugierig begann ich, die schmalen Klebestreifen zu lösen und den Inhalt aus dem festen Papier zu schälen. Zum Vorschein kam ein schmales, gebundenes Buch – Pinas und mein Freundschaftsalbum. Sie musste es vorhin vorbeigebracht haben, als ich mit Elias beim Salsatanzen gewesen war.

Ich blickte darauf und empfand ein heftiges Bedauern. Schlagartig wurde mir klar, dass der Schmerz über die verlorene Freundschaft die ganze Zeit da gewesen war, verborgen wie eine Spinne im Netz und auf schwache Beute lauernd. Es würde noch sehr lange Zeit diese Momente geben, in denen ich verwundbar wäre und mich die Trauer überfallen würde. Sei es, wenn ich einen von Pinas heißgeliebten Oldies hören oder sie von fern auf dem Schulhof sehen würde.

Am liebsten hätte ich das Album überhaupt nicht mehr angefasst, in Sichtweite wollte ich es allerdings auch nicht haben. Also packte ich das Buch mit spitzen Fingern, um es genau wie den Erdbeer-Ohrring zuunterst in meinem Schreibtisch zu vergraben, aber es rutschte mir aus der Hand und blieb aufgeschlagen auf dem Teppich liegen. Ich bückte mich und hatte bereits die Hand danach ausgestreckt, da blieb mein Blick an der aufgeschlagenen Seite mit unseren eingeklebten Fotos hängen. Mein Atem verfing sich in meiner Brust und meine Fingerspitzen fühlten sich schlagartig taub an, als hätte ich sie in eiskaltes Wasser getaucht. Auf dem Bild, das im Garten der Datscha aufgenommen und von Pina mit »die Erdbeer-Zwillinge« beschriftet worden war, sah man zwei Mädchen dicht nebeneinander stehen. Doch bei einem der beiden war nur noch der Torso zu erkennen. Meine Hände begannen zu zittern, und ich war kaum in der Lage, die Seiten umzublättern. Dennoch zwang ich mich dazu. Ich wollte Gewissheit haben – und tatsächlich: Auf allen Fotos fehlte das Gesicht des einen Mädchens. Mein Gesicht. Pina hatte es säuberlich mit einem Tapetenmesser ausgeschnitten.

»Sag mal, wann war Pina eigentlich heute hier?«

Ich musste mich zwingen, meiner Stimme einen unbeschwerten Tonfall zu verleihen. Meine Mutter unterbrach ihr Zahnputz-Ritual und sah mich befremdet an.

»Gar nicht. Ich bin erst gegen neun Uhr abends nach Hause gekommen, und seitdem war niemand da. Wie kommst du darauf?«

Ich schluckte an einer Lüge und brachte schließlich nur ein »Ach, ich dachte nur. Ist nicht so wichtig« heraus.

Kopfschüttelnd widmete sich meine Mutter wieder ihrer Zahnpflege, und ich zog mich rasch aus dem Badezimmer zurück. Draußen lehnte ich mich kraftlos an die Wand und spürte, wie das Zittern meiner Hände jetzt auf meinen ganzen Körper übergriff.

Pina hatte mir das Album auf den Schreibtisch gelegt. Aber meine Mutter hatte sie nicht hereingelassen. Wie war sie dann in mein Zimmer gekommen? Eine lähmende Angst packte mich an der Kehle und drückte mir die Luft ab. Kurz war ich versucht, meiner Mutter alles zu erzählen, aber in diesem Augenblick kam sie herzhaft gähnend aus dem Badezimmer. Sie strich mir flüchtig über die Haare und verschwand im Schlafzimmer. »Ich falle um vor Müdigkeit. Schlaf gut, mein Schatz«, rief sie über die Schulter. Dann fiel die Zimmertür ins Schloss. Leise schlich ich in die Küche und griff nach dem größten Messer, das ich finden konnte. Erst dann ging ich zurück in mein Zimmer. Aber an Schlafen war nicht zu denken: Ich setzte mich aufrecht hin und knipste mein Nachttischlämpchen an. Das Messer hielt ich in der Hand und die Klinge glänzte silbrig im fahlen Lichthof der Lampe. Ich durfte unter keinen Umständen die Kontrolle verlieren und einschlafen.

Pina war mein schlimmster Albtraum geworden.

KAPITEL 18

NELLY

Ich erwachte von einem brennenden Schmerz, gleichzeitig spürte ich eine kitzelnde Berührung auf meinem Arm. Verwirrt schlug ich die Augen auf. Das Erste, was ich sah, war warmes, klebriges Blut, das meinen Arm hinunterlief. Pina!, dachte ich und sprang so heftig aus dem Bett, dass ich beinahe meinen Nachttisch mit der immer noch brennenden Lampe umgestoßen hätte. Klappernd fiel das große Küchenmesser auf den Boden. Ich griff danach und stand geduckt da, bereit, mich gegen einen erneuten Angriff von ihr zu wehren. Doch niemand außer mir war im Zimmer. Es dauerte eine Weile, bis ich begriff, dass ich offenbar eingeschlafen war und mit meinem Arm an die Schneide der Klinge gekommen sein musste.

Hastig kramte ich in meinem Nachttisch nach einem frischen Taschentuch und tupfte das Blut ab. Zum Glück war der Schnitt nur klein und nicht tief. Ich wickelte ein zweites Tuch um die Wunde, und weil ich kein Pflaster zur Hand hatte, musste ein Streifen Klebeband zur Befestigung herhalten. Dann zog ich mir ein dunkles Longsleeve an, um den provisorischen Verband um meinen Unterarm zu verbergen. Meine Mutter würde garantiert ausflippen, wenn sie erfuhr, warum ich eins ihrer Küchenmesser mit ins Bett genommen hatte. Beim Blick auf die Leuchtziffern der Uhr stellte ich fest, dass es fünf Uhr morgens war. Ich hatte kaum vier Stunden geschlafen. Mein Kopf fühlte sich schwer und fiebrig an, und ich war so zerschlagen, als wäre ich gestern stundenlang durch die Straßenschluchten unserer Stadt gerannt. Obwohl unsere Wohnung im ersten Stock lag, hatte ich mich nicht getraut, nachts das Fenster offen zu lassen. Jetzt kam mir die Luft in meinem Zimmer schal und abgestanden vor, und selbst das Atmen fiel mir schwer. Ich öffnete das Fenster und ließ die fahle Morgendämmerung herein. Der Himmel war so grau wie Elias' Augen. Beim Gedanken an ihn ging es mir etwas besser. Am Horizont erschien langsam ein erster aprikosenfarbener Streifen der Morgenröte, und ich verspürte Erleichterung. Bei Tageslicht erschien mir Pinas Schatten nicht mehr so bedrohlich wie in der Dunkelheit. Ich wollte mich gerade vom Fenster abwenden, da glaubte ich aus dem Augenwinkel eine Bewegung unten im Vorgarten wahrzunehmen. Ich ging näher ans Fenster und starrte angestrengt hinunter. War das die Silhouette eines Menschen, die sich hinter der Hecke abzeichnete, oder warf der Baum im Nachbargarten nur einen Schatten? Aber seit wann trugen Bäume Kapuzenpullis?

In diesem Augenblick hob die Gestalt den Arm und winkte mir zu. Ein Gefühl der Erleichterung durchströmte mich. Es war Elias, der offenbar ebenso früh wach geworden war und genau wie damals, als er mich zur Schule gebracht hatte, bei mir vorbeigekommen war.

»Warte unten, ich komme!«, rief ich unterdrückt und schlüpfte rasch in eine alte Jeans und meine Flipflops. Im Flur griff ich nach Schröders Leine und befreite meinen Hund aus der Küche, in der er nachts schlief. Ich konnte ihn ebenso gut eine Morgenrunde um den Block führen, während ich mit Elias redete.

Mit dem freudig wedelnden Schröder kam ich wenig später bei der Hecke an, wo ich Elias erspäht hatte. Doch er war nicht zu sehen. »Elias?«, fragte ich halblaut und ging ein paar Schritte an dem üppig grünen Gestrüpp entlang, das den Gehweg vor unserem Haus säumte. Doch von ihm keine Spur. Schröder schnüffelte sich durch seine eigene Welt, während ich weiter Ausschau hielt.

»Komm schon, ich finde das nicht lustig«, rief ich schließlich leicht genervt. Wenn Elias mit mir Verstecken spielen wollte, hatte er sich den denkbar schlechtesten Zeitpunkt ausgesucht. Ich zog Schröder ungeduldig weiter und steuerte die Biegung an, dort, wo die Hecke endete und die Nachbarhäuser begannen. Ich erwartete, einen grinsenden Elias zu sehen, der mich nur hatte foppen wollen, als ich um die Ecke bog. Die grellrote Farbe der Buchstaben sprang mir förmlich ins Gesicht, und ich blieb so abrupt stehen, dass der ahnungslose Schröder mit einem unsanften Ruck am Halsband in seinem Lauf gebremst wurde und kurz protestierend kläffte. Quer über den Gehweg stand in großen Blockbuchstaben:

DU WIRST MICH NICHT LOS

Minutenlang stand ich zu einer bewegungslosen Skulptur erstarrt vor der Schrift und die Buchstaben schienen sich in meine Netzhaut einzubrennen. Mir war sofort klar, dass Pina diese Botschaft hinterlassen hatte und an wen sie gerichtet war: an mich. Heiße Wut brodelte in mir hoch, und ich befreite mich mit einem zornigen Schrei von der Bewegungslosigkeit des Schocks. Schröder kam mit eingeklemmter Rute zu mir geschlichen.

»Keine Angst, keiner tut dir was«, murmelte ich und streichelte ihm beruhigend über seinen struppigen Kopf. »Und mir auch nicht«, fügte ich hinzu und zog das Handy aus meiner Hosentasche. Ich schaltete es an, scrollte zu Pinas Nummer und drückte die Wahltaste. Es tutete mehrmals, aber Pina ging nicht dran. »Verdammt noch mal! So kommst du mir nicht davon, Pina«, murmelte ich, »so nicht!«

Ich legte auf, nur um gleich darauf noch einmal ihre Nummer zu wählen. Wieder tutete es endlos, ohne dass am anderen Ende abgehoben wurde, und ich wusste, meine Versuche, sie zu erreichen, würden erneut ins Leere laufen. Ich wollte gerade die Verbindung beenden, da fiel mir auf, dass die morgendliche Sonntagsstille von einer zarten Melodie unterbrochen wurde. Sie war weit weg, aber doch deutlich zu hören. Die Tonfolge kam mir vage bekannt vor und ich lauschte, doch unvermittelt brach die Melodie ab und nur das verschlafene Zwitschern der ersten Vögel war zu hören. Aus meinem Handy tutete es in rascher Reihenfolge, was bedeutete, dass die Verbindung zu Pinas Handy unterbrochen war. Und plötzlich wusste ich, woher ich die soeben gehörte Tonfolge kannte. Eine Gänsehaut überzog meine Arme, als wäre die Temperatur schlagartig um ein paar Grad gefallen. Obwohl mein Herz vor Angst zu rasen begann, musste ich Gewissheit haben. Ich drückte auf Wahlwiederholung und gleich darauf vernahm ich erneut die Melodie aus der Ferne. Es war der Klingelton von Pinas Handy. Eine namenlose Angst erfasste mich, und ohne nachzudenken drehte ich mich auf dem Absatz um und rannte los, wobei ich Schröder an der Leine heftig mit mir zog. Und obwohl meine Schritte aufs Pflaster hämmerten, glaubte ich, hinter mir ein leises, böses Lachen zu hören.

»Elias ist nicht da. Tut mir leid, Nelly.« Ich hatte Elias' Mutter zwar noch nicht kennengelernt, aber ihre Stimme am Telefon klang sehr freundlich. »Er ist mit meinem Mann in der Firma.«

»Am Sonntag?«, platzte ich nicht sehr höflich heraus.

»Ja, leider. Irgendetwas ist mit den Computern nicht in Ordnung, aber mein Mann muss morgen wieder damit arbeiten. Elias ist der Einzige in unserer Familie mit Technikverständnis. Von wem auch immer er das hat«, scherzte sie.

Mir aber war nicht nach Lachen zumute. Seit halb neun hatte ich versucht, Elias auf dem Handy zu erreichen, aber jedes Mal ging nur die Mailbox ran.

»Kann ich vielleicht in der Firma anrufen?«, sagte ich flehentlich, »es ist nämlich echt dringend!«

»Ich fürchte, da wirst du kein Glück haben. Dort ist die gesamte Anlage zusammengebrochen, mit Router und allem Drum und Dran. Am besten, du probierst es bei Elias auf dem Handy«, riet

Frau Siebold ahnungslos. Ich verdrehte stumm die Augen, bemühte mich aber um ein höfliches Dankeschön, ehe ich auflegte und lautlos fluchte. Warum musste Elias ausgerechnet dann sein Handy ausschalten, wenn ich ihn dringend brauchte?

Am liebsten wäre ich zur Firma seines Vaters gefahren, aber ich traute mich nicht mehr aus dem Haus. Die Angst, Pina könnte immer noch auf mich lauern, um mir etwas Schreckliches anzutun, saß mir in den Knochen. Eigentlich hatte ich gehofft, Elias könnte mir einen Rat geben, was ich tun sollte. Jetzt blieb mir nur noch eines: Ich musste meiner Mutter alles erzählen. Sie war die Einzige, die mir momentan helfen konnte.

Doch als ich an die Schlafzimmertür klopfte, erhielt ich keine Antwort. »Mama?«, rief ich halblaut und drückte die Klinke herunter, nachdem immer noch keine Reaktion kam. Ich entdeckte das halb leere Wasserglas und die schlichte, blauweiße Tablettenpackung, noch ehe mein Blick auf meine Mutter fiel, die tief und regelmäßig atmete. Aus dem silbrigen Blister der Schachtel waren zwei Pillen herausgedrückt worden. Ich seufzte lautlos. Hatte Mama also wieder einmal Schlafmittel genommen. »Ich kann alleine so schlecht schlafen«, sagte sie manchmal. Nun war mein Vater in Dubai, und sie hatte sich mithilfe zweier weißer Tabletten gestern gegen Mitternacht ins Reich der Träume gebeamt. Vor halb elf Uhr vormittags würde sie kaum ansprechbar sein. Ich verließ das Zimmer, wobei ich mir keine Mühe gab, leise zu sein. Meine Mutter würde sowieso nicht aufwachen.

»Scheiße«, murmelte ich zwischen zusammengebissenen Zähnen. Ich beschloss, mich in meinem Zimmer zu verbarrikadieren, bis Elias irgendwann nach Hause käme oder sein Handy anschalten würde. Vorsichtshalber schickte ich ihm schon einmal eine SMS.

Pina hat es auf mich abgesehen. Was soll ich tun?

Doch auch darauf erhielt ich keine Antwort. Also hockte ich mich mit angezogenen Knien in meinen Sessel und versuchte, mich mit einer dieser bunten Zeitschriften abzulenken, die von der neuesten Mode bis hin zum aktuellen Klatsch aus Hollywood alles zu bieten hatten. Aber ich konnte mich nicht konzentrieren. Nach zwei Stunden wich die Angst vor meiner ehemals besten Freundin langsam einem wachsenden Zorn. Ich wollte mich nicht weiterhin vor ihr verstecken müssen wie ein ängstliches Kaninchen vor dem Fuchs! Pina hatte lange genug darüber bestimmt, wann und wie oft wir uns am Tag sahen. Ich würde ihr nun nicht auch noch Macht über meine Nächte geben, die ich voller Angst vor ihr und nur noch mit einem Messer in Reichweite verbrachte. Es war Zeit, klare Verhältnisse zu schaffen. Ich griff nach meinem Smartphone und schickte ihr eine SMS.

in 30 minuten an der datscha

ELIAS

»Deine Freundin hat vorhin angerufen!«

»Nelly?«

»Wie viele Freundinnen hast du denn?«

»Mann, Mama! Sparwitz! Wieso hat sie mich denn nicht auf dem Handy angerufen?«

»Keine Ahnung! Sie meinte nur, es wäre wichtig.«

Kopfschüttelnd tastete Elias nach dem Handy in seiner Hosentasche. Doch als er nachsehen wollte, ob ein Anruf eingegangen war, musste er feststellen, dass es nicht eingeschaltet war. Alle Versuche, es hochzubooten, schlugen fehl.

»Fuck, der Akku ist leer!«

»Kein Grund, ausfallend zu werden, junger Mann. Häng das Ding doch einfach an die Steckdose und ruf deine Freundin zurück. Wahrscheinlich wollte sie mit dir schwimmen gehen, bei dem schönen Wetter!«

Doch das glaubte Elias nicht. Ein mulmiges Gefühl in seinem Magen, das bestimmt nicht vom dünnen Filterkaffee in der Firma seines Vaters kam, sagte ihm, dass Nellys Anruf am frühen Morgen einen anderen Grund gehabt haben musste als ein Date am See. Aber er hielt den Mund und ging schnell in sein Zimmer, um das Handy wieder fit zu bekommen. Sobald es am Akkukabel hing, versuchte er Nelly zu erreichen, aber es tutete nur endlos, ohne dass jemand abhob.

Als er entnervt auflegte, meldete sein Handy den Eingang einer neuen Nachricht. Von Nelly, abgeschickt vor zwei Stunden.

Pina hat es auf mich abgesehen. Was soll ich tun?

Elias' Herzschlag setzte sekundenlang aus. Sofort versuchte er noch einmal, Nelly zu erreichen – wieder vergeblich. Das Freizeichen ertönte Dutzende Male, ehe Elias aufgeben musste. Hastig aktivierte er den Browser, um ihre Festnetznummer zu googeln. Den Namen »Winter« gab es in der Stadt bestimmt vierzig Mal, aber wenigstens wusste er, wo Nelly wohnte. Tatsächlich fand er die gesuchte Adresse und wählte hastig die dazugehörige Telefonnummer. »Dieser Anschluss ist zur Zeit nicht erreichbar. Bitte versuchen Sie es später noch einmal«, hörte er eine roboterhafte Stimme sagen.

Elias spürte, wie ihm der Schweiß ausbrach. Hatte Pina Nelly inzwischen aufgelauert und ihr etwas angetan? Er musste an ihre Erzählung von dem Handyfoto denken, das Pinas zerschnittenen Arm zeigte. Bisher hatte er geglaubt, sie hätte damit Nellys Mitleid erregen wollen. Doch jetzt fragte er sich, ob es nicht vielmehr eine Drohung gewesen war – ein Vorgeschmack darauf, was Pina in der Lage war, Nelly anzutun. Er musste sie finden. Er wollte gerade aus dem Haus, da kam ihm eine Idee. Er kannte nicht nur Nellys Adresse, sondern auch die von Pina. Nelly hatte sie ihm gesagt. Sie lautete »Beethovenweg 220A«, erinnerte sich Elias. Schnell sah er im Internet nach, wo sich die Straße befand, und stieß auf ein Neubaugebiet im Süden der Stadt, nicht weit von Nellys Haus entfernt. Mit einem kurzen »Ciao, ich muss weg« stürmte er an seinen Eltern vorbei nach draußen, winkte seiner kleinen Schwester zu, die vor dem Haus hingebungsvoll mit bunter Kreide Kästchen auf das Pflaster malte, und schwang sich auf sein Mountainbike. Er würde zu Pina fahren und ihr klarmachen, dass sie besser daran tat, Nelly ein für alle Mal in Ruhe zu lassen. Sonst würde sie ihn kennenlernen.

NELLY

Atemlos hämmerte ich an die windschiefe Tür der Datscha, aber nichts rührte sich. »Pina, mach auf! Ich weiß, dass du da bist!«, schrie ich außer mir. Keine Antwort. Nur ein paar müde Grillen zirpten in der stillen Hitze des Sommertags. Wütend trat ich mit dem Fuß gegen das Holz. Scheinbar wollte Pina Spielchen spielen. Das kannst du haben, dachte ich grimmig. Mein Blick fiel auf das kleine Blumenbeet, das links von der Haustür angepflanzt war, aber nur noch von Unkraut überwuchert war. Ein paar größere Flusskiesel dienten als Umrandung. Ich hob einen faustgroßen Stein auf und spähte um die Hausecke. Noch einmal würde es Pina nicht gelingen, mich zu überrumpeln.

KAPITEL 19

ELIAS

Verwirrt blickte er sich um. Er stand im Beethovenweg, der entgegen seines klangvollen Namens aus einer Ansammlung völlig gleich aussehender Hochhäuser bestand. Einige Bewohner versuchten, das Grau der Fassaden etwas erträglicher zu gestalten, indem sie die Betonbalkone bunt bepflanzten. Doch selbst die knallroten Geranien konnten nicht darüber hinwegtäuschen, dass in dieser Ecke der Stadt die Resignation über verlorene Lebensträume und verpasste Chancen zu Hause war.

Rasch streifte Elias an den trostlosen Fassaden entlang, auf der Suche nach dem Haus 220A. Doch die Häuser endeten bei Nummer 49. »Entschuldigen Sie«, sprach er einen alten Mann an, der eine Strickjacke mit zerlöchertem Ellenbogen und karierte Hausschlappen an den Füßen trug und einen dicken Hund hinter sich herzog. »Ich suche die Nummer 220A?«

»Na, dann viel Glück mein Junge«, nuschelte der Alte und wollte an Elias vorbei. Doch der stellte sich dem fetten Hund samt Herrchen in den Weg.

»Es ist wirklich wichtig«, sagte er bittend.

»Hier gibt's keine Nummer 220, kannst du nicht lesen? Und ›A‹ haben wir hier auch nicht. Nur Vorder- oder Hinterhaus. Da musst du dich in der Adresse geirrt haben. Oder jemand hat sich einen Witz erlaubt. So wie die Stadtplaner bei all dem hier.« Mit einer ausholenden Armbewegung wies er auf die graue Tristesse, von der sie beide umgeben waren, ehe er und sein Hund sich wieder in Bewegung setzten und mit dem gleichen schwerfälligen Gang davonschlurften.

Elias sah ihm sekundenlang nach. Dann fing er an, alle Klingelschilder abzusuchen. Nelly hatte ihm ganz am Anfang erzählt, wie sie sich mit Pina immer über ihre Namen »Sommer« und »Winter« amüsiert hatten. Doch auf keinem Schild war Pinas Nachname zu finden. Verwirrt kratzte sich Elias am Kopf. Warum hatte ihm Nelly eine falsche Adresse genannt? Er griff nach seinem Smartphone. »Papa? Hör zu, ich brauche von dir die Telefonnummer von deinem Mitarbeiter, diesem Herrn Willmann. Nein, keine Zeit für Fragen, ich muss mit seiner Tochter Jule sprechen. Ja, ich warte. Aber beeil dich!«

Ein paar Minuten später hatte er zwar Jules Handynummer, aber nur ihre Mailbox ging ran. »Jule, ich bin's, Elias. Ich wollte dich nur was wegen Pina fragen. Nelly hat Angst vor ihr, aber ich kann sie nicht erreichen ... Ich mache mir Sorgen, deswegen fahre ich jetzt zu Nelly und ...«

»Vielen Dank. Ihre Nachricht wurde aufgezeichnet«, sagte eine monotone Stimme und die Verbindung war beendet.

Elias steckte das Handy ein und schwang sich auf sein Rad. Noch einmal blickte er zu den trostlosen Häuserfassaden zurück. Ich finde dich, Pina, dachte er. Und dann kannst du dich auf etwas gefasst machen!

NELLY

In der Datscha rührte sich nichts, obwohl ich mehrmals an die Tür geklopft und gerufen hatte. Daher umrundete ich das Häuschen und stieg über den hüfthohen Jägerzaun, der das Grundstück begrenzte. Vielleicht würde ich durch eines der Fenster auf der Rückseite einen Blick ins Innere werfen können. Das Gras stand immer noch kniehoch, und ich pflügte mit großen Schritten durch die Halme, die unangenehm gegen meine nackten Waden peitschten. Auf einmal dröhnten die ersten Takte von *It's my Party* durch die Stille. Die Musik kam eindeutig aus dem Haus. Vor Schreck zuckte ich heftig zusammen und ließ beinahe den Stein fallen, den ich fest umklammert hielt. Während sich die schrille Stimme der Sängerin darüber beklagte, dass es ihre Party war, die da stattfand, und sie daher weinen durfte, so viel sie wollte, blickte ich wie gebannt zur Terrassentür.

Und da sah ich sie. Langsam trat sie nach draußen. Schweigend standen wir uns gegenüber, und als ich sah, was Pina in der Hand hielt, wusste ich, dass sie mich nicht ohne Weiteres gehen lassen würde: Es war eine große, gezackte Scherbe.

Pina lächelte engelsgleich. »Hat dir meine Botschaft auf dem Gehweg gefallen, Nelly?«

ELIAS

DU WIRST MICH NICHT LOS

Wortlos starrte Elias auf die roten Blockbuchstaben, die über den ganzen Asphalt geschmiert waren. War er bisher nur beunruhigt gewesen, machte sich jetzt eine bohrende Angst in ihm breit. Angst um Nelly und das, was Pina mit ihr vorhatte. In diesem Moment bog Jule atemlos auf ihrem Fahrrad um die Ecke. »Du hast auf meiner Mailbox so komische Andeutungen gemacht, da dachte ich, ich komme vorbei«, erklärte sie. In diesem Moment fiel ihr Blick auf die blutrote Schrift, und Jule verstummte erschrocken. »War das Pina?«, wisperte sie ängstlich und Elias nickte grimmig.

»Sie ist verrückt«, erklärte er, während sie hastig auf das Haus, in dem Nelly wohnte, zusteuerten. »Und vielleicht sogar gefährlich. Kennst du Pinas Adresse, schließlich geht sie ja in deine Schule?« Doch Jule schüttelte den Kopf.

Entschlossen drückte Elias auf den Klingelknopf, auf dem der Name »Winter« stand. Wenn Nellys Eltern nicht öffneten, würde er alle Nachbarn verrückt machen, bis er wusste, wo sie sich aufhielt.

»Nelly hat immer ein großes Geheimnis um ihre Freundin gemacht«, sagte Jule unvermittelt. »Nur einmal hat sie mich gefragt, ob ich mit ihr und Pina ins Kino will, aber …«

»Ja? Hallo?«, drang in diesem Augenblick eine etwas heisere Frauenstimme aus der Gegensprechanlage. Die Aussprache klang etwas verwaschen – so, als hätte das Klingeln sie eben erst aus dem Bett geholt.

»Nelly?!«, schrie Elias in das kleine, silberne Kästchen.

»Nein, ihre Mutter. Was ist denn los?«

»Machen Sie bitte auf, ich muss unbedingt Nelly sprechen!«, rief Elias. Ein Knacken ertönte, und dann herrschte Stille. Er wollte gerade ungeduldig den Finger erneut auf den Klingelknopf pressen, da ertönte der Türsummer, und erleichtert warf Elias sich gegen die Haustür und stürmte die Treppe hoch, dicht gefolgt von Jule.

Die Frau, die ihnen öffnete, musste Nellys Mutter sein. Sie passte jedoch so gar nicht in das Bild, das Elias sich aufgrund von Nellys Erzählungen gemacht hatte. In seiner Vorstellung war sie eine ältere Ausgabe von Nelly gewesen, doch diese Frau Ende dreißig mit den scharfen Gesichtszügen sah ihrer Tochter kein bisschen ähnlich. Ihre dunklen Haare wirkten zerzaust, so als seien sie lange nicht mehr geschnitten worden. Zu einem bodenlangen Batikrock, der auch schon bessere Zeiten gesehen hatte, trug Nellys Mutter ein ärmelloses Top, das ihre knochigen Schultern betonte.

»Was gibt's denn so Dringendes?«, fragte sie leicht schleppend, wobei ihre Augen unstet zwischen Elias und Jule hin- und herwanderten, als könnte sich ihr Blick nirgendwo festhalten. Elias spürte Jules Unsicherheit, und auch er wusste nicht, was er von Frau Winter halten sollte. Nelly hatte immer behauptet, ihre Eltern wären ziemlich konservativ. »›Keine Zigaretten, kein Alkohol, bis du achtzehn bist‹, sagt mein Vater immer«, hatte sie gestern in der Beachbar noch gescherzt, als er ihr eine »Virgin Caipirinha«, bestehend aus Zitronensaft, Soda und Sirup, gebracht hatte.

Er war ja vor Kurzem schon einmal hier gewesen, aber der Geruch nach Zigarettenrauch, der ihm diesmal aus der Wohnung entgegenschlug, ließ jedoch darauf schließen, dass zumindest ein Elternteil Nellys es mit der Vorbildfunktion nicht so genau nahm, dachte Elias. Doch er schob den Gedanken schnell beiseite. Jetzt ging es einzig und allein darum, seine Freundin zu finden.

»Wo ist Nelly? Ich muss mit ihr reden. Dringend«, fragte er ihre Mutter.

Sie zuckte die Schultern und winkte ihn und Jule herein. »Wahrscheinlich ist sie in ihrem Zimmer«, sagte sie.

Hastig drängte Elias sich an ihr vorbei, wobei er einen seltsam süßlich-scharfen Geruch wahrnahm. Kurz glaubte er, es käme aus dem Bad und Frau Winter hätte geputzt. Doch dann wurde ihm klar, dass der Geruch von Nellys Mutter ausging. Sie hatte eine kapitale Alkoholfahne. Vielleicht war sie der Typ, der gerne feierte. Nelly hatte nie etwas in dieser Richtung erwähnt. Ehe Elias aber noch weiter darüber nachdenken konnte, hatte er Nellys Zimmertür erreicht, auf der ein Aufkleber mit einem grinsenden Bart Simpson prangte. Sie stand einen Spaltbreit offen. Er klopfte. »Nelly? Ich bin's!« Doch nichts rührte sich. Ohne zu zögern drückte Elias gegen die Tür und sie schwang auf. Das Bett war zerwühlt, doch unter der Decke nahm er eine Bewegung wahr. »Nelly!«, rief er erleichtert. Doch was unter dem Federbett hervorkroch, war ein kleinlauter Schröder. Das schlechte Gewissen, in Nellys Bett geschlafen zu haben, was ihm garantiert sonst strengstens verboten war, war seinen braunen Hundeaugen abzulesen. Elias unterdrückte einen Fluch. »Frau Winter, haben Sie eine Ahnung, wo Nellys Freundin Pina wohnt?«, fragte er bemüht ruhig.

Sie schüttelte den Kopf. »Keinen Schimmer. Aber seid doch bitte nicht so förmlich, ja? Sagt nicht ›Frau Winter‹ zu mir, sondern einfach Maren.«

NELLY

Pina und ich standen uns schweigend gegenüber, lauernd und abwartend. Ich konnte ihren Hass förmlich spüren, schwarz und zäh wie Teer schien er über den Boden direkt auf mich zuzukriechen. Pinas dunkle Augen fixierten mich, ohne zu blinzeln, sie bannten mich auf der Stelle fest, und ich wusste, wenn ich schwach werden würde, dann wäre ich für immer an sie gekettet …

Ich schüttelte den Kopf, und meine Erstarrung wich. »Du kannst mich verfolgen und mir Drohbotschaften schicken. Aber was willst du erreichen, Pina? Unsere Freundschaft ist vorbei. Für immer!«

Ihr Gesicht verzog sich, und kurz glaubte ich, hinter der Maske aus Wut einen Anflug von Schmerz zu erkennen. Dann aber verengten sich ihre Augen und sie schleuderte mir entgegen: »Du hast es immer noch nicht kapiert, oder?! Ich musste das tun! Du hast mich verraten, Nelly. Dabei habe ich alles für dich getan!«

»Du bist doch total verrückt! Wieso soll ich dich verraten haben – es war doch genau umgekehrt! Und was meinst du damit, du hast alles für mich getan?«

»Wer war denn in der Schule immer für dich da, wenn Pause war und dich niemand in der Mensa dabeihaben wollte? Oder bei der Fete am See? Du warst nicht mal eingeladen, Nelly! Und wenn sich damals nicht Leonie und Ina nach Schulschluss verplappert hätten, dann hättest du nicht mal gewusst, dass überhaupt eine Party stattfindet!«

Ihre Worte brannten wie eine Ohrfeige.

»Erinnerst du dich, wie fies Alex an dem Abend zu dir war?«, fuhr Pina unbarmherzig fort. »Zwei Mal hat er dir einen Spruch reingedrückt. Wirklich dumm, dass er zum Schluss zu besoffen war, um den Grill zu löschen, und es stattdessen Flo erwischt hat …!«

Ein Messer schien in meine Lunge zu dringen, und seine Klinge war aus Eis. »*Du* hast die Wasser- mit der Spiritusflasche vertauscht«, sagte ich, aber meine Stimme war nur ein Flüstern. Ich sah Flo am Grill stehen und nach einer Plastikflasche mit durchsichtiger Flüssigkeit greifen. Schwungvoll goss er den Inhalt in die Glut. Gleich darauf fauchte eine Feuersäule hoch und ich konnte ihre grellorangene Hitze förmlich fühlen. Fassungslos sah ich Pina an, die mit ausdrucksloser Miene zurückstarrte. Doch der erste Dominostein war gefallen und riss den nächsten und übernächsten mit sich. Schlagartig wurden mir die Zusammenhänge klar. »Du warst das auch mit Bille!«

Pina zuckte die Schultern. »Sie war die Wortführerin der Hetzkampagne gegen dich. Meinst du nicht, sie hat einen Denkzettel verdient? Es war übrigens ziemlich einfach, in der Pause im Sekretariat anzurufen und sich als ihre Mutter auszugeben ...«

»Du hast doch mit deinen Postings erst dafür gesorgt, dass alle gegen mich waren! Bille hätte sich den Hals brechen können!«, schrie ich Pina an. Ich war außer mir. Wie konnte sie behaupten, mir helfen zu wollen, wenn sie mich erst in Verruf brachte und anschließend meine Mitschüler fast umbrachte? »Und Jule? Hast du ...?«

Ich sah Pinas Blick und brauchte nicht weiterzufragen.

»Ich habe es für dich gemacht, Nelly!«, sagte sie beschwörend. »Die Welt da draußen ist böse! Und nur ich kann dich beschützen. Ich habe mich für alles gerächt, was sie dir angetan haben!«

Mein Kopf begann schmerzhaft zu pochen, und hinter meinen Augen explodierten schwarze Funken. Langsam schüttelte ich den Kopf. »Nein, Pina. Du hast es nicht für mich getan. Sondern ganz allein für dich. Als Jule neu in meine Klasse kam und ich sie mit ins Kino genommen habe, hattest du Angst, dass wir uns anfreunden könnten. Deswegen hast du alles dran gesetzt, damit sie anfängt, mich zu hassen. Genau wie der Rest meiner Klasse.«

»Es war besser so!«, schrie Pina. »Sie hätten dich nur wieder verletzt und ausgeschlossen! So wie immer. Ich wollte dich nur vor einer neuen Enttäuschung bewahren!«

»Nein, das war nicht der Grund! Du wolltest mich für dich alleine haben. Ich sollte abhängig von dir sein. Deswegen hast du dir sogar die Mühe gemacht, aus Zeitungsbuchstaben diese anonyme Botschaft zu basteln. Und mir hast du weisgemacht, sie wäre an deinem Fahrrad befestigt gewesen – nur, um den Verdacht auf Jule zu lenken.«

Pinas Mund war nur noch ein Strich. Sie hob die Hand, in der sie die gezackte Scherbe hielt, aber es war mir egal. Wie unter Zwang sprach ich aus, was die Wahrheit war.

»Bei Elias hast du es genauso gemacht. Dass ihr zusammen Volleyball gespielt habt, war eine Lüge. Genau wie deine Behauptung, er wäre mal verliebt in dich gewesen. Das hast du nur gesagt, damit ich Schluss mit ihm mache. Du wolltest uns auseinanderbringen. Fast wäre es dir gelungen, Pina. Aber eben nur fast. Wen ich jetzt nämlich nicht mehr sehen will, bist *du*! Verschwinde aus meinem Leben! Du hast keinen Platz mehr darin!«

Pinas bleiche Lippen verzogen sich zu einem höhnischen Lächeln. »Versuch nicht, mich zu bekämpfen, Nelly. Denn sonst wirst du sterben!«

ELIAS UND JULE

»Frau Winter, ich meine, Maren. Wo könnte Nelly mit Pina hingegangen sein? Es ist wirklich wichtig!« Elias bemühte sich, das Zittern in seiner Stimme zu verbergen.

»Was ist denn los? Langsam macht ihr mir Angst!«

»Pina hat Nelly in der Schule ziemlich übel mitgespielt«, schaltete Jule sich ein. »Sie hat es geschafft, dass zum Schluss die ganze Klasse gegen sie war. Auch ich«, endete sie zerknirscht.

»Ach, Mist«, murmelte Maren Winter, »dabei hatte ich so gehofft, dass es in der neuen Schule besser wird!«

»Wieso ›neue Schule‹? Ist Nelly denn nicht schon seit der Fünften ins Kästner-Gymnasium gegangen?«

Ihre Mutter schüttelte den Kopf. Langsam schien sich die Benommenheit, die sie vorhin noch umgeben hatte, zu lichten. Ihre Stimme wurde klarer, und ihr Blick war jetzt wach – wenn auch sorgenvoll.

»Sie ist erst im zweiten Jahr dort. In ihrer alten Schule war Nelly … also, sie hat sich dort nicht mehr wohlgefühlt. Außerdem musste sie die Klasse wiederholen, und mein Exmann und ich hielten es für das Beste, einen Neuanfang für Nelly zu organisieren. Sie hat sowieso alles schon so schwer genommen.«

»Exmann? Ich dachte, Nellys Vater ist in Dubai?« Elias war nun völlig verwirrt, und auch Jule sah Frau Winter ratlos an. Die strich sich mit beiden Händen durch die Haare. Ihre Gesichtszüge wirkten müde und abgekämpft.

»Ja, er ist in Dubai. Mit seiner neuen, jungen Freundin. Er tarnt es als Dienstreise, dabei weiß ich natürlich, was da läuft. Aber was soll ich machen, wir sind ja schon seit Längerem getrennt«, stieß Maren Winter bitter hervor.

»Und Nelly? Weiß *sie* von der neuen Frau?«, fragte Jule.

»Von mir nicht. Und von ihrem Vater wahrscheinlich genauso wenig. Wenn er sich mal hier blicken lässt, vermeidet er alles, was Nelly aufregen könnte. Sie hat sich unsere Trennung sehr zu Herzen genommen. Ihre Noten sind abgesackt, und sie hat angefangen zu klauen. Glaube ich jedenfalls. Ich bin durch Zufall darauf gestoßen, als ich Bügelwäsche in ihren Schrank hängen wollte. Dort hing eine rote Bluse, die ziemlich teuer gewesen sein muss. Seit der Trennung kann ich mir so etwas nicht mehr leisten. Ich habe Nelly darauf angesprochen, aber sie hat mich nur angeschrien und sich dann stundenlang in ihr Zimmer eingeschlossen. Deswegen war ich auch so froh, als sie erzählt hat, dass sie in Pina eine Freundin gefunden hat. Ich hatte gehofft, sie würde einen guten Einfluss auf Nelly haben. Die beiden haben auch ständig telefoniert ...«

»Meinen Sie, Nelly hat Pinas Nummer irgendwo aufbewahrt? Dürfen wir mal gucken?«

Nellys Mutter zuckte unschlüssig die Schultern, aber Elias war bereits dabei, seinen Blick durch das Zimmer schweifen zu lassen. Ihm fiel ein flacher, schwarzer Gegenstand auf, der auf dem Schreibtisch lag, halb unter einem Buch mit buntem Einband verborgen. Nellys Smartphone. Hastig griff er danach. Es war eingeschaltet und zeigte vier Anrufe in Abwesenheit. Alle von seiner Nummer. Kein Wunder, dass er sie nicht erreichen konnte – Nelly hatte das Haus ohne ihr Telefon verlassen. Aber vielleicht war in dem Speicher Pinas Nummer. Mit ein paar Handgriffen rief Elias die Anrufliste auf. Tatsächlich stand »Pina« ganz oben. Er atmete tief durch und drückte auf »Wählen«. Es tutete und unmittelbar darauf ertönte gedämpft eine kleine, einfache Melodie. Sie kam aus Nellys Schreibtisch.

Elias wechselte mit Jule einen Blick, dann riss er die oberste Schublade auf. Die Tonfolge war jetzt lauter zu hören, und Elias fischte ein billiges Handy heraus, dessen Display leuchtete. »Nelly ruft an«, stand darauf. Heftig drückte er auf »Auflegen« und das Gerät verstummte. Elias öffnete die hintere Klappe und sah, dass es eine Prepaid-Karte hatte. Er drehte sich zu Jule und Frau Winter um. »Pina war hier«, sagte er knapp. Er nahm ihr Handy und drückte auf »Menü«, dann ging er ins Telefonbuch. Nur ein einziger Name war eingespeichert und der lautete »Nelly«.

»Verdammt noch mal, was hat Pina vor?«, flüsterte Elias heiser. Langsam wurde seine Sorge um Nelly zu einer handfesten Panik. Er atmete tief durch, um seinen rasenden Herzschlag zu beruhigen. »Bitte denken Sie nach! Wo könnten die beiden sein?«, beschwor er Nellys Mutter.

Maren Winters Blick irrte unruhig durchs Zimmer.

»Vor Kurzem war ich ein Wochenende nicht da und die beiden Mädchen wollten die Tage zusammen in der Datscha verbringen«, sagte sie wie zu sich selbst.

»Datscha?«, echote Jule, und Maren Winter hob den Kopf.

»Ja, unser Wochenendhäuschen. Mein Mann und ich haben es vor ein paar Jahren gekauft, aber seit der Trennung war ich nicht mehr dort. Zu viele Erinnerungen ...«, fügte sie leise hinzu.

Elias sah sie ungeduldig an. »Worauf warten wir dann noch?«

Er wandte sich um und war schon halb aus der Tür, als er Jules Aufschrei hörte. »Oh mein Gott!«

Elias fuhr herum und sah, dass Jule das schmale Buch in der Hand hatte, das auf Nellys Schreibtisch gelegen hatte. Auf den aufgeschlagenen Seiten klebten Fotos, allerdings konnte man nur erahnen, wer darauf abgebildet war, denn auf allen Bildern waren die Gesichter herausgeschnitten. Elias nahm Jule das Buch aus der Hand und starrte sprachlos auf die Zerstörungswut. Als er es zurücklegen wollte, fielen ein paar lose Blätter heraus und segelten zu Boden. Elias bückte sich und sah, dass es handgeschriebene Seiten waren. »Das ist nicht Nellys Handschrift«, sagte ihre Mutter verwirrt. Elias las die ersten Zeilen:

Brief an mich
Wenn du dich umgebracht haben wirst …

Er sah in die bleichen Gesichter von Jule und Nellys Mutter und sagte nur ein Wort: »Schnell!«

KAPITEL 20

ELIAS, JULE, MAREN

Mit quietschenden Reifen bog Marens alter Opel um die Ecke und hielt vor einem kleinen Haus, dessen Putz an einigen Stellen abblätterte und bei dem zwei der grünen Holzfensterläden reichlich schief in den Angeln hingen. Elias und Jule rissen gleichzeitig die Autotüren auf und sprangen aus dem Wagen, gefolgt von Nellys Mutter. Die Haustür war abgeschlossen und die Vorhänge zugezogen.

»Ich glaube nicht, dass die beiden Mädchen hier …«, fing Maren an, da dröhnte plötzlich laute Musik los.

»Well, come on, let's go …«, fing eine etwas metallische Männerstimme an zu singen. Begleitet wurden die Rock-'n'-Roll-Rhythmen von E-Gitarre und Schlagzeug, aber die Instrumente klangen scheppernd und so, als sei das Lied schon vor langer Zeit aufgenommen worden.

»Sie ist hier«, sagte Maren Winter tonlos. »Nelly liebt Oldies! Sie hört nichts anderes.«

»Die Musik kommt von der Rückseite!«, rief Jule und lief los, Elias hinterher.

Sie bogen um die Hausecke, und vor ihnen erstreckte sich der verwilderte Garten des Wochenendhäuschens, aus dessen Inneren die Musik kam. Sekundenlang wurden die drei von der grellen Mittagssonne geblendet, die ihnen in die Augen schien. Dann aber zeichneten sich langsam die Umrisse der Büsche und Bäume ab, vor denen ein windschiefer Schuppen stand. Und davor …

»Oh Gott!«, hauchte Jule, und im selben Moment hatten sich auch Elias' Augen an die Helligkeit gewöhnt und der dunkle Schatten bekam Nellys Umrisse. Ihre Locken waren zerzaust, und ihr Gesicht war vor Wut verzerrt und schweißüberströmt. Mit der Hand umklammerte sie etwas, das Elias auf die Entfernung nicht erkennen konnte.

»Begreifst du es nicht, Pina?«, schrie Nelly. »Ich brauche dich nicht mehr! Du willst mich umbringen? Na schön, dann versuch's doch!«

Bei diesen Worten hob Nelly den Arm, und jetzt erkannte Elias, was sie in der Hand hielt. Es war eine gezackte Scherbe, die in der Sonne blitzte.

»Nelly!«, schrie ihre Mutter, und flüchtig drehte Nelly den Kopf. Als sie ihre Mutter, Elias und Jule sah, huschte ein Ausdruck von Überraschung über ihr Gesicht, doch gleich darauf wandte sie sich wieder um und ging erneut in Angriffstellung.

Elias machte zwei vorsichtige Schritte in ihre Richtung. »Nelly«, sagte er ruhig. »Wo ist Pina?«

Nelly blinzelte verwirrt und deutete auf eine Stelle links von der morschen Tür, ohne den Blick abzuwenden. »Dort steht sie doch! Sie will mich umbringen! Siehst du sie denn nicht?«

Elias spürte, wie sein Brustkorb eng wurde. Aus dem Augenwinkel nahm er die verwirrten Mienen von Jule und Maren Winter wahr. Denn die Stelle, auf die Nelly zeigte, war leer.

NELLY

Pina lachte höhnisch. »Niemand kann dir helfen, Nelly.«

»Doch«, widersprach ich. »Elias ist hier, und er hat versprochen, mich zu beschützen.«

»Ach ja? Na, dann pass mal auf, was gleich passiert!«

»Nelly«, hörte ich Elias' sanfte Stimme dicht neben mir. Ich sah in seine wolkengrauen Augen und fühlte seine Hand, die mir beruhigend über den Rücken strich. »Pina kann dir nichts antun!«

»Siehst du?«, wollte ich ihr triumphierend entgegenschleudern, da fuhr Elias fort: »Sie ist doch gar nicht hier!«

Mein Blick flog zu Pina, die mit einem lautlosen Lachen den Kopf in den Nacken warf. Dann sah sie mich an, und ein tückisches Grinsen verzerrte ihr schönes Gesicht.

»Kapierst du es endlich, Nelly-Spirelli?«, spottete sie.

Doch ich verstand überhaupt nichts mehr. Pina stand keine drei Schritte von mir entfernt – wieso sah Elias sie denn nicht? Hilfe suchend wandte ich mich um. Jule und meine Mutter standen ein Stück hinter uns, mit ängstlichen Gesichtern und dicht aneinandergedrängt wie Schafe bei einem Gewitter.

»Mama, sag Elias, dass sie hier ist!«, rief ich. »Du kennst Pina doch! Sie hat mich erst vor ein paar Tagen besucht, und du hast mit ihr gesprochen, als ich nicht da war!«

Doch meine Mutter rang die Hände und sah mich mit weit aufgerissenen Augen an. »Nelly … Schatz, ich habe niemanden in dein Zimmer gelassen. Ich habe deine Freundin noch nie gesehen!«

Ich schnappte nach Luft. Wieso tat meine Mutter mir das an? Es war wie in einem dieser Horrorfilme, in denen vertraute Menschen auf einmal zu Monstern mutierten. Doch beim Stichwort »Film« kam mir der rettende Gedanke, und ich sah Jule an. »Wir waren zu dritt im Kino! Du hast dich mit Pina über London unterhalten! Und sie hat mit uns in der Mensa gesessen – daran musst du dich doch erinnern«, beschwor ich sie.

Jule hatte Tränen in den Augen, als sie mich ansah. Langsam schüttelte sie den Kopf. »Wir waren beide Male nur zu zweit. Im Kino habe ich mich mit *dir* unterhalten, Nelly. Du hast gesagt, wie sehr du mich um mein Leben in London beneidest. Und dass du auch gerne mal dorthin fahren würdest. Nach Notting Hill – und zum Shoppen!«

Ein greller Schmerz explodierte hinter meiner Stirn, trotzdem zwang ich mich dazu, den Kopf zu drehen und Pina in die Augen zu sehen. »Das hast *du* zu Jule gesagt«, flüsterte ich. Sie legte neckisch den Kopf schief und zwinkerte mir zu.

»Verstehst du jetzt, warum du mich niemals loswirst?«, belehrte sie mich. »Ich gehöre zu dir, Nelly. Das habe ich schon immer. Ich bin mehr als deine beste Freundin – ich bin tatsächlich dein Seelenzwilling. Ich bin du.«

Ein namenloses Entsetzen begann, mein Herz mit einer dünnen Frostschicht zu überziehen. »Nein!«, schrie ich. »Du lügst!«

Pina lächelte sanft. »Wirklich? Hast du dir nicht immer jemanden gewünscht, der zu dir hält? Damit du nicht mehr so alleine bist, nachdem dein Vater abgehauen ist und euch sitzen ließ? Seitdem die Wodkaflasche zum Seelentröster deiner Mutter wurde? Aber dann kam ich. Ich wurde deine Vertraute. Ich war immer für dich da und plötzlich war es nur noch halb so schlimm, in der Klasse die Außenseiterin zu sein. Du hattest ja jetzt mich und warst in den Pausen nicht mehr alleine!«

Unwillkürlich musste ich daran denken, wie alle anderen in die Mensa gingen, ohne mich zu fragen. Trotzdem hatte ich mich getröstet gefühlt, weil ich wusste, draußen auf dem Schulhof wartete Pina.

Sie sah mich an und nickte. »Ich habe es ihnen heimgezahlt, Nelly! Sie hatten es verdient. Erinnere dich an die Grillparty!«

Doch ich wollte nicht. Ich wollte nicht daran denken, was Pina getan hatte – und dass es zu allem Überfluss einen Unschuldigen erwischt hatte. Doch wie ein Film lief die Szene wieder vor meinen Augen ab. Flo, der nach der Flasche greift. Die Stichflamme und die Schreie. Und auf einmal begriff ich, dass sich das alles nicht in meiner Fantasie abspielte, sondern ich es wirklich *gesehen* hatte. Ich war dabei gewesen, versteckt im Gebüsch. Jetzt schoben sich weitere Szenen vor meine Augen, die sich abgespielt hatten, ehe der Grill in Brand geraten war: eine Plastikflasche mit blauer Kappe und einer klaren Flüssigkeit, auf deren Vorderseite ein gelbes Etikett mit schwarzen Flammen klebt, und eine Schrift, die verkündet: *Spiritus – brennbar!* Fingernägel, die das Etikett abkratzen, sodass sie nun täuschend harmlos aussieht – wie die Wasserflasche, die neben dem Grill steht. Eine Hand, die nach dieser Wasserflasche greift und sie gegen die mit dem abgekratzten Etikett austauscht. Die Wasserflasche wird ins Gebüsch geworfen. An ihrer Stelle steht nun der Spiritus …

»Und jetzt denk an Bille«, flüsterte Pina. Wieder kamen Bilder auf mich zu, wie ein Zug, der nicht mehr bremsen kann. Billes Skateboard zwischen meinen Händen, während die Stimmen der Schüler auf dem Pausenhof gedämpft ins Klassenzimmer dringen, wo ich hinter der Tür versteckt auf dem Fußboden knie. Mein hastiger Atem, als ich das Schweizer Taschenmesser aufklappe, das mein Vater seit Längerem vermisst. Die Klinge habe ich in der Vergangenheit viele Male über meine Arme gezogen, um meinen inneren Schmerz zu betäuben. Nun mache ich mich mit einem der Werkzeuge, die sich im Inneren des Messergriffs verbergen, an der silbrig schimmernden Schraube zu schaffen, die die Vorderräder mit dem Skateboard verbindet. Anschließend stelle ich es an die Garderobe zurück. Und dann das kurze, heftige Gefühl der Befriedigung, als ich erfahre, dass Bille im Krankenhaus liegt …

»Das ist nicht wahr«, stöhnte ich. Am liebsten hätte ich mir die Fingernägel in die Augenhöhlen gegraben, um die Bilder loszuwerden, die ich so lange verdrängt habe.

»Frag Jule, Nelly. Sie hat dich in der Nähe des Computerraums gesehen. Das war an dem Tag, als du zum ersten Mal auf die Facebook-Seite deiner Klasse gegangen bist, um ihnen mal richtig die Meinung zu sagen!«

»Das warst du, Pina!«, schrie ich sie an. »Du hast die ganzen gemeinen Dinge gepostet. Gerade, als sie in der Klasse angefangen haben, mich zu akzeptieren! Weil du es nicht ertragen konntest, dass ich andere Freunde finde! Weil du mich ganz allein für dich haben wolltest!«

»Es spielt keine Rolle, wer das getan hat, Nelly! Wir sind die Erdbeerzwillinge. Wir sind eins«, kicherte Pinas Stimme dicht an meinem Ohr. Oder war sie in meinem Kopf?

»Nein!«, brüllte ich und schlug um mich. Ich wollte, dass Pina wegging. Sie sollte aufhören, mein Leben kaputt zu machen.

»Ich werde nicht weggehen, Nelly. Sieh her!« Mit diesen Worten hob Pina die rechte Hand, in der sie die Scherbe hielt. Langsam und bedächtig setzte sie sie an ihren linken Unterarm und zog das gezackte Glas über die Haut.

ELIAS

»Nelly! Hör auf!« Mit einem Satz war Elias bei Nelly und wand ihr die Glasscherbe aus der Hand, doch zu spät. Quer über ihren Arm verlief ein dünner Schnitt, der sich augenblicklich mit Blut füllte. Jetzt erst bemerkte er, dass die blasse Haut an ihrem Arm mehrere dünne, weiße Linien aufwies. Sie verliefen diagonal und waren eindeutig Narben. Warum war ihm das vorher nie aufgefallen?

»Nelly!«, schrie Maren Winter und stürzte auf ihre Tochter zu, doch Nelly wich heftig zurück und schlug nach Marens ausgestreckter Hand.

»Fass meine Freundin nicht an«, zischte sie. »Du besoffenes Miststück! Du bist an allem schuld!«

Maren Winter zuckte zurück, als hätte sie eine Ohrfeige erhalten, und brach in wildes Schluchzen aus. »Es tut mir leid, mein Schatz. Es tut mir so leid!«

»Schau sie dir an«, höhnte Nelly, doch Elias wusste, dass es Pina war, die da sprach. »Jetzt heult sie. Aber wer hat denn die Kotze im Badezimmer weggeputzt, wenn sie mal wieder total blau nach Hause gekommen ist? Wer hat die Schnapsflaschen versteckt – und die Schlaftabletten, mit denen sie sich regelmäßig zugedröhnt hat? Dein Vater bestimmt nicht, oder, Nelly? Der hat seine neue Freundin gefickt, während deine Mutter die Erinnerung an ihre Ehe im Wodka ertränkt hat.«

Weinend schlug Maren Winter die Hände vors Gesicht, während Elias wie erstarrt dastand. Er hätte nie gedacht, dass Nelly, die er liebte – seine zarte, oft scheue Nelly mit dem strahlenden Lächeln, das sie so selten zeigte –, zu einer solchen Ausdrucksweise fähig war.

Aber aus ihr sprach ja auch eine andere, dachte er, und plötzlich wurde ihm klar, dass er Pina *spüren* konnte. Nellys Freundin mochte nicht wirklich existieren, und doch gab es sie. Sie war Nellys dunkle Seite, ihre böse Hälfte.

NELLY

Elias hatte Pina (mir?) die Scherbe aus der Hand genommen. Natürlich, dachte ich (Pina?) verschwommen, er hatte ja versprochen, mich – Nelly – zu beschützen. Aber vor wem? Vor Pina? Vor mir selbst? Wenn Pina ich war und ich war Pina, wo fing ich dann an und wo hörte sie auf? Ich hatte das Gefühl, mein Kopf müsste gleich zerspringen und in tausend Splitterscherben auseinanderbersten. Und doch gab es eine Frage, die ich Elias stellen musste. Mit unendlicher Mühe hob ich den Blick. »Hast du mir erzählt, dass deine Mitspieler dich beim Volleyball ›Sibob‹ nennen?«, flüsterte ich. Gleichzeitig hoffte ich, er würde den Kopf schütteln und mir sagen, dass es eine Lüge Pinas gewesen war. Dass er sie nun doch sehen konnte – weil sie real war.

Elias biss sich auf die Lippen. »Ja, ich habe dir ganz am Anfang davon erzählt. Am *Citybeach.*«

Ich konnte mich nicht daran erinnern. Alles, was ich wusste, war, dass Pina mich damals auf meinem Handy angerufen und mich mit der Behauptung, sie hätte sich den Fuß verstaucht, davon abgehalten hatte, sofort wieder zu Elias zurückzugehen. Und danach hatte ich ihn mit Jule gesehen und war wütend und verletzt davongerannt.

»Ich wollte dich nur vor einer Enttäuschung bewahren, Nelly«, raunte Pinas Stimme. »Ich habe damals schon gewusst, dass Elias dich früher oder später sowieso verlassen wird. Weil er irgendwann erfahren musste, dass du verrückt bist!«

Sie wollte mir den Arm um die Schultern legen, aber ich schubste sie heftig weg. Doch der Stoß ging ins Leere. »Du hast es immer noch nicht kapiert, oder?«, hörte ich das Echo ihrer Stimme.

Und plötzlich wusste ich, dass es nur eine Möglichkeit gab, Pina für immer loszuwerden. »Doch«, sagte ich langsam, »ich habe es kapiert.«

Mit einem Satz sprang ich auf den maroden Schuppen zu und riss die Tür auf. Der kleine, blaue Plastikkanister stand ganz vorne, neben dem Rasenmäher. Blitzschnell griff ich danach und hörte die Flüssigkeit im Inneren gluckern. Das Feuerzeug, mit dem wir im Sommer die Kerzen draußen anzündeten, lag an seinem angestammten Platz auf dem Fensterbrett. Ich schnappte es mir, ehe ich in fieberhafter Eile begann, den Verschluss von dem Kanister zu schrauben. Ich blickte auf, und zum ersten Mal lag in Pinas dunklen Augen ein Ausdruck, den ich bei ihr vorher nie gesehen hatte: Furcht.

ELIAS, JULE, MAREN

»Um Gottes willen«, flüsterte Maren Winter, als sie sah, was Nelly aus dem Schuppen trug. »Das ist der Benzinkanister für Kais Rasenmäher!« Hilfe suchend blickte sie sich um, als hoffe sie, Nellys Vater würde auf wundersame Weise erscheinen und ihr helfen. Währenddessen begann Nelly, hektisch am Schraubverschluss des Kanisters zu drehen.

Jule zuckte zusammen und wich zurück, wobei sie irgendetwas in ihren Jeanstaschen suchte. Einzig Elias zögerte keine Sekunde. Er warf sich nach vorne und riss Nelly im Fallen mit sich. Das Feuerzeug flog ihr in hohem Bogen aus der Hand und der blaue Plastikbehälter kippte um. Sofort begann es, beißend nach Benzin zu riechen. Elias musste kurz die Augen zusammenkneifen, weil sie zu tränen begannen. Nelly wand sich schreiend in seinen Armen und versuchte, sich loszureißen und zu dem umgefallenen Kanister zu kriechen. Sie musste fest entschlossen sein, Pina – und damit sich selbst – zu vernichten. Doch Elias schloss seine Arme wie eine Klammer um ihren Körper und drückte sie mit seinem ganzen Gewicht zu Boden.

»Nelly, nein! Du darfst Pina nichts tun! Dir zuliebe! Und weil ich dich liebe!«

Eine Sekunde lang wurde Nelly ganz starr, dann erschlaffte sie plötzlich wie eine Puppe und kurz darauf spürte Elias ihre Tränen an seinem Hals. Da musste auch er weinen. Um Nelly, in die er sich verliebt hatte und die zu solch schrecklichen Dingen fähig war.

Als wüsste Nelly um seine Gedanken, hob sie den Kopf und suchte seinen Blick, während ihr die Tränen nur so aus den Augen strömten.

»Sie wird nicht freiwillig gehen, Elias! Pina wird immer da sein – ich habe es bisher nur nicht gewusst!«

Er nahm sie an beiden Schultern und sah ihr fest in die Augen. »Nein, Nelly, das wird sie nicht«, flüsterte er. »Du kannst sie wegschicken! Du hast es schon einmal getan – an dem Tag, als wir miteinander geschlafen haben.«

Nelly sah ihn lange an, dann nickte sie. Doch gleich darauf wechselte ihr Gesichtsausdruck. Ihr Blick trübte sich, während sich ihr Mund in einem stummen Schrei voller Zorn verzog. Pina versuchte, die Oberhand zu gewinnen, und stemmte sich heftig gegen Elias' Griff. Da wusste er, dass er Nelly nicht helfen konnte. Weil er sie immer wieder verlieren würde: an Pina, ihr zweites Ich, die im Hintergrund lauerte und stets bereit war, hervorzuspringen und furchtbare Dinge zu tun.

In diesem Moment ertönte Sirenengeheul und ein Krankenwagen, gefolgt von einem Einsatzfahrzeug der Feuerwehr, bremste scharf vor dem windschiefen Gartenzaun. Mehrere Männer sprangen aus den beiden Autos und kletterten eilig über den Zaun.

»Ich wusste nicht mehr, was ich machen sollte. Da habe ich den Notruf gewählt«, sagte Jule entschuldigend zu Elias und Frau Winter.

Beim Anblick der vielen Fremden wurde Nelly panisch. »Sie sollen weggehen! Ich lasse mich nicht einsperren!« Ihre Schreie zerrissen Elias fast das Herz, aber er konnte nichts anderes tun, als Nelly fest an sich zu drücken und ihr zärtliche Worte ins Ohr zu murmeln, die nur eins bewirken sollten: sie an der Flucht zu hindern.

Ein Mann in weißer Hose und Poloshirt, wahrscheinlich der Notarzt, redete beruhigend auf das tobende Mädchen ein, während er näher kam. Doch Elias sah in Nellys Augen – den Augen eines verwundeten Tieres in der Falle –, dass sie wusste, warum die Männer hier waren. Zwei kräftige Sanitäter zogen Elias weg, während Nelly schreiend und weinend um sich trat. Das Letzte, was Elias sah, war das kurze Aufblitzen einer Injektionsnadel in der Sonne, ehe sich die Spritze in Nellys Arm senkte. »Pina!«, schrie sie. »Pina, hilf mir!« Sekunden später wurde ihr Blick glasig und die Augen fielen ihr zu. Wie eine Marionette, deren Fäden man durchschnitten hatte, sank Nelly im Gras zusammen.

NELLY

Ich wehrte mich mit aller Kraft gegen die Hände der Weißgekleideten, die nach mir griffen. Sie waren die strafenden Engel, die mich nun für alles büßen lassen würden, was ich Flo, Bille und Jule angetan hatte.

Aber wo war Pina, warum half sie mir nicht? Sie war doch sonst immer zur Stelle gewesen, wenn es mir schlecht ging, dachte ich benommen. Ich hob den Kopf und rief nach ihr, da sah ich sie. Sie stand links vom Schuppen mit dem Rücken zu mir. Jetzt drehte sie den Kopf und sah mich an. Traurigkeit lag in ihrem Blick. Dann schüttelte sie nur stumm den Kopf und wandte sich ab. Hilflos musste ich mit ansehen, wie sie davonging und sich immer weiter von mir entfernte, bis sie mit dem Grün des Grases und dem hellen Sommerlicht verschmolz. Gerade als ich sie am meisten brauchte, ließ sie mich im Stich. Gleich darauf fühlte ich einen stechenden Schmerz in meinem Arm. Ein schwarzer Planet schob sich vor die Sonne, verdunkelte meine Welt und ich begann zu fallen – dorthin, wo es keine Fragen und keinen Schmerz gab.

EPILOG

Ich sitze auf der gepolsterten Fensterbank und sehe nach draußen. Der wabernde Dampf aus meiner Teetasse mischt sich mit dem Septembernebel, der jetzt morgens immer über den Wiesen liegt. Weiße Schwaden ziehen langsam über das stellenweise schon gelbe Gras, aber ich habe keine Angst. Es sind nur Nebelfetzen, keine Geister, die mich nachts in meinen Träumen heimsuchen und mich mit Erinnerungen quälen, wie am Anfang meines Aufenthaltes hier. Und doch weiß ich, dass irgendwo da draußen Pina auf mich wartet. Am Anfang konnte ich es nicht einmal ertragen, ihren Namen auch nur zu denken. Ich wollte sie aus meinen Gedanken verbannen, genau wie das Licht der heißen Junitage, das am Anfang meines Aufenthalts durch die Vorhangspalten meines Zimmers leuchtete. Ich ertrug die Helle und Fröhlichkeit nicht. Der Sommer war für die Leute in einer anderen Welt, jenseits der Klinikmauern. Aber nicht für mich. Ich bin nicht draußen, denn ich bin nicht wie die anderen.

Bei einem Besuch meiner Mutter in der Klinik habe ich ihr Gespräch mit einem der Psychologen belauscht und die Worte »dissoziative Störung« und »Verdacht auf multiple Persönlichkeit« aufgeschnappt. Die Begriffe waren zuerst wie ein Steinschlag, der auf mich herabfiel und mich unter sich begrub. Inzwischen habe ich gelernt, die Diagnose zumindest zu akzeptieren. Damit zu leben wird noch einmal etwas anderes sein, aber in vielen Gesprächen und Sitzungen mit Frau Doktor Schulte, die mich hier in der Klinik betreut, ist die Vorstellung einer Zeit, die »Zukunft« heißt, inzwischen nicht mehr ganz so beängstigend. Meine Vergangenheit klammern wir zurzeit noch aus. Trotzdem denke ich oft an alle Dinge, die passiert sind. Es tut mir ehrlich leid, was ich Florian und Bille angetan habe. Obwohl es damals eigentlich Pina war. Ich hoffe, sie können uns beiden irgendwann verzeihen, auch wenn ich vielleicht nie wieder in meine alte Schule zurückkehren werde. Bei Jule habe ich mich mit einer Postkarte entschuldigt. Sie kam mich daraufhin sogar besuchen, aber ich habe Frau Doktor Schulte gebeten, sie wegzuschicken. Ich wollte sie nicht sehen, ich schämte mich zu sehr. Zwei Tage später erhielt ich einen Brief von ihr, in dem sie mir schrieb, sie sei mir nicht böse. »Ich weiß, wie es ist, wenn man jemand anderer ist«, las ich. »Hier ist mein Geheimnis, das niemand erfahren sollte: Mein Vater hat seinen Job in London verloren, weil er depressiv war. Ich hatte damals keine Ahnung von seiner Krankheit und war nur sauer, weil er sich überhaupt nicht mehr für Mama und mich interessierte. Also habe ich so lange gedrängt, bis er zu einer Schulaufführung mitkam. Und dort ist es dann passiert: Plötzlich fing mein Vater an zu weinen, mitten in der Aula. Und alle haben es gesehen. In der Schule wurde ich nur noch ›Weenieman‹ statt Willmann genannt. Ich habe mich so geschämt und meinen Vater angeschrien, wie peinlich er wäre. Danach lag er wochenlang nur im Bett, hat nicht mit uns gesprochen und ist nicht mehr zur Arbeit gegangen. Er hat es nicht einmal geschafft, dort anzurufen. Da hat man ihn gefeuert. In Deutschland hat er eine Therapie gemacht und nimmt jetzt Medikamente. Er ist fast wieder der Alte. Und er hat von Elias' Vater eine zweite Chance bekommen, die jeder verdient.«

Ich habe den Brief aufgehoben, er tröstet mich ein bisschen, wenn die Bilder zurückkehren, in denen ich wieder die Glasscherbe in der Sonne blitzen sehe und mir scharfer Benzingeruch in die Nase steigt.

Inzwischen weiß ich aber auch, dass ich Pina nicht auf diese Weise hätte vernichten können. Sie ist immer noch ein Teil von mir, auch wenn sie seit dem Tag in der Datscha nicht mehr wiedergekommen ist. Wahrscheinlich wegen der häufigen Therapiesitzungen und der Tabletten, die ich jeden Morgen und Abend schlucke. Doch Frau Doktor Schulte hat mir bereits klargemacht, dass ich irgendwann lernen muss, mit mir selbst zurechtzukommen – und mit Pina.

»Eines Tages wird sie vielleicht zurückkommen, Nelly. Und dann ist es an dir, zu entscheiden, wie du ihr begegnest. Sie repräsentiert eine Seite, die du in dir trägst. Kein Mensch kann ständig nur lieb und gut sein, jeder hat Anteile, die manchmal wütend, neidisch oder aggressiv reagieren.«

Nur dass Pina irgendwann außer Kontrolle geraten ist, denke ich, und Frau Doktor Schulte nickt, als hätte sie meine Gedanken gelesen. »Die Frage ist, wie viel Macht du diesem Teil von dir gibst. Wir können dir helfen, damit klarzukommen«, sagt sie, und als ich in ihr Gesicht mit den blauen Augen und dem energischen Mund sehe, der sich jetzt zu einem ermutigenden Lächeln verzieht, bin ich fast gewillt, ihr zu glauben.

Immerhin habe ich noch jemanden an meiner Seite, der fest zu mir hält. Elias. Gleich wird er mich besuchen kommen. Inzwischen kann ich ihm wieder in die Augen blicken, ohne mich schreiend und weinend darin gespiegelt zu sehen, mit blutigen Händen, die eine Scherbe umklammern.

Anfangs wollte ich auch ihn nicht sehen, doch Elias kam einfach immer wieder und ließ sich nicht wegschicken. Jetzt steht er vor der Pforte und ich erhalte die Erlaubnis, einen kurzen Spaziergang mit ihm durch den Klinikpark zu machen.

Ein Hauch von Herbst hat bereits die ersten Blätter mit seinen goldgelben Farben überzogen. Elias und ich gehen schweigend, Hand in Hand, und ich spüre seine warmen Finger, die meine umschließen.

»Du bist nicht alleine, Nelly.«

»Ich weiß«, sage ich trocken. »Genau *das* ist ja mein Problem.«

Einen Augenblick sieht er mich sprachlos an, ehe sich unzählige Lachfältchen in seine Augenwinkel graben.

»Das schaffen wir schon«, sagt er zärtlich. Ich lächle zurück und denke, dass manche Dinge tatsächlich mit der Zeit ein wenig ihren Schrecken verlieren, auch wenn sie nie ganz verschwinden. So wie Pina.

Aber ich hoffe, dass der Teil von mir, die Nelly, in die Elias sich verliebt hat, mit der Zeit die Oberhand gewinnt.

Später sehe ich ihm nach, als er geht, und er dreht sich noch einmal um und winkt mir zu. Vorher hat er mir noch rasch einen kleinen, gefalteten Zettel in die Hand gedrückt.

»Den darfst du aber erst vor dem Schlafengehen lesen«, hat er geflüstert, ehe er die Eingangstreppen hinuntergelaufen ist.

Jetzt ist es so weit. Mein Bett ist aufgeschlagen und nur eine kleine Nachttischlampe verbreitet einen warmen, gelblichen Schein. Ich falte das Papier auseinander. Es sind nur zwei Sätze und doch steckt in den wenigen Worten meine Zukunft.

Egal, wann du hier herauskommst – ich werde da sein!

Ich lächle. Doch auf einmal muss ich daran denken, dass die Worte auf dem Zettel genauso gut von Pina stammen könnten – und mich überläuft ein Schauer.

DANKSAGUNG

Ich danke …

HB: ohne dich würde es das Buch in dieser Form nicht geben. Moni: Du hast mich wie immer mit deiner unerschütterlichen Freundschaft unterstützt, ermutigt und begleitet.

Ein großes Dankeschön geht an meine Agentin Anja Koeseling, die mit ihrem Optimismus und der Begeisterung für Geschichten (m)ein unerschütterlicher »Kompass« ist, mit dem ich auch in schwierigen Phasen auf Kurs bleibe. Ich bedanke mich beim Boje Verlag und vor allem bei Linde Müller-Siepen für ihr konstruktives Lektorat und die Offenheit für Veränderungen während des Schreibprozesses, sowie bei der Klinik Hochried in Murnau, besonders Frau Dr. Zakis, die sich viel Zeit genommen hat, um mich bei meinen Recherchen der verschiedenen Störungsbilder psychischer Erkrankungen zu unterstützen. Danke auch dem Chaos Computer Club, die mit Geduld meine Fragen beantwortet haben, sowie Marie »the brain«, die mir einen entscheidenden Tipp gegeben hat. Des Weiteren danke ich Teilnehmern in diversen Internet-Foren zum Thema »Multiple Persönlichkeit«, die mir durch ihre beeindruckende Offenheit und Stärke einen wertvollen Einblick in ihr Leben gewährt haben.

Heike Eva Schmidt wurde in Bamberg geboren. Nach einem Psychologiestudium arbeitete sie zunächst als Journalistin, ehe sie ein Stipendium an der Drehbuchwerkstatt München erhielt. Seitdem ist sie freie Drehbuchautorin. Im Jahr 2012 hat sie sich außerdem als Buchautorin etabliert, bereits zwei ihrer Jugendbücher wurden mit Preisen ausgezeichnet. *Tausend Mal gedenk ich dein* ist der erste Titel der Autorin im Boje Verlag.

Ein falscher Schritt – ein tiefer Fall

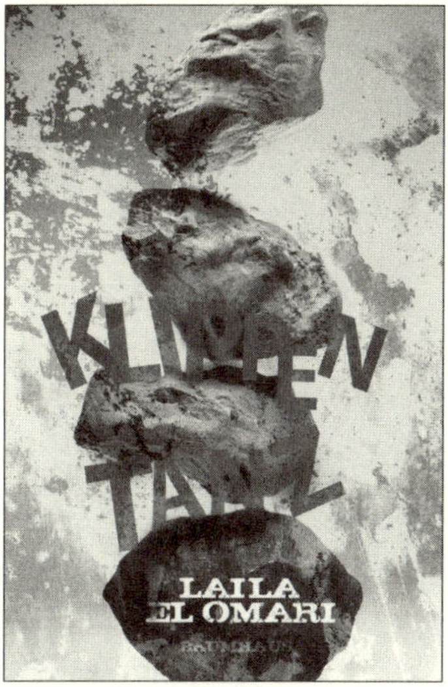

Laila El Omari
KLIPPENTANZ
240 Seiten
ISBN 978-3-8339-0263-5

Elinor ist verliebt. Sebastian, der Neue an der Schule, ist süß und geheimnisvoll – und die beiden kommen sich schnell näher. Doch plötzlich erhält Elinor anonyme E-Mails, in denen sie vor Sebastian gewarnt wird.
Nach und nach lernt Elinor mehr über Sebastians Vergangenheit – und seine Freundin, die ums Leben gekommen ist. Bis heute ist nicht geklärt, was genau damals passiert ist. Elinor ist geschockt, als sie erfährt, dass Sebastian verdächtigt wurde, etwas mit ihrem Tod zu tun zu haben. Doch trotz aller Warnungen hält sie zu ihm. Bis eines Tages ein weiteres Mädchen stirbt …

Baumhaus